东方利剑

（六）

《东方利剑》编委会 编

群众出版社

图书在版编目（CIP）数据

东方利剑.六/《东方利剑》编委会编.——北京：群众出版社，2021.6
ISBN 978-7-5014-5687-1

Ⅰ.①东… Ⅱ.①东… Ⅲ.①中篇小说－小说集－中国－当代
②短篇小说－小说集－中国－当代 Ⅳ.①I247.7

中国版本图书馆 CIP 数据核字（2021）第 100537 号

东方利剑（六）

《东方利剑》编委会 编

出　　版：	群众出版社
地　　址：	北京市丰台区方庄芳星园三区 15 号楼
邮　　编：	100078
经　　销：	新华书店
印　　刷：	北京市泰锐印刷有限责任公司
版　　次：	2021 年 6 月第 1 版
印　　次：	2021 年 6 月第 1 次
印　　张：	13
开　　本：	787 毫米 ×1092 毫米　1/16
字　　数：	316 千字
书　　号：	ISBN 978-7-5014-5687-1
定　　价：	30.00 元
网　　址：	www.cppsup.com.cn　www.porclub.com.cn
电子邮箱：	zbs@cppsup.com　zbs@cppsu.edu.cn

营销中心电话：010-83903991
读者服务部电话：（门市）010-83903257
警官读者俱乐部电话：（网购、邮购）010-83901775
文艺分社电话：010-8390130　010-83903973

编委会邮箱：dflj@126.com

本社图书出现印装质量问题，由本社负责退换
版权所有　侵权必究

《东方利剑》编委会

顾　问：叶　辛
主　任：张　策　朱大建
副主任：易孟林　余进军　李　动
　　　　李　坚
编　委：黄艳君　张国庆

主　编：李　动
副主编：陆伟斌
编　辑：李　力　高伟民
美　编：汤俭荣

● 时代警魂

003 / 网络猎手　　　　　　　　　　　　　万　千
011 / 跨越生死线　　　　　　　　　　　　张国庆
022 / 破译痕迹密码　　　　　　　　　　　谢沁立
032 / 一枪定乾坤　　　　　　　　　　　　千　秋
040 / 与炸弹打交道的人　　　　　　　　　蓝　茹
047 / 民警的"夕阳助残工程"　　　　　　　秦　依
055 / 接管北平的那些事　　　　　　　　　胡　玥

● 大案追踪

065 / 梦断钻石　　　　　　　　　　　　　方齐鲁
075 / 金都血案　　　　　　　　　　　　　姜龙飞
087 / 侦破高等学府爆炸案　　　　　　　　穆玉敏
095 / 围剿大毒枭　　　　　　　　　　　　夏晓露
100 / 失踪了三次的男人　　　　　　　　　李　佳
106 / 撩开"虫草姑娘"的神秘面纱　　　吴　迪　刘美婷

● **警察手记**

115 / 中国的警歌《少年壮志不言愁》　　　　　　穆玉敏
121 / 祸福由心　　　　　　　　　　　　　　　　戴　民
126 / 派出所万花筒　　　　　　　　　　　　　　陆伟斌
134 / 探访贾平凹的书房　　　　　　　　　　　　陈　晨
137 / 在公安基层工作的日子　　　　　　　　　　江　雨
140 / 第一次出警　　　　　　　　　　　　　　　李伟江

● **剑胆琴心**

145 / 弥留之际的嘱托　　　　　　　　　　　　　李　动
151 / 去吕梁，见英雄　　　　　　　　　　　　　许　平
155 / 在红船旁宣誓　　　　　　　　　　　　　　戴　民
159 / 杏林春暖郭善医　　　　　　　　　　　　　李　涵
164 / 人生最美少年时　　　　　　　　　　　　　徐　麟
168 / 桑榆感悟　　　　　　　　　　　　　　　　李　力
173 / 享受夕阳红　　　　　　　　　　　　　　　叶振环
176 / 每天穿过艺术弄堂　　　　　　　　　　　　谷　梁

● **精彩小说**

181 / 流水的日子　　　　　　　　　　　　　　　南　妮

时代警魂

时代警魂

韦健，市公安局刑侦总队九支队支队长，上海警方打击电信网络诈骗的"福尔摩斯"。2009年，他被公安部聘为打击电信诈骗犯罪特邀专家，在公安部几次重大境外案件侦破中，起到了重要作用。

网络猎手

■ 万 千

△ 韦健（中）和同事商研案情

看到韦健被评为CCTV2016年度法治人物，为他，也为反电信网络诈骗中心感到高兴。约了几次采访韦健，都因他太忙而难以确定。终于约好周二上午采访，按时来到"803"大院，见到了大忙人韦健。他方脸皮黑，戴一副宽边眼镜，嘴唇较厚，个子不高，却强壮敦实。但他忙于办案，直到中午12点半才开完案情分析会，拿着杯子、笔记本，抱歉地反复解释："不好意思，有个急事耽误了。"我非常理解地说："是我们打扰了你，还没吃饭吧？"他笑着说："我中午就吃这个。"我一看，原来是一根玉米棒，便抱歉地说："我们采访耽误你吃饭了。"他笑着说："我中午经常吃这个，节省时间。"

韦健在不断地接听电话中,断断续续地向我们讲述了自己与电信诈骗打交道的艰难经历。

解剖一只麻雀,搞清电信网络诈骗案件的来龙去脉

21世纪初,电信诈骗案件刚冒芽时,侦查员从未见过这类案件。骗子大多喜欢冒用北京、上海、深圳等大城市的知名公司行骗,被害人手机和电脑上接到的多是"你中奖了"之类的短信。当"幸运者"按照短信中的电话号码与其联系后,对方会让你先预付各种费用,结果大奖没拿到,钱却被骗了不少。因为钱款大多汇到北京、上海、深圳等地的公司,所以上海公安机关不断地接到全国各地的报案电话,尤其是上海被冒名的知名公司案件,一夜之间冒了出来,全国报案数量一下子爆棚,上海警方压力很大。分管刑侦总队二支队的副总队长周建国对韦健说:"这种案子过去没有碰到过,你解剖一只麻雀看看,了解一下这种案件的来龙去脉。"韦健就这样被赶鸭子上架了。

刚开始接触电信诈骗案件,韦健两眼一抹黑,对电脑和手机的功能也稀里糊涂,不知从何下手。韦健先对被害人被骗的整个流程进行分析,他走访了几十个被害人,详细询问了每个人的被骗经过,想从中找到突破口。但是电信网络诈骗案件科技含量高,属于智能犯罪,没有现场,留下的痕迹都是假号码、假地址,破案没有方向。有几次韦健冒充被害人,眼看鱼要上钩,却又失之交臂。因案件涉及银行、电信等单位,韦健另辟蹊径,提出要查银行账号、通信工具号码,以及涉案单位电脑里的记录等有关数据。但这些都需要办理法律手续走流程,时间严重滞后,一个流程走下来,一个月过去了,骗子早已销声匿迹。虽然屡败屡战,但领导没有责怪他,而是鼎力支持。面对一次次失败,韦健也会萌生打退堂鼓的想法,但看到被害人被骗巨款后失望的眼神和呼天抢地的悲怆,一种"我不入地狱,谁入地狱"的担当精神便油然而生。在解剖了几只麻雀之后,韦健渐渐地摸清了电信网络诈骗案件的来龙去脉和基本套路。

古人云:"道高一尺,魔高一丈。"想要侦破这类智能犯罪,仅仅熟悉法律和有"拼命三郎"的精神是远远不够的,还必须具备现代电信服务、网络传输、银行资金流转等诸多专业知识。为了弄懂有关知识,韦健亲自到银行仔细了解银行转账情况,到电信部门请教专家,去电脑公司请教电脑工程师;破案之后,他甚至向犯罪嫌疑人"学习",虽然案件h还未侦破,但他已积累了许多专业知识和基本概念。

2003年,周副总队长对韦健说:"你已经积累了一点儿经验,这起冒充上海三星集团中奖的诈骗案件牵涉面广,被害人多且星散各地,但福建和广东是重灾区,还是由你来办,这只大闸蟹还是让你吃。"韦健笑着说:"这只大闸蟹太难吃了,不知道能不能吃下去。"周副总队长笑着说:"你大胆尝试,慢慢摸索,在办案中学习,相信你能行。"领导的鼓励是最大的支持,韦健和两位同仁充满激情地上路了。

韦健一头扎进了变幻无穷的电信网络中,面对一大堆被害人的报案材料,没有线索,一片茫然,有种"老虎吃天,难以下口"的无奈,但他信心满满。

他们先来到厦门公安局刑侦支队。在讲述这起电信网络诈骗案件时,厦门刑侦支队支

队长听得一头雾水，不知如何配合。他又赶到深圳刑侦支队，虽然他们曾办理过这类案件，但风风火火地冲进网络大海，茫然无绪，没有方向。

韦健于心不甘地又来到电信诈骗涉及的许多地区，因被骗者分散在全国各个角落，涉及当地案件的案值并不大，所以未引起重视。警力无法联动，其他部门配合也不积极，查当地银行和电信部门都要走法律程序，还必须由当地公安机关协助。韦健苦口婆心，反复解释，效率极低，痛苦不堪。

韦健整天沉溺在案件里，对网络的无知，使他寸步难行。为了熟悉网络，他特意买了一台手提电脑。为了弄清电脑程序，他开始玩游戏，不懂就向高手请教，或者用百度搜索。他像小孩儿一般，日夜玩电脑游戏，玩得天昏地暗，玩得系统崩溃。日夜琢磨，反复研究，果然熟能生巧。有一天，韦健突发奇想，蓦地来了灵感，好像找到了突破口。早晨醒来，他匆匆来到深圳一家通信部门，向技术员提出了自己的想法，技术员听后说："这是不可能的。"韦健不甘心地说："那我请教一下技术上的问题。"技术员拨通了电脑工程师的电话，勉强答应咨询一下。找到电脑工程师，他一听破解电脑程序，也是斩钉截铁地说："不可能！我只负责维护电脑程序，不可能去破解这个程序。"韦健说："这些受害的人大多是收入微薄的弱势群体，或是退休老人，他们一生的辛苦钱、养老钱被骗，给他们的打击是毁灭性的，如果不侦破这个案件，以后上当的人会更多，陷入绝境的人也会更多。"工程师听后同意破解一下程序，韦健坐在他的办公室里，内心焦急地等待着。两个小时后，这个程序竟然被工程师破解了。韦健喜不自禁，赶紧回到宾馆上网寻踪觅迹。

经过三个月的艰难探索，冒充三星集团的电信网络诈骗案件水落石出，诈骗嫌疑人终于露出了尾巴，名叫赵方原。有了具体的信息，抓人就驾轻就熟了。很快就抓到了这个20多岁的电脑高手，原来是个女子，她假冒上海三星总部的工作人员，骗了全国许多幸运中奖者的钱款。韦健对其细致审讯，"请教"其作案路径和步骤，方知这位女骗子竟然没有来过上海。

过去因为技术条件的限制，侦破案件主要靠侦查员勘查现场、分析推理，千锤百炼后，神机妙算，横空出世了一批"福尔摩斯"式的神探。随着科学技术的迅猛发展，尤其是电信网络侦破案件的激增，韦健深感在这个科技时代、网络时代、大数据时代，单打独斗将寸步难行，合作才是王道。现在侦办电信网络案件，如果还采用过去的传统模式，各自为政，根本无法破案。要顺应大趋势，首先要改变体制和机制上的不顺畅。天下公安是一家，各地刑侦部门虽然配合办案，但毕竟不是隶属关系，难以指挥；与案件有关的商业银行、电信运营商、第三方支付机构，以及互联网安全企业等部门没有为你办事的义务，人家手头忙，本职工作都来不及处理，遭遇抵触推诿、本位主义等窘困，在所难免，这是体制使然。只有从法律、体制、机制上改变过去的死板模式，才能顺应时代的发展。

总是在路上

已经是下午1点半了，我不忍心让韦健饿着肚子"空谈"，于是提醒他边吃边谈，但他坚持饥肠辘辘地接受我们的采访，令人感动。

东方利剑（六）

网络无国界，这是电信网络诈骗案件的特点。21世纪初，骗子多在国内作案，办案就意味着国内出差；如今骗子躲在全球各个角落作案，办案就意味着出国，出国不是去浪漫去旅游，而是四处奔波，到处求人。

为了侦办各种千奇百怪的电信网络诈骗案件，韦健和他的团队出差成了家常便饭，哪里发生大案就赶往哪里，打起背包就出发，所以总是在路上。2010年12月，韦健接到公安部指令，赶赴菲律宾侦办"11·30"电信诈骗团伙案。折腾了一天终于走出机场，一路上到处是迎接圣诞节的喜庆氛围，韦健才想起马上要过圣诞节了。他们首先来到使馆和华侨公司，请求他们协助，一切都颇为顺利，然后雇了一名当地司机，争取圣诞节来临之前摸出线索。韦健和搭档白天四处奔波，晚上还守候伏击，没几天司机就不干了，韦健提出加钱，但是司机坚决不肯。他满腹牢骚地埋怨："华人勤奋吃苦，我见得多了，但我从来没有见过中国警察这样玩命干活，这么拼命的！"

无奈，韦健只能另请司机，给加班费，并好生照顾。在菲律宾苦苦寻觅了两个多月，经过守候伏击、跟踪追击，韦健终于摸清了24名犯罪嫌疑人的行踪，经过复杂的司法程序，最终将这些隐形骗子悉数生擒，顺利地押解回国。

韦健回到上海还没来得及喘口气，又接到了公安部的调令，随队赶赴印尼、泰国、柬埔寨、马来西亚等国侦办"3·10"特大电信诈骗团伙案。韦健与搭档早出晚归，甚至通宵达旦，从初春3月下旬一直奔波到炎热的6月下旬。经过各路小组3个多月的艰苦侦查，寻踪觅迹，终于摸清了各有分工又盘根错节的特大电信网络诈骗团伙的所有成员，最后公安部统一下令，一网打尽，共抓获290名犯罪嫌疑人。

韦健拖着疲惫的身躯回到家里，女儿一下子认不出他来了，爸爸变成了"非洲人"，韦健掐指一算，这次出差时间长达61天。

2013年深秋，韦健作为专案组成员参与侦破"10·28"特大电信诈骗案。当专案组查明诈骗团伙的窝点位于柬埔寨金边后，刑侦总队副总队长杨维根率员赶赴柬埔寨金边坐镇指挥。经过对多个可疑目标的反复甄别，专案组最终锁定了窝点位于金边市堆谷区的319大街。为确保万无一失，明确诈骗团伙的具体窝点方位，韦健和浦东公安分局的余恺戴着蛤蟆镜，身着花哨衬衫、肥大短裤，脚穿人字拖，叫了辆当地的"嘟嘟车"，在炎炎的烈日下，绕着可疑窝点，边转悠边观察。几天下来，两人都晒得面如锅底，不过最终确定了诈骗窝点。

经过与当地警方的多次沟通，终于拿到了警察总监签署的同意抓捕的文件。12月9日上午，开始对团伙成员实施抓捕。12月19日，专案组押解诈骗团伙成员返回上海。这次出差又是一个多月。

2015年9月下旬，公安部在印尼境内发现数个向中国境内实施电信诈骗的窝点，为摧毁这些跨国电信诈骗团伙设在境外的犯罪平台，在公安部刑侦局的统一指挥下，全国各地侦查精英云集境外。在我国驻印尼使馆的协调下，10月8日，韦健带领手下干将李恺、保妮娜，赶赴印尼，与北京、广东、台湾地区等地的警方联手，通过与印尼警方的执法合作，在印尼开展了大规模的"扫穴"行动。

根据公安部刑侦局发来的线索，上海警方开展了大量线索、信息查证工作。通过梳理由印尼发起主叫的 45000 余条电话数据，从中发现了 453 名疑似电信诈骗被害人，经过逐一走访，锁定了 13 条指向印尼具体方位的线索。

为防止走漏风声，避免犯罪嫌疑人逃脱，韦健几次与印尼警方协商；最后定于 10 月 20 日实施抓捕。凌晨时分，全副武装的警察突然冲进泗水市一幢豪华别墅里，只见上下四层楼的各个角落均摆满了双层床，行李和杂物随处乱放，一片狼藉。床上的年轻男女还在做着发财美梦。警察鱼贯而入，一阵断喝："不许动，警察！"面对真枪实弹的警察，他们举起了森林般的双手。此次突击行动共抓获 200 多名诈骗团伙成员。一时间，移民局关押所人满为患。

△ 韦健与印尼警方交流案情

在这次收网行动中，发现有一个网点已人去楼空。从印尼方面传来消息，该窝点人员已逃往巴厘岛。韦健一行还没从凌晨的行动中缓过劲来，就马不停蹄地飞往巴厘岛，住进宾馆时已是深夜，倒头呼呼大睡。翌晨起来到当地警局通报情况，调查从雅加达逃亡而来的电信诈骗团伙。当地警局人手紧张，一时无法协助。韦健一行奔忙了一天，晚上拖着疲惫的身子，悻悻回到宾馆等待消息。

第 3 天上午坐上飞机返回雅加达，与印尼警方交接物证，对移民局关押所的电信诈骗团伙成员逐个确定身份。深夜回到宾馆，赶紧泡包方便面，一箱方便面还没吃完，韦健的嘴角已发了热疮。

11 月 10 日上午，共包了 4 架飞机凯旋，分别飞往北京、上海、广州、杭州。4 架包机共押回电信诈骗犯罪嫌疑人254名，团伙成员涉及内地20多个省、市及香港地区等，通过深挖扩大战果，从中侦破4000多起跨国电信诈骗案。这次印尼"扫穴"行动，可谓斩尽杀绝，从此，从印尼打往国内的诈骗电话近乎绝迹。

专家也是媒体明星和网络大V

经过多年的摸爬滚打，韦健渐渐地在全国警界打出了名气，成为打击电信网络诈骗的高手，可谓智能神探。2009年，他被公安部特聘为打击电信网络犯罪的专家。

韦健对网络电信诈骗的套路非常熟稔。诈骗套路有多个环节，有人专门编写诈骗"剧本"，有人专门根据"剧本"打电话，有人专门开设银行账户转卖给诈骗团伙，而取款的环节则大多在境外实施。电信网络诈骗发展到今天，各个诈骗环节都独立运作，骗子的反侦查能力很强，被打击后变得更加狡猾。当一名被害人将自己一生的积蓄转入诈骗账号后，这些钱被诈骗团伙成员通过无数个转账渠道瞬间转入提款专用账号，而后在境外的ATM上提现，犹如群狼抢夺猎物似的瞬间被吞噬。刑警即便使出九牛二虎之力把案子破了，把犯罪嫌疑人也抓了，但钱款早已被分散并挥霍，要追回被害人的损失十分困难，希望渺茫。

在更为新型的手机木马诈骗中，有人专门负责制作病毒，有人专门贩卖病毒，有人买来手机病毒改编后销售给其他诈骗团伙，还有人专门给诈骗团伙洗钱。倘若某一个环节上的人抓不到，就可能影响整起案件的侦查和处理。

2013年，韦健在侦办一起假冒最高人民检察院网站实施电信诈骗案时，发现上海的几十个居民成为诈骗团伙的重点"猎物"。为防止他们上当受骗，专案组联合多个公安部门，逐个找到这些市民并面对面地发出警示。不久后，果然其中许多市民接到了诈骗电话。

韦健深切地感悟到，针对网络电信诈骗这样的疑难案件，既要狠狠打击犯罪，更要加以严密防范，可以说防范重于打击。所谓严密防范，一是社会共同防范，公安、银行、通信等相关部门都有责任堵塞漏洞，建立防范机制；二是个人防范，也就是每个人自己要守住钱袋，自己是最后一道防线。为什么轰轰烈烈地反复宣传，还是有人上当受骗，这说明许多人不把防范宣传当回事，以为与己无关，当自己真的被骗时，后悔莫及。

公安部门暂时还无法将设在境外、不断改变网络地址的诈骗网站服务器斩尽杀绝，境内外骗子作案依然十分猖獗。因此，个人防范十分关键，切记：有问题到现场面谈，绝不转账。

打击固然重要，但韦健感悟到宣传更为重要。他利用各种媒体开展防范宣传，在上海电视台《夜线约见》里他频频出镜，在央视打击防范电信诈骗的新闻专题中，与主持人电话连线，传授防范技巧；在网站和报刊上，对各种网络电信诈骗手段进行解剖，提出了防范要点；在《刑警803》广播剧后的"刑警小贴士"栏目中不断地提醒。

韦健关于电信网络诈骗的最新动态的微博，深受年轻人的青睐，其新浪微博的名字叫"刑警803韦健"，是加V认证的，有数万名粉丝，微博虽是韦健的名片，但其身后有一支团队，大多是打击电信网络诈骗的行家里手。

神探也是有七情六欲的丈夫和父亲

警营里流传着这样一句话:"当一名刑警,干两辈子活,苦了三代人。"是的,刑警成功破案的背后是对家人的亏欠和内疚。

韦健干了20多年刑警,打击电信诈骗十多年,妻子非常理解他,一直在默默地支持他。女儿雯雯出生前一个月,韦健出差回到上海,赶紧将功补过照顾妻子,没想到孩子满月的第二天,他又要去外地办案,而且一走就是两个月。平时家里都是妻子一人操持,所以韦健内心对妻子和孩子一直深感愧疚。

韦健侦办过多少起电信网络诈骗案件,他自己也说不清,但对于2010年6月1日发生的一起电信诈骗案却刻骨铭心。因为这个发案日期是儿童节。那天韦健破天荒地请假带着女儿到莘庄的星期8小镇游玩。刚进去玩了10分钟,女儿正在兴头上,韦健突然接到电话,获悉又发生一起电信诈骗大案。韦健看着女儿兴致勃勃的样子,实在不愿扫她的兴致,但发案就是命令。他无奈地对女儿实话实说:"爸爸要回单位破案子,今天只能玩到这里,听话,马上跟我一起回去。"女儿噘着小嘴,乞求地说:"不嘛,刚来了就要走,再玩一会儿。"韦健蹲下来哄她说:"那么爸爸带你到小店里买个你最喜欢的玩具,下次一定陪你再来玩。"女儿最终点头让步了,但她却细心地保留了游戏币,要爸爸答应她下次再来。韦健频频点头,然而,6年过去了,这些游戏币还静静地躺在女儿书桌的抽屉里。

是年9月,市公安局召开刑侦条线立功授奖大会。韦健又出差在外,是女儿雯雯替他上台领的奖,韦健妻子在台上发言时,其愿望是丈夫明年出差的日子能少于100天,但2011年韦健共出差196天,没有实现妻子的愿望。

2012年,韦健参加第二届"平安卫士"评选期间,市公安局刑侦总队专门为他举行了一场推荐会。组织者邀请雯雯来说说自己的爸爸。上台前,雯雯告诉主持人,我爸爸这个专家是"专门不回家"。主持人说:"好,到了台上你就这么说。"可真上了台,雯雯并没有说这句话,而是奶声奶气地对全场的观众说:"我觉得我爸爸很辛苦,整天在外面跑,他抓了好多坏人,很了不起,希望大家投他一票,谢谢各位叔叔阿姨!"坐在台下的韦健心热血涌,禁不住眼里起雾,一片迷蒙。他自己上台时,动情地说:"感谢这些年来妻子和女儿对我的支持,我为她俩感到骄傲!"

为了弥补对妻子和女儿的愧疚,只要在家,韦健就麻利地做家务,一空下来,他就陪女儿玩。尽管陪女儿的时间甚少,但女儿却与爸爸特别亲热。"因为妈妈总逼我做功课,而爸爸总是陪我玩。"女儿如是说。

反电信网络诈骗中心效果显著

采访结束,在我的要求下,韦健带我参观了反电信网络诈骗中心,并介绍了反电信网络诈骗中心的运作情况。

为了有效打击和遏制猖獗的电信网络诈骗,上海市政府高瞻远瞩,果断拍板,由上海

东方利剑

市公安局牵头组建了上海市反电信网络诈骗中心，通过与电信网络诈骗案件有关的商业银行、电信营运商、第三方支付机构，以及互联网安全企业等30多家单位合署办公，相互配合，优势互补，形成高效打击防范机制，效果显著。

反电信网络诈骗中心平台可谓全国一流、功能最强，资源全覆盖、运作全天候和工作全方位。其机构设置分为接报处置组、银行资金查控组、通信工具查控组、执法办案组等。韦健带着我们参观了案件接报处置平台，在50余平方米的房间里，排满了座位，30多位年轻男女在忙着打电话，每天24小时不间断地第一时间接报警情。

韦健指着大屏幕告诉我："每天平均接报、劝阻五六百个被害人和潜在被害人。"我好奇地追问："劝阻被骗的成功率是多少？"他自豪地说："大约80%。"我由衷地赞叹道："很了不起了，你们的工作使多少人免于倾家荡产和家破人亡啊！"韦健解释说："但是许多接到公安劝阻电话的人，误以为我们是骗子，拒绝接电话，我们只能反复打电话。有时，骗子正与被害人通话我们打不进去，会发去短信，提醒他可能是诈骗电话，请他与110联系。但有的被害人对骗子信以为真，反而把我们当成假警察，就像《红楼梦》里比喻的那样'假作真时真亦假'。我们只能查找其亲人，或者给他附近的派出所打电话，请当地警察上门劝阻，甚至到就近的银行拦截汇款，与骗子赛跑抢时间。"

听罢韦健的介绍，我才知道电信诈骗案件每天都在发生，家庭悲剧每天都在上演。韦健指着巨大屏幕右上角介绍说："今天已有380个报警电话，已有199万人民币被骗走。"我刨根问底："每天都被骗走这么多钱吗？"韦健说："今天比较特殊，青浦有个被害人一下子被骗走了120万元。一般每天平均被骗六七十万人民币，有40多个被害人。骗子作案的规律是：大多发案时间在周一至周五，高峰时段为每天上午8点至晚上6点。"

我仔细观看了看屏幕，那个红色的中国地图上，除了新疆、西藏和青海没有打往上海的诈骗电话，其他省、市都有无数个电话不断地打往上海的每个角落。另外，藏身于泰国、越南、老挝、柬埔寨、印尼等东南亚国家的犯罪嫌疑人，更是肆无忌惮地不断骚扰大陆百姓，尤其是北京、上海、广州等大城市，它们成了重灾区。

2016年3月，平台试运行，7月17日正式启动。作为全市多部门协作打击、治理电信网络诈骗的一个联合机构，反电信网络诈骗中心显示了"全、快、准"的优势，弥补了"冻结难、防阻难、破案难"的短板，探索积累了许多行之有效的好经验、好做法，实现了对电信网络诈骗案件"即时接报、即时劝阻、即时冻结、即时打击"的目标。

最后，韦健自信地说，只要我们勠力同心，群策群力，一定能打得掉这群肆虐的老鼠，防得住这股电信网络诈骗的寒潮逆流！■

时代警魂

跨越生死线
全国公安系统一级英模程永林的辉煌人生

■ 张国庆

▷ 程永林在北京参加国庆观礼

贵溪，江西省东北部，信江中游的一座千年古城。

2016年4月25日，以世界铜都和道教圣地龙虎山而闻名的贵溪城，因一个叫程永林的刑警而在一夜间被无数人关注。

这天晚上，一条发自贵溪市公安局公众信息平台的微信，被无数贵溪人争相转发和关注：今日下午三时许，贵溪市公安局刑侦大队三名刑警，在贵溪市贵唐公路，执行抓捕涉非法销售管制枪支嫌疑人过程中，遭另一嫌疑人驾车冲撞，致两名刑警负伤。其中刑警程永林伤势严重，因市人民医院血库存血告急，特向社会各界求助A型血浆。

短短的文字如一枚枚石子投进了人们平静的生活，随后荡起阵阵波澜。

当晚八点，数百名素不相识的贵溪各界群众，纷纷涌向了贵溪市人民医院。人们打听着这个受伤刑警的消息，等待着为这位受伤的刑警献出自己的血。

刑警程永林，一夜之间成了贵溪百姓心里一份沉重的牵挂！

突发警情　路遇神秘"背包客"

四月的贵溪，信江两岸已是满眼的绿意浓妆，小城里的一切，犹如穿城而过的信江河一样，安静而祥和。

这天中午，一夜未眠的刑警程永林疲惫地从市局刑侦大队办公楼里走出来。

几天前，他与专案组成员赶赴深圳，侦办了一起公安部督办的毒品案。连续奋战数日，专案组抓获了四名涉案嫌疑人，收缴冰毒十一公斤。

程永林家离单位很近，便回家与母亲、妻女吃了午饭。他对妻子说，感觉身体不舒服。

妻子张薇红是贵溪市人民医院的护士，看着满脸疲惫的丈夫，就劝他说，累了，就休半天吧。程永林说，不了，下午队里还有事。

　　下午三点多，刑警汪志明和张雯要去雷溪派出所押解一名涉嫌强奸的犯罪嫌疑人。

　　虽然很疲惫，但看到队友的押解力量有些单薄，程永林便起身说："一起去吧，看了一夜卷宗有些累，正好出去放松一下。"

　　雷溪派出所距城区十余华里，程永林与刑警汪志明和张雯上了警车，一路驶离繁华的城区，拐上了通往雷溪派出所的贵唐公路。贵唐公路听起来似乎宽阔通畅，其实不过是一条宽不过六米的乡村水泥板路。两台轿车相向而行，司机需要减速方可擦肩而过。

　　公路右侧是一条废弃多年的排水沟，左侧是树木以及错落的坡地和水田。对经常下乡办案的三位刑警来说，脚下这条路似乎驾轻就熟。

　　行进中，坐在副驾驶座的程永林，瞥见百米之外，一男子从右前方的山坡下慢慢走上公路，看上去二十出头，一身当地人打扮，右肩上挎着一个长形黑包。

　　一位当地人，背着包，闲散地走在山村公路上，不过是日常生活中一个平淡无奇的场景。但那个长形黑包，却引起了程永林的怀疑。

　　怀疑，来自不久前他梳理的一起涉枪案：

　　在贵溪市内，暗藏着一个通过网络私下贩卖管制枪支的团伙。他们与外省不法人员通过网络形成制造、组装和贩卖枪支的地下销售链条，在贵溪周边的几个村镇私下贩卖枪支并从中非法获利。

　　而眼前这个人右肩上挎的这个长形黑包，显然迹象十分可疑。

　　警车从男子身边掠过，一瞬间，程永林仔细观察了一下对方。

　　包里会不会是渔具呢？车上的另两位刑警对眼前这个步行者的"背包"发表议论。

　　程永林坚持道："这附近都是树林和丘陵，根本没有水塘可钓鱼；另外，这个人与涉枪案的一个嫌疑人的体貌特征很接近。"

　　警情突降，三位刑警迅速商定了行动方案。由身着便衣的程永林和驾车的张雯先行下车，左右包抄，将嫌疑人控制住后，着警服的汪志明再下警车。

　　警车在道路的一弯道处悄悄掉转回头，慢慢驶向迎面而来的那个男子。

　　对方迎着警车仍慢慢走着。警车在距其五米处停住，程永林和张雯开门下车，从左右包抄过来。对方见状停住脚，突然将肩上黑包丢在路旁的水沟内，转身就跑。

　　刚跑出七八米，就被动作敏捷的程永林、张雯一左一右牢牢控制住。

　　对方强烈的异常反应，让在场的三位刑警确定：包里肯定有文章。

　　随后赶上的汪志明，迅速掏出手铐将对方双手牢牢铐住。

　　程永林蹲下，拉开地上的黑包拉链，包内赫然显现一支组装好的管制枪支——"秃鹰"高压气步枪。就在他们突审嫌疑人的空当，停靠在路边的一辆白色轿车，在距离他们二十米的地方突然快速启动，一路烟尘地逃离了现场。

　　一切都很清楚了。

　　白色轿车的司机显然是背包男子的同伙儿。汪志明、张雯真懊悔没有及时发现隐藏在路边的那辆白色轿车。程永林说："跑不了它，我记住车牌了。"

　　简单讯问之后，三位刑警决定，马上带上嫌疑人和管制枪支直奔雷溪派出所去带人，待回刑侦大队后再继续审问。张雯押着嫌疑人朝警车右侧车门走去,站在警车左侧的程永林正与汪志明在另一侧检查、拍照以固定枪支证据。

这时,一辆白色轿车迎面快速驶来。行驶到距警车几米远的时候,突然打轮转向,一侧先撞到警车上,而后向他们直冲了过来。

转瞬间,程永林猛地用身体向右撞开汪志明,轿车先撞毁了警车的一扇车门,接着,将他们二人撞到十几米之外的水沟里……

刑警汪志明是这样讲述当时现场情况的:

我在水沟里慢慢苏醒过来,感觉脑袋晕沉,全身几乎不能动,我想,这下肯定完了。过了一会儿,我用力抬了下胳膊,又用力抬抬腿,发现还能动弹,就用力坐起来;这次我发现腿上和胳膊上都是血。再看程永林,他躺在我旁边一动不动,嘴角、鼻子和耳朵渗出了血。

我用手试了试他的鼻孔,发现还有微弱呼吸,就大声喊着:"永林!永林!"他的喉咙里哼了几声,就不再出声了。

我吃力地站起身,环顾四周,这才发现,我俩被那辆轿车撞到十几米之外路基下的水沟里,沟里没有水,但杂草荆棘遍布。

张雯此时正站在远处公路上,一手控制着嫌疑人,一手拿着手机向局里报告着现场的情况。我也掏出了手机,拨打了110,向指挥中心进行简单汇报,要求快速派救护车及警力增援;之后,我扭身再看程永林,突然发现他的脸和头部开始发紫并肿胀如斗,左腿呈一种关节反向的形状。我大声喊着:"永林,一定挺住啊!"

时任刑侦副中队长匡向东是接到电话后,从局里第一个赶到现场的;也是他带人当晚在案发地附近的山上擒获弃车潜逃嫌疑人曾某某的。

他回忆说:救护车将受伤的程永林和汪志明送走之后,我们迅速对现场进行勘查,对嫌疑人曾某某进行追捕。在距案发地几公里之外的树丛里,我们发现了嫌疑人丢弃的白色轿车。

经过勘验发现,汽车左侧保险杠已被全部撞毁,左侧挡风玻璃被撞成粉碎状,破碎的纹路上残留着黏稠的白色粉状物;巨大的冲击力,将汽车最牢固的A柱撞弯,勘验后才知道,黏稠的白色粉状物是程永林被撞碎的牙齿。

当晚十一点,我们将藏匿于大山里的曾某某抓获,立即组织警力对涉枪线索展开深入调查。曾某某交代,当天下午,他驾车与其弟到案发地附近的山上去试枪,不想在回来的路上碰到了三名警察。

通过网络的追踪,后来我们在安徽发现了这个隐藏于地下的制销一条龙贩枪窝点,案件移交当地警方后,该窝点被一举摧毁。

生命垂危　民众献血救英雄

4月25下午,正在医院值班的张薇红感觉医院里的气氛异常,院子里来往的车辆突然增多,抢救室楼道里挤满了人。

疑惑间,她母亲打电话过来说:"永林被车撞了,你知道吗?"

张薇红回答:"不会啊,中午他还回家吃饭了,走时还好好的啊!"

东方利剑 [六]

几分钟后，张薇红已经跑到了急救室。眼前的一幕让她彻底惊呆了：中午出门时还好端端的丈夫，此时却双目紧闭，头部肿胀如球，左腿怪异地扭曲，脸色憋得紫红地躺在病床上；他嘴巴大张、鼻孔和耳朵在不住地出血。

护理出身的张薇红见过太多的创伤病人，但是眼前场景，却让她紧张得浑身颤抖……

冷静下来之后，她更担心的是家里的婆婆，更担心最坏的结果出现。正值孕期的张薇红，极力控制住情绪，跑回家中将婆婆接到了医院，安排母子见面。

见到浑身是血的儿子，母亲悲痛欲绝："儿子,你怎么会成这样子？"家属们陆续赶到医院，市局领导及他的战友们都焦急地在急救室的门外，等候着消息。

经初步诊断：程永林颅底骨折、颧骨骨折、下颌骨粉碎性骨折，肋骨有四处骨折，肺挫伤严重，身体内脏多处出血，左腿部位有两处骨折，喉管内因淤血阻塞而呼吸困难。

经验丰富的 ICU 张建军主任当即决定，必须马上切开喉管，保证伤者呼吸畅通，然后实施下一步抢救措施。

张薇红的父亲代家属签字后，急救室内，张主任一刀切开了程永林的喉管。喉管内的淤血带着被撞碎的牙齿及碎肉瞬间喷溅到一米之外的墙上。

至关重要的救护措施，暂时保证了他的辅助呼吸。随后，医院为他进行了右侧股骨骨折开复位内固定手术。

然而，最大的险情又接踵而至，受重创后，重度昏迷的程永林体内多处出血，且找不到出血点，全身失血严重，急需血浆补充，而贵溪医院库存 A 型血浆告急。

时间不等人，为了挽救程永林的生命，贵溪市公安局领导经研究决定，马上向社会各界求助 A 型血。于是，那条特殊的微信，通过市公安局公众平台发出后，在贵溪百姓们手机上不停地被转发、被关注……

"他是为保护我们生活的安宁而负伤的，我们来就是为英雄献血的！"一位专程来医院排队等候献血的贵溪出租车司机这样说道。

随着微信的不断转发，自愿献血的人们源源不断地涌向献血点。

那天，等候献血的人们彼此素不相识，他们来自这个城市的各行各业。但为了抢救一位普通刑警的生命，他们今天从四面八方聚到了一起，成了一家人。

第二天，血站的热线咨询电话响不停，上千名自发前来献血的人们，源源不断地涌向各献血点和献血车。血站增派人员，加班加点，一袋袋血浆火速送往市人民医院。

倾注无限大爱和对英雄敬意的血浆，缓缓流入刑警程永林的身体。但内脏严重出血的创口，又无情地将血浆排出体外。

血，成为这场生命争夺战的生死砝码；为了从死神手里抢回这位年轻刑警的生命，无数贵溪人争先伸出了手臂，不后退，不放弃，用自己的鲜血，汇成一条奔腾不息的生命之河！

或许，是这种大爱与无畏感动了上苍。在输入了 20000 毫升血之后，程永林体内出血症状终于消失了，濒临崩溃的生命体征终于回归……

昏迷了四天四夜的程永林，终于苏醒过来。

彻夜守护在 ICU 病房外的张薇红，终于可以走到病床前。她见到刚刚苏醒的丈夫，悲喜的泪水不禁夺眶而出。她俯下身，轻声呼唤着丈夫。

时代警魂

浑身插满管子的程永林无法与妻子用言语交流。突然他吃力地移动着手，在妻子的手上画着数字，然后用手笔画了一个2字，最后吃力地写了一个抓字。

妻子忙用笔记下来，才知这是一个手机号码。忙问，是要抓人吗？

程永林的喉咙里用力"嗯"了一声。她忙跑出门询问其同事。这才知道，这是专案组教导员的手机号，而这个专案，正是那起公安部督办的贩卖毒品案。

原来，这正是程永林日夜梳理的一起贩毒案。此案所缴获的毒品，创下了鹰潭禁毒史的纪录。但是，没到案的两名涉案嫌疑人是固定证据的关键所在，必须尽快将其抓获到案。

那一刻，张薇红的心很痛，也很暖。

嫁给程永林八年了，作为一个警察的妻子，一个孩子的母亲，她的感触至深，已非语言所能表达。严峻的现实生活已将她磨砺成熟，让她学会如何独自承担和面对。

当初嫁给他，不就是想有一种安全感吗？但是婚后的现实与最初的浪漫爱情却渐行渐远。

女儿出生那天，她赶上难产，躺在医院待产室，给远在上饶办案的丈夫打去电话。直到转天上午，程永林才匆匆赶到医院，看到因难产而煎熬一夜的妻子，他突然给医生跪下说："请您一定保住我妻子的生命！"

她记得，婚后唯一的浪漫之约，是庆祝八周年结婚纪念日。傍晚，俩人走进市中心的一家西餐厅，美味甜点刚刚摆上，队里一个紧急电话打过来，他说了声"我爱你老婆，回家注意安全"就匆匆走了。虽然是"一个人的晚餐"，但她还是忍住泪水，给丈夫发去一条短信：不要担心我，出任务注意安全。

长期奔波忙碌的生活节奏，也曾让她对丈夫产生过怀疑，他真的有这么忙吗？

某日晚上，她偷偷来到丈夫的单位。一楼办公室的灯亮着，透过窗口，她看到丈夫正伏案专心整理着厚厚的卷宗……那一刻，让她对刑警这个神圣而充满危险的职业，有了更深的理解。那是一种发自内心的敬意，是萦绕于心的骄傲和满足。

在程永林抢救期间，五岁的女儿已经从大人们的言谈中觉察出：爸爸出事了。

在女儿的几次请求下，张薇红才将女儿领到病房前。看着眼前这个浑身肿胀变形，浑身插满管子的陌生人，女儿胆怯地站在门口，双手抓住门框不肯再往前走。

"那是爸爸，快喊爸爸啊！"张薇红轻声安抚着女儿说。

"我爸爸不是这样的……"女儿的话让张薇红顿时泪如泉涌。

眼泪，也从程永林的眼角儿慢慢淌落枕边，张薇红看见，那行泪水是血红色的……

"钛钉"坚固　英雄意志更难摧

在抢救程永林期间，江西省公安厅，鹰潭、贵溪市委、市政府及市公安机关的领导始终关心、关注着他。各级领导先后赶到贵溪市人民医院探望慰问，并多方联系协调上海、南昌、鹰潭等地的专家，研究制定新的治疗方案。

2016年5月9日凌晨，暂时脱离危险的程永林，被火速送往上海交大医学院附属第九人民医院继续接受救治。经九院专家会诊：他的下颌骨共十五处粉碎性骨折，鼻骨部分缺失，牙齿全部脱落，需马上进行修复手术。

这是一次难度极高的手术，院方研究了周密的手术方案，调集了医术精湛且经验丰富的专家上台主刀。因为需修复下颌骨，手术先要将其面部皮肤一点一点全部揭下，再用三维打印模型技术进行导航，在碎骨上打下一个个小孔，用98颗钛钉，将下颌骨骨折错位部分一一重新固定复位，最后将其揭开的脸部皮肤复位。

手术，从早上8点一直持续到凌晨2点。

手术进行得很顺利，但对程永林而言，却是一场极端痛苦的生死泅渡：全身虽是重度麻醉，但那昏迷、苏醒，一次次的伤口缝合……让这个年轻的"80后"体验了何为"生不如死"。

当主治专家疲惫地走出手术室，等候在外的家人和同事高悬的心才放下。

"小伙子命大，他的撞击点是下颌骨，假如是脸部其他任何一个部位，他都难逃一劫！"主治专家感叹道。

虽与死神擦肩而过，但接下来的大小手术，仍让程永林在炼狱般的病痛中煎熬着。

鼻骨修复和腿部及韧带三次修复手术，每一次，他都要经历巨痛的疯狂撕咬。

为填充下颌骨缝隙，医生要从他骨头上一点一点刮下骨粉作为填充物。

为修复缺失的鼻骨，医生要从他的肋骨上截取一段软骨，移植填充到鼻骨上。

为固定脱落及残存的牙齿，需用钛钉及钢丝将牙齿一颗颗重新复位加固。

2016年6月6日，历经头部和左腿韧带重建及腓骨固定手术之后，程永林带着病痛之躯，终于踏上了回乡之路。

这天，贵溪的天空飘着蒙蒙细雨。在贵溪市中心最大的广场两旁聚集着上千人的欢迎队伍。"欢迎英雄永林归来"的横幅下，人们搭起台子，铺上红地毯，敲起欢迎的锣鼓。

坐在轮椅上的程永林怀抱鲜花，在妻子与战友的簇拥下，慢慢地走向那一张张熟悉和陌生的面孔。列队整齐的战友们眼含泪水，用整齐的军礼表达着内心深深的问候和敬意；一束束鲜花表达着人们对英雄的崇敬与爱戴；一篮篮红皮鸡蛋祝福着英雄平安吉祥。

雨水与泪水，敬佩与感动，无声浸染着赣东北这片红色的土地。贵溪百姓今天要用自己的方式欢迎这位英雄的归来。

欢迎英雄归队！欢迎你回到刑警的行列！回到朝夕相处的战友们身旁！

历经生死争夺之战，带着无法消除的伤痛，强忍妻子不幸失去胎儿的巨大创伤，更是怀揣一颗绝不言败的决心，举手敬礼的一瞬间，一向坚强的程永林不禁泪湿衣衫。

历经"4·25"生死考验的三位战友，重新整装集结，三个人的手紧握在一起……

在贵溪康复期间，发现右腿手术后股骨接合不理想，致断骨间长出息肉，右腿行动受阻，需要重新手术。按照常规的治疗手段，要将断骨重新接合，痛苦小，但结果可能导致右腿比左腿短两厘米。

如果要避免上述情况出现，需要拆掉手术钢板，将骨缝间的息肉和新骨茬儿剔除干净，再从肋骨中取出一节骨髓和骨头接到断骨处，并用钢板固定，用自体干细胞生长修复手段进行修补。

被程永林事迹感动的上海第九人民医院唐教授主动要求为他进行手术。

他对程永林坦言："你要有心理准备，这个手术会很痛苦，且不敢说有百分之百的把握。"

"我是个刑警,以后还要出门办案,我不能让这两厘米影响我今后的人生,即使再痛我也要填平这个缺憾……"程永林的决心坚定。

2016年9月24日,程永林在上海市第九人民医院进行了右腿植骨手术。

由于频繁的手术,导致程永林身体对麻醉产生了抗药性。六个小时的手术,剧痛让程永林面色苍白、浑身颤抖。连续十几天,各种镇痛药似乎不起任何作用。他浑身虚汗不止,面色苍白,双目紧闭,不和任何人交流……

对程永林而言,这条重返之路是漫长而痛苦的。但他不动摇,不退缩。因为他心里始终装着出发时的梦想和希望,他必须以一个战士的姿态,面对疾风骤雨。

不忘初心　红色基因续辉煌

1980年,程永林出生于贵溪市周坊镇库桥村。十二岁随打工的父母搬到贵溪市生活。十八岁靠自己的努力考入江西公安高等专科学校,2004年考录上饶市公安局成为一名正式公安民警。2007年入党,2010年4月调入贵溪市公安局。

从警十五年,他七次荣立个人三等功;2014年被评为"本年度全市刑侦部门破案能手";2016年2月,当选江西省优秀人民警察。

在程永林的血液中,流淌着故乡周坊的红色基因:

土地革命时期,这里曾爆发了震撼赣东北的"周坊暴动";还是革命先烈方志敏当年传播马列主义,播撒革命火种,建立赣东北革命根据地的中心。

为警之初,勇猛顽强,不惧危险,对英雄的崇敬,如一粒种子,已然在他心里悄悄生根、发芽。

初到上饶市公安局,局领导征求他的意见,问他想去哪个部门,他坚定地回答:我想干刑警。

当时,上饶信州刑侦大队在过去六年中,没进一个新警。程永林成了破纪录的第一人。

第一次跟随组长童加清去执行抓捕任务,面对一名疯狂的持枪歹徒,他目睹了老刑警机智而果敢地将嫌疑人制服的惊险过程。那一幕让他印象深刻,他感悟道:要做一名合格的刑警,必须跑赢死神!除了勇猛顽强,还必须具备睿智的判断和正确的策略。

2005年,信州辖区一条巷子里发生了一起"敲头案":一对母女深夜骑车回家,途经一条巷子时遭人用榔头猛击头部,致使一死一伤,并被抢走一枚金戒指和百元现金。

案发后,全城震惊,百姓恐慌,天黑闭门上锁,路上更是少有人走。

案发现场没有留下任何有价值的线索。程永林与刑警们一道,对案发地周围进行地毯式的排查,但始终没发现有价值的线索。

作案工具是锤子,且一锤毙命,说明嫌疑人应该是长期使用这种特殊工具的人。沿着这个思路,程永林把调查重点转移到案发地附近制作铁器的小作坊。

在一家小作坊里,程永林获取了这样一条线索:一名籍贯铅山县的男子,曾在此打工,但很久不来上班了,原因不详。这个无故"旷工"的信息引起了他的重视。

围绕这个"旷工者",他继续调查,发现此人离开信州后,与交往的一位女友仍保持着联系。

东方利剑(六)

再查，一条重要线索浮出水面：其女友手上多了一枚金戒指。经被害人家属辨认，确认此戒指正是被害人生前所有。

潜逃的犯罪嫌疑人很快在原籍落网。这起手段残忍的抢劫杀人案就此告破，信州百姓又重归平和的生活。

信州离贵溪很远，平时程永林很少回家。除去出差办案，程永林的业余时间都是在宿舍和办公室里研究卷宗，揣摩老刑警在案件初审及成卷移送的每个环节。

日积月累，好学钻研的工作态度，让他的刑侦业务技能，尤其是对案件的研判及案卷整理、移送的质量和水准，成为同行们眼中的标杆。

2010年，与相恋多年的张薇红结婚后，程永林从上饶市调入贵溪市公安局刑侦大队。

迈入贵溪公安的行列，他感受到，这是一个英雄辈出的模范集体。一代又一代的贵溪民警，几十年来，默默无闻地用自己的汗水和热血，守护着这片红土地的平安与祥和，践行着自己为警的初心和誓言。

闻名全国的"打拐英雄"施华山、"最美交警"童祥华，都是贵溪公安战线涌现出的模范先进人物。

学有榜样，行有方向。刑警的担当，就是将破案作为神圣的天职。

这是程永林心中的座右铭，更是驱动他前行的动力和航标。

2015年3月2日，贵溪市雷溪镇一处僻静的乡村公路上，发生一起交通事故，一辆被撞翻的摩托车丢弃在路边草丛中。距车几米之外，有一处血迹，伤者、肇事者及肇事车辆均不在现场。

肇事者是否将伤者送去医院了呢？

勘查完现场的程永林，立刻拨打贵溪市及周边乡镇的医院及医疗诊所的电话，询问在案发时间后，是否有交通事故伤员前来就诊。但得到的答复是否定的。显然，这是一起反常的"交通事故"。

程永林与刑警们随即对案发地周边的几个村子展开细致调查。在雷溪村，他们获悉这样一条线索：村民杨某华在案发当日晚上，用摩托车带着八岁侄子出村去便利店买方便面，中途被一辆汽车撞倒，司机下车曾与杨发生厮打，然后将杨某华带车上拉走了……

杨某华的失踪显然与肇事司机有直接联系。

但现场的目击证人是一位受惊吓的儿童，无法说清对方具体车辆型号、车牌及肇事司机的长相特征。找不到肇事车辆，就很难确定其逃离现场的路线。

虽是点滴线索，但没有让程永林失去信心。经过对被撞摩托车受损情况的勘查，他得出这样的结论：肇事车辆的保险杠下端有凸出部件；肇事司机要逃离现场，肯定选择案发地周边四条主干道路之一，而这四条主干线上的监控摄像头，可以帮助我们寻找肇事车辆的踪迹。

连续数日的紧张工作，案件终于有了进展。

某村道口，案发当日晚八点四十分，一辆白色面包车从村道拐上主干道，而拐弯的一瞬间，汽车行进突呈S形，且右后侧尾灯没有打开。

根据追踪，发现该车的行进路线在绕行了三个乡镇之后消失了。而那条村道平时少有人走，只有当地人才熟悉。确定了侦查区域，在辖区派出所民警的协助下，刑警们对案发地周边乡镇的三千余量面包车逐一进行排查。

查车的同时,程永林带人继续对失踪者的社会关系进行认真排查。

调查中发现,村民黄某某的疑点很大,此人在村里开了一家麻将馆,社会关系复杂。在走访调查中,发现黄某某妻子与失踪者杨某华关系暧昧。而其妻亲戚家的车库里,存放着一辆白色面包车。

通过对这辆"漏检"车辆的仔细勘查,发现该车的前保险杠是新换的,且是凸出形状,特征与肇事现场车辆特征完全一致。

而车主黄某某在案发后,带着妻子去福州打工了。

数日后,在福州市某小区内,程永林与刑警们将嫌疑人黄某某抓获。

听到办案人员是贵溪口音,黄某某上车就交代了预谋报复杀人的犯罪事实:

几年前,村民黄某某得知妻子与杨某华的奸情后,非常气愤,但为了顾及家庭和情面,便带着妻子离开家乡去打工。

几年后回来,发现杨某华与妻子又有往来。恼怒之下,他决定报复对方。

案发当晚,他驾面包车在路上故意将杨某华撞倒,并用刀将其杀死,抛尸于荒野。

为躲避公安机关调查,黄某某偷偷换掉了汽车保险杠,将车藏匿于亲戚家车库内,与妻子远走福州。

案件破获,在当地百姓中引起强烈反响。贵溪刑警破解"交通肇事"谜团的睿智和机警,获得了无数人的赞扬。

2015年,中央电视台《今日说法》栏目将此案例拍摄制作了专题节目"被设计的现场"。作为案件主办刑警,程永林接受了央视记者的采访,并生动讲述了案件的整个侦破过程。

无数人通过这期节目知道了贵溪刑警;无数贵溪百姓,在电视荧屏上,认识了这个叫程永林的年轻刑警。

时代楷模,英雄事迹感天下

"4·25"案件发生后,刑警程永林的英雄模范事迹始终激励和鞭策着贵溪的公安民警。

鹰潭、贵溪市、县两级公安机关,迅速掀起"争做程永林式好民警"的热潮。从局机关到基层科所队,民警们将学身边楷模,在平凡岗位上建功立业的极大热忱,投入各自的工作中,一大批在岗表现突出的民警受到了表彰。

他的英雄模范事迹,也从贵溪走进全国公众的视野。

2016年11月28日,中央电视台《焦点访谈》栏目的编导记者,专程来到贵溪,实地采访了程永林及其模范事迹。

12月10日,该栏目制作并播出了题为《为人民撑起平安伞》的专题节目,介绍了贵溪"4·25"案件及刑警程永林的英雄模范事迹。

《人民日报》、新华社、《光明日报》、《经济日报》、中央人民广播电台、中央电视台、《中国青年报》、《法制日报》等中央各大媒体的记者,先后赶到贵溪,对程永林的模范事迹进行深入采访报道。

东方利剑 (六)

2017年5月4日，中共江西省委、省政府做出"关于开展向程永林同志学习活动的决定"。中华全国总工会授予程永林"全国五一劳动奖章"，团中央授予他"中国青年五四奖章"。

同年5月26日，江西省委、省政府在南昌隆重举行程永林同志全国公安系统一级英雄模范命名表彰大会暨先进事迹报告会。

贵溪市公安局刑侦大队刑警汪志明、贵溪市公安局党委委员梁煌钰、程永林的妻子张薇红、《贵溪报》记者揭安华以亲身的经历，为与会者作了一场催人泪下、感人至深的英雄事迹报告。

重归一线　争当智慧公安排头兵

回到贵溪不久，程永林被贵溪市公安局任命为刑侦大队副大队长，而他面临的首要任务就是康复训练。

脸部手术后的麻木僵硬，每天要通过按摩来加强血液流通；双腿三次手术加之肌肉萎缩，他要学会重新站立起来，自己迈开双腿走路。

康复训练一年，张薇红日夜守护了他一年。

一日三餐，洗脸、清洁牙齿、按摩、洗澡、伺候大小便、半夜帮助翻身；每天按时到康复中心去接受康复训练。

一天忙下来，疲惫不堪的张薇红只能在病房临时搭的小床上睡三四个小时。

对他来说，身体康复训练同样是一种异常痛苦的跋涉：腿部手术后，关节无法弯曲，站立久了会疼得浑身颤抖，汗水浸透衣裳。

走过了那段冰冷和痛苦的日子，重享太阳温暖的程永林，倍加珍惜重归的生活。

在伤痛面前，他没有退缩半步，再苦再累，也要坚持完成每天康复训练任务。

他对妻子说："能早日站起来走路，就是我当下最大的任务。既然是任务，我必须完成。"

他如受命出击的战士，用坚强的毅力、不变的信念和心中的誓言，向新的高地发起冲击。

贵溪市公安局的领导时刻牵挂关心着程永林。局领导班子成员每周轮流来医院探望他。局领导还对全局民警下达了一项特殊任务：下班或是休假，只要有空，每个民警都要抽时间到医院陪程永林说说话。

其实，程永林的病榻旁一直都有民警们的身影，民警们没有忘记病榻上的好兄弟，更没有忘记危急时刻无私为程永林献出献血的贵溪百姓。

2017年3月29日，贵溪市公安局组织全局民警开展"学雷锋 无偿献血"活动。局领导与民警们相继走上采血车无偿献血，当日献血量达22000毫升。

荣誉、鲜花与掌声，并没有让程永林徜徉于成绩的百花丛中，他想的是，抓紧时间康复，早日回到自己的工作岗位。

经过一年多的康复训练，程永林的身体机能恢复很快，逐步康复。

回刑侦大队不久，他又被贵溪市公安局党委任命为市局指挥中心主任。

新的岗位，带来的是新的挑战。

指挥中心（合成作战指挥中心）是全局的指挥中枢。在大数据时代，整合调度警力资源，打破各警种之间的壁垒，构建贵溪新合成作战模式，是警务改革发展的必然，是大势所趋。

程永林认为，在信息化时代，刑警破案不仅需要胆识，还必须以服务全局为宗旨，用信息化引领实战，通过综合研判实现精准打击。

2017年10月，走马上任的程永林，对贵溪多年未破的刑事积案进行认真梳理，提出要充分用现代化侦查手段和合成作战，对命案在逃嫌疑人展开追捕。

这是十七年前发生的一起抢劫杀人案。

2011年11月某日，一辆从贵溪出发的运铜卡车，中途遭三名嫌疑人持刀拦截，两名司机被劫持到野外活埋，一卡车铜料被销赃至浙江。案发后，两名嫌疑人归案伏法，而另一名涉案嫌疑人熊某成潜逃，一直未能归案。

2018年1月，程永林到广西南宁出差时，将嫌疑人熊某成的照片交予当地警方，发现当地一个叫罗某龙的男子与熊某成的相似度很高。经过找相关知情人调查，发现此人就是熊某成。

在广西调查中，罗某龙的亲属介绍说，罗某龙及兄妹有家族精神病史，从没有读过书，且罗某龙十几年前就失踪了。而罗某龙却在此期间于某地办理了居民身份证，且照片上的人相貌英俊，看上去很正常；活动范围则在广东、湖南、广西等地。

不仅如此，罗某龙于2011年还考取了驾照，2015年购买了私家车，全然不像一个有精神障碍的患者。

罗某龙的身份被人顶替的可能性很大。

经过对罗某龙照片反复比对，关联出的正是外逃十七年的犯罪嫌疑人熊某成。

在鹰潭市公安局技侦支队的协助下，2018年1月22日，贵溪市局领导率程永林及专案组成员赶赴广东东莞，对罗某龙的身份做进一步核查。

在有关部门的多方协助下，他们很快查清了罗某龙的落脚点——东莞某镇一纺织品批发市场。

侦查员们通过对罗某龙临街商铺二十个小时的蹲守，终于摸清了周围地形以及他本人的出入时间活动规律，并制定了周密的抓捕方案。

次日上午九时许，罗某成来商铺打点生意，刚打开店门，程永林就带着刑警冲了进去。

"熊某成！"站在门口的程永林，用贵溪口音直接喊出了潜逃者的名字。

站在柜台后的罗某龙听到来人操的贵溪口音，脸色骤变，长叹一口气说："我就是。我早就等着这一天了。"

2018年1月25日，冒名顶替他人身份，潜逃了十七年的熊某成，被刑警们押解回贵溪。经审讯，熊某成对十七年前涉嫌故意杀人、抢劫、盗窃的犯罪事实供认不讳。

"大数据时代的到来，给刑侦破案工作带来了新的机遇和挑战。不断完善合成作战新模式，打破各警种之间的壁垒，提升打击防范能力，给贵溪百姓创造一个平安祥和的生活环境，这就是我们打造贵溪智慧公安的目标和方向。"

这就是贵溪一位普通刑警的故事。

在赣东北这片红土地上，这个年轻的刑警，正用自己坚实的步履，续写着无悔的初心与誓言。∎

东方利剑(六)

破译痕迹密码
——记辽宁省朝阳市公安局刑侦支队副政委耿作明

■ 谢沁立

△ 痕迹专家耿作明

耿作明的生活,从来与时尚不沾边,上班时一身警服、一双黑色皮鞋,下班时换一件夹克衫,这身装束从青年一直穿到中年。

他总也分不清那些奢侈品的模样,记不住年轻人趋之若鹜的各种新款和限量版的鞋,他的记忆力全部放在了常人从不关注的细枝末节上。比如,有哪个发烧友了解脚下限量版运动鞋鞋底的模样呢?是流畅的线条、凹凸的花纹,还是整齐划一的菱形格或者不规则的圆形块? 耿作明就一清二楚。他不仅能从鞋印中分辨出是运动鞋底、皮鞋底,还是塑胶鞋底、布鞋底，还能通过这些鞋印找出相同的规律，勾勒出穿鞋人的走路习惯、高矮胖瘦。

"这没什么呀。"耿作明常常对那些惊诧不已的外人这样说，"这是每一个刑警的职业习惯，处处留心皆学问。"

△ 耿作明的处处留心做出了大学问

绕到谜面背后

戊戌年腊月二十五，双塔区小桃村。

案发现场。这是一起杀人案。独居村里的65岁李老太被杀。

李老太的老伴老谭在镇上打工，女儿和儿子都住在城里。老谭一星期回一次家。这天傍晚，他回到家里，发现妻子下身裸露，被利刃剜割，已死亡多时，立即报警。

法医推断，李老太死亡时间大约在两天前。

老谭说，他回家时，院门是关闭的，插着门闩，房门是虚掩的。他借助邻居家的梯子翻过院墙才进了院子。院子里是土路，院子两旁堆满了劈柴、秫秸秆、砖头。

明亮的照明灯下，朝阳市公安局的刑警们现场勘查、法医验尸、痕迹搜索、拍照录像，各司其职，忙而有序。市局刑侦支队副政委耿作明戴好手套和鞋套，并没有急于走进第一现场。院子里有数枚脚印，多属于李老太、老谭以及他们的女儿的，只有一枚大小形状相同的鞋印没有着落，分别在院外墙根、院内土路、房间内水泥地面上出现。

民警提取了最完整的一枚鞋印。看着院子土路上的鞋印，耿作明自言自语道，身形瘦弱，个头不到一米七，男性。

然后，他就不再说话，继续盯着那枚鞋印。他时而蹲下看，时而侧头看，时而弯腰看，他似乎要把那枚鞋印的纹路一道道刻进眼睛里。他越看这鞋印越觉得眼熟，此刻，那些他曾认真研究过的鞋印一一在脑海里闪现，他确信自己一定见过这枚鞋印，只是究竟在何地何时见过，一时有些模糊。

鞋印传回队里，技术人员进行比对。

很快，队里回复，这枚鞋印的花纹种类24天前在一个现场出现过，而那个现场正是眼前的李老太家。

24天前，李老太报警说家中无人时，有人入室盗窃，丢了二百多块钱，民警在勘查现场时发现了一枚鞋印，在汇报近期刑事案件情况时，附上了这枚鞋印的照片，虽说只是土路上不很清晰的鞋印，却被只扫了一眼的耿作明刻在脑海里。

循着足迹追踪下去，民警在距离李老太家2公里之外煤渣场的煤堆旁发现了相同足迹，还找到了一副黑色线手套。同时，在距离煤渣场500米远的一间蔬菜大棚的看护房里，发现燃烧过的炭火旁留下了一枚烟蒂。

根据这些痕迹线索，耿作明分析判断：这个杀人现场与24天前的盗窃现场足迹种类一致，相同的地点，不同的日期和作案性质，如果串联起来分析，是不是本想图财盗窃，但在盗窃过程中被发现而临时起意杀人灭口？

李老太家所在的村庄是一个自然村，位置偏僻。李老太家又位于村庄深处，七拐八绕才能找到，犯罪嫌疑人两次光顾，是熟悉这里还是偶然巧合？

耿作明说，熟人作案的可能性很大。

相同的鞋印，新鲜的烟蒂，手套和鞋子的来源，这一系列线索和分析缩小了民警侦查的范围，确定了侦查方向。

用足迹找到了烟蒂，用烟蒂很快锁定了犯罪嫌疑人。除夕的下午，伴随着时断时续的鞭炮声，犯罪嫌疑人被抓获，是李老太女儿的前夫。李老太的女儿和他有过一段婚姻，已离异几年。离婚后，他的日子很是艰难，因为没钱过年，便找熟悉的人家入户盗窃。前妻家便是他的一个目标。第一次得手，再次盗窃时却被李老太发现，他便凶狠地抄起厨房里的刀具对老人下了毒手。

他的作案过程与耿作明的分析相差无几。命案告破，民警们总算过了一个踏实的年。

对耿作明来说，正是从警之初的那个犯罪现场模拟重现，决定了他一辈子从事的工作。

1984年，毕业于辽宁省警察学校的耿作明被分配到朝阳市所属北票市的桥西派出所，他性格稳重，工作细心，勤奋严谨，深得同事的信任和喜欢。工作刚满半年时，朝阳市公安局刑事技术处开办现场勘查培训班，所长珍惜这棵好苗子，派他去学习。培训班的老师功力深厚，不是照本宣科，而是从实战中遇到的问题讲起——如何搜集现场的各种证据，如何规范操作，甚至连如何调整照相机的光圈，如何在暗室冲洗胶卷都讲得通俗易懂。耿作明大开眼界，对所学知识如饥似渴。结业考试分为理论考核和实际操作。结果，耿作明警察人生中的第一份答卷获得了全班最高分。正是这次脱颖而出，成就了他警察生涯的第一次跨越——他被调入朝阳市公安局从事痕迹检验工作。

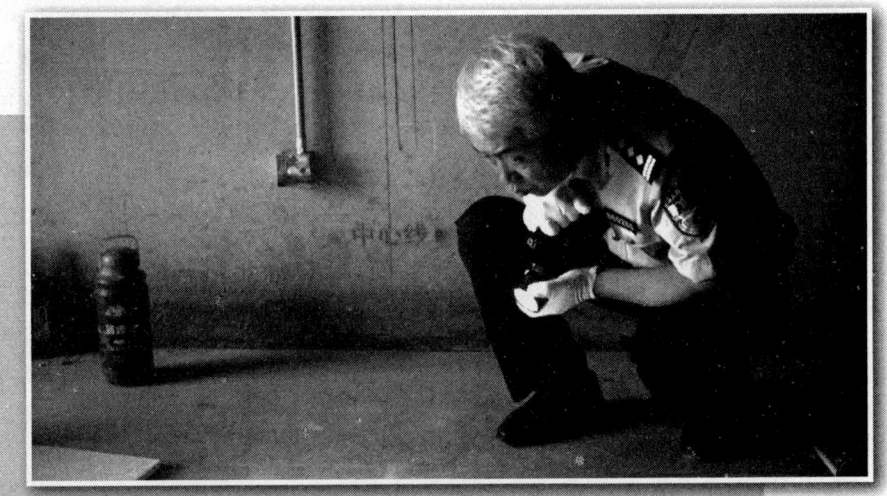
△ 耿作明一丝不苟地在现场工作

在耿作明的从警岁月里，朝阳警方破获的所有重特大案件，都有他寻找犯罪痕迹的身影，敏锐目光的闪烁以及独到的见解和分析。纸上谈兵终觉浅，没有到过现场，就没有发言权。无论案件大小，耿作明都会去现场走一遍甚至十几遍。现场就在那里，一切答案都在那里，就看你怎么去发现，怎么去化解。

枯井中的罪恶

朝阳市位于辽宁省西部，水资源不足，农村生活、灌溉用水多靠水井。家家户户院中有井，地里有井。一口口星罗棋布的井，养育着这一方百姓。那一望无际的田野上究竟打了多少口井，连当地人也无法说清；而幽深水井中到底藏着多少秘密，更是无人知晓。

那是15年前7月的一天，天气炎热。学校放暑假了，但朝阳师专的学生小娟决定留在学校。她想利用假期去当家教，给自己挣出下学期的学费，减轻家里的负担。小娟举着一个A4纸大小的纸牌，上写"家教"两个大字，顶着烈日，站在市中心商场门口，盼着熙来攘往的人群中能有人前来咨询。

一个中年男子走过来，语气和蔼地说："我想给孩子找一个家教，他是小学生。"又说："我在外地工作，你需要办一张银行卡，我每个月把钱给你打到卡里。"

小娟去办理了银行卡，交给了该男子，然后跟他上了一辆帆布顶棚的老旧吉普车。

后来，再也没人见过小娟。因为是假期，学校不掌握小娟的行踪，家人以为她还住在学校忙着做家教。

一个星期后，一位中年男子跑到小娟的学校，递给门卫一张纸条，上面写着："你们的学生小娟在我手上，2天之内你们得给这张卡上打5万块钱才能保住她的性命。"纸条下端写着银行卡号。

东方利剑（六）

几天后，中年男子被民警抓获时，正在自己家专心致志地用袖珍机床加工着五金件。他叫孙国祥，单身独居，性格偏执，没有朋友，没有正式工作，喜欢五金加工。在孙国祥的住所，民警还发现了一把他手工制作的手枪，能够射出子弹球。

那天，满心欢喜的小娟坐在副驾驶座位上。不久，她发现汽车正驶向郊外。她开始惊慌，要求停车。中年男子却猛踩油门，开得更快。她试图跳车，但汽车速度飞快，她没敢拉开车门，最终被孙国祥在车上强奸并杀害，扔到田里的一口水井中。

看守所里的孙国祥面对民警得意地说："我反正最后也是死，再告诉你们一个秘密吧：我还杀死过一个人，也扔在了水井里……两年前，我和一个女足疗师好过，她叫冯路。那天，我带她到凤凰山。我当时只想试一下我制作的手枪能打多远，有没有威力，我就冲冯路脑袋开了枪。冯路死了，我这才知道我的枪能打死人。我把她扔在附近的一口井里，还往里面扔了一些石块和其他东西。"

"具体还扔了什么东西？"

孙国祥使劲想了想说："好像有帆布。"

按照孙国祥的供述，冯路已经被害两年。这两年间，凤凰山周边地区因为开发改造，环境变化非常大。孙国祥说不清当时的标记，也找不准沟沟壑壑的山路上，他将冯路的尸体扔进了哪口井。

刑警们画出勘查范围。在这个范围内，一共有四十多口井。他们要逐一下井查找。

这是荒山野岭山沟里的一口井，周围林密草丰。这是民警们查找的第二十八口井。几天来的查找一无所获，民警们都很心焦。耿作明站在井口，粗略观察，井口边沿的砖块已经破损，应该很久无人使用。井口直径1米宽，深度超过20米，看不清下面是否有水，表面似有片状的塑料膜覆盖着，看不出原有的颜色。

耿作明的心忽地猛跳了一下，他想起孙国祥口供中说"好像有帆布"，他有一种预感，冯路的尸体就在这口井里。

下井查看就能水落石出。

那年，耿作明40岁，他拦住年轻民警说："如果井下藏着尸体，肯定已高度腐败，你们不要下。我下！"

耿作明穿好防护服，戴上头顶有灯的头盔。消防战士开启救援车上的卷扬机，一条钢丝吊绳垂下来，吊绳下端是一个三脚架，耿作明拽住吊绳坐了上去，他悬在空中时，现场所有人的心都跟着悬了起来。

耿作明一手拽着绳子，一手拿着相机，一边缓缓下降，一边对着井深处拍照。

到达井下约20米处，拍照后，耿作明掀开了早已变成灰黑色的残破灯箱布，灯箱布下面是一些散乱的干树枝。当耿作明揭开灯箱布的一角时，一股恶臭扑鼻而来。他屏住气息，拍照。他知道，这每一层物品的先后顺序都要与孙国祥的口供相对照，作为法律上的依据。

从井上到井下，又从井下回到井上，耿作明反复了5趟，才将井下的秘密一层层揭开，把作为证据的物品带到井外。干树枝下面是大大小小几十块不规则石块，石块下面的井水中，赫然蜷缩着一具尸体，尸体大部分浸在水中，背部朝上。悬在绳子上在井里摇晃的耿作明，心疼代替了恐惧。两年了，这个可怜的女人，一直在等待着被人发现，为她伸张正义，给想念她的家人一个最终的交代。

一阵阵恶臭令人作呕，耿作明精神高度紧张，他忍住身体的不适，细心观察，不停地拍照。尸体已高度腐败，呈尸蜡状态。他费了九牛二虎之力才将尸体打捞出井。

经过DNA检验，井下女尸正是失踪了两年的冯路。她从外地来到这里打工，只因为孙国祥打算试试自制手枪，她就被剥夺了生命。

耿作明在清理、打捞犯罪嫌疑人为掩盖犯罪而投入井中的石块、薄铁皮、广告灯箱布等杂物的过程中，发现并记录了它们之间的交错关系、先后顺序，成为甄别犯罪嫌疑人的口供、认定犯罪嫌疑人作案的重要依据。

耿作明的痕检经历中，另一口井下探出的秘密，让他对金属材料、工艺领域做了一番研究，还写出了学术论文。

那是二十多年前的一起案件。

这是一口供热管道维修井，在地下3米处，用于一年四季为工业企业供热。大约10平方米的管道井里，布满横横竖竖的供热管，常年温度保持在六七十摄氏度。

工人下去维修时，看到一具腐败的尸体，在管道下面的泥水里，露出一半，不辨男女，难见模样。

经过法医鉴定，死者为年轻女性，死亡时间在半年以上。尸体颈部紧紧勒着一截直径1.8毫米的铁丝。

细铁丝是最重要的物证和线索，而且是现场唯一的线索。

痕检民警在勘查现场、检验证据时，最关注"五个字"：手、足、工、枪、特，也就是手印、足迹、工具痕迹、枪支痕迹以及特殊痕迹。

铁丝断端的痕迹能够确定剪断铁丝的工具，继而可以追根溯源。但这根细铁丝的断端已在高温环境的水中严重锈蚀，根本不具备检验条件。

这段长约40厘米的铁丝放在耿作明面前，这上面到底隐藏着多少秘密呢？

耿作明在显微镜下观察着细铁丝，表面似有线条状痕迹。在痕迹检验中，线条粗细、间隔是否具有规律性都能验证不同的情况。

这种细微的变化能否作为鉴定意见而采用？它又具有怎样的意义呢？

实验室里静悄悄的，耿作明的心里却波涛汹涌。他在思考着铁丝上的各种可能性。

耿作明买来《金属拉拔工艺》《金属拉丝及镀膜工艺》两本书学习研究，又亲自去一家铁丝厂观察铁丝拉拔成型的全过程。很快他发现，受工艺和其他因素影响，拉丝过程中，铁丝的表面在一定长度内会留有相同的条状痕迹。如果能够对拉拔出的痕迹做出距离和变化测定，就能确定犯罪现场的铁丝是从哪一盘铁丝上截断而来的。

耿作明从铁丝厂搜集了不同粗细的铁丝，又去建材市场买了其他厂家出产的不同型号的铁丝，开始进行比对实验。

整整20天，耿作明的桌子上堆了几百段打着标签的铁丝。他一段段在显微镜下仔细观察，找寻着表面线条中的规律性、连贯性……最终他得出结论：粗的连贯的线条，在超过 20 厘米的距离几乎不发生变化。细线条，在超过 20 厘米的距离就会发生变化。他确认了金属线表面的拉丝痕迹具有连续性和一定范围内的特定性。

耿作明对铁丝表面线条进行研究的同时，侦查员们通过大量走访、调查取证，确定了犯罪嫌疑人，并在其家中提取了一些截面为 1.8 毫米的铁丝。

最终确定，勒在被害人颈部的铁丝，就是从犯罪嫌疑人家中搜查到的铁丝上分离下来的。犯罪嫌疑人的供述最终证实了这一点。

被害人与犯罪嫌疑人本是情侣。在一次争执中，嫌疑人将女方掐死，又用家中的铁丝勒在女方脖子上，趁半夜将其扔进了管道井里。

耿作明对金属线表面的拉丝痕迹的检验开辟了痕迹检验的一个新领域。他撰写的科研论文被刑技民警奉为教科书级的必读课本。

笔记本里的智慧人生

从 34 年前从警那天开始经历的案件，一直到今天，81 个大大小小摞在一起一米多高的笔记本，记录的是朝阳这个城市的变迁，犯罪分子作案手段的变化和自己的心得体会、经验总结。

2003 年的笔记本里记录了一起盗窃案。

5 月的一天上午，8 点刚过，市区的一家食品厂报案，财务科保险柜丢失了 31 万元现金。耿作明和同事很快到达现场。

财务室在一楼，防盗门完好无损，没有被撬痕迹；窗户完好无损；放钱的保险柜表面也完好无损。表面来看，这是一个和往常一样平静安全的财务室，但 4 名工作人员都确定前一天下午从银行取了 31 万元现金并放进了保险柜，准备今天给员工发奖金。

监守自盗？逐一排查相关人员，都有发案时间内不在现场的证人证明。

负责保管保险柜钥匙的雷姐会是作案人吗？耿作明把思路拉回到眼前，心里自问着。

雷姐 40 岁，离异，前夫在外地。她坚定地说钥匙从未离身，晚上一直和 15 岁的女儿在家里，没有外出。至此，她的女儿作案的可能性也被排除。

耿作明再次拿起雷姐的钥匙。钥匙串上有 4 把钥匙，包括财务室防盗门的钥匙 1 把，保险柜的钥匙 1 把，还有她自己家里的房门和屋门钥匙各 1 把。这 4 把钥匙每天必用，从不离身。

耿作明仔细观察着，发现雷姐家里的房门钥匙和财务室防盗门的钥匙颜色相同，外观相像。仔细甄别后，他确认雷姐家里的房门钥匙没有仿型痕迹，而财务室门钥匙却有仿型痕迹。是雷姐用仿制钥匙盗窃，还是另有一人拿着仿制钥匙？作案人一定非常熟悉雷姐的工作和生活情况。但雷姐及其女儿已被排除作案可能，那么，应该还有一个人没有进入警方视线中。

雷姐被单独留在现场。

"你还有一位亲近的人没有说出来！"耿作明紧盯着雷姐的面部表情、眼神变化。

"我,我没有什么亲近的人了。"雷姐低着头低声说,"我肯定没有偷钱啊。你们不是都证明了吗?"

耿作明说,既然你说没有作案,你也不必有什么隐瞒,也不必包庇其他人。把你知道的,你生活中接触的最亲密的人告诉我。

"唉!"雷姐深深叹口气,"这也太难为情了……"她终于说出了藏在心底的秘密。雷姐几年前离婚后,独自带着女儿生活。一年前,她在商场买东西时,一个剪着短发、个子高大的女子向她问路。雷姐热心地给她画了张图,指明路线。女子是个背包客,常常一个人旅行,她被雷姐的热情打动了。两人一见倾心,越聊越贴心。相识不久,女子就住进了雷姐家里,两人双栖双宿,形影不离。有时雷姐加班,女子还到厂里来接她,经常用雷姐的钥匙开门。雷姐的一切,她了如指掌。

一个重大嫌疑人浮出水面,但她已不辞而别。

耿作明根据仿制钥匙查出了嫌疑人,顺藤摸瓜,侦查员在盘锦将犯罪嫌疑人抓获。

女子偷窃的原因竟然很简单。住在北京,家境富有,盗窃保险柜里的现金,不为钱财,而意在控制雷姐,让其与她长期厮守,她说她是真心喜欢雷姐。

现金一分未动,如数追回。

2018年开篇就记录了一起大案。

除夕之夜,小区里的一家别墅被盗。

业主一家到父母家过年吃年夜饭,回到自己家却发现二楼房间里的保险柜被撬开,现金、首饰等贵重物品被盗,价值约200万元。

除夕夜,耿作明刚回到百里外的老家陪伴父母。接到警情后,他立即赶到案发现场。他和同事们趁着居民们还在睡梦之中,现场外围道路上的痕迹还没被破坏时,查找并确定犯罪嫌疑人的进出轨迹。

经过连夜勘查,现场发现有足迹、手套痕迹,一些物品被翻动过,打开保险柜的方式很有技术含量。

从室内足迹情况分析,作案人为一人进入室内,戴手套,持有撬压工具。

耿作明仔细观察着现场内外。

被盗的别墅位于小区最后一排。距后窗3米远,是小区的铁丝网围挡,有2米高。围挡外是一栋6层普通住宅。铁丝网周围没有路,少有人清扫,地上覆盖着枯枝败叶。铁丝网有一个新近被剪开的豁口,应该是工具钳所为,能容一人侧身通过。普通住宅墙外的边沿有一个视频监控镜头,但因故障无法使用。

小区门口的监控正常工作。但一天中,来往的行人和车辆很多,怎么确定正在通过的某个人是犯罪嫌疑人,正在通过的某辆车里坐着犯罪嫌疑人呢?

"嫌疑人的左脚有残疾,走路会跛脚。"耿作明找到了关键突破口。

视频监控中发现了跛脚男子。

小区外100米远的垃圾堆旁,发现了与现场留下的同种足迹。

200米远的公路旁,民警们在条件复杂的人行道上发现了作案人徘徊的脚印,确定了犯罪嫌疑人来往的路线，据此，在相隔的马路边找到他驾驶的银色汽车……

大年初一、初二、初三，耿作明和专案组60余名民警的春节假日，是在室外零下20摄氏度的寒风中度过的，嘴唇麻木，手指僵硬，腿脚冻得几乎失去知觉。取暖的方式，就是到汽车里开上暖风坐一会儿。更主要的是，节日期间，饭店关门，他们常常连饭都吃不上，他们笑称自己是在被动减肥。

证据不断被确定，证据链条逐渐串联、清晰。

大年初四中午，犯罪嫌疑人在沈阳的家中被抓获。因为过年，所有首饰还没来得及变卖，完璧归赵。

犯罪嫌疑人以前因为车祸造成跛脚。他在这个小区多次踩点，将家中经常黑灯的住户作为作案目标。

满身绝技传后生

刑事案件的现场勘查、痕迹检验是公安刑事侦查工作的第一线、最前沿，也是案件侦查和案件诉讼的第一个环节，是案件侦破和诉讼的基础。刑技工作是脑力活儿，需要斗智斗勇；是细致活儿，需要抽丝剥茧、细梳慢理；是体力活儿，需要有强健的体魄和持久的耐力。

朝阳市下属的北票市矿产资源丰富，若干年前曾经有多家矿产企业在此开采，需要大量雷管进行爆破。当时，雷管的管理不完善，家家户户都储存了一些，以便打井、开山时用。后来，采矿企业陆续关闭，但还有人在使用数年前存留的雷管。

爆炸案时有发生，也有人员伤亡。是因雷管引发爆炸，还是其他化学物质引发？是爆炸造成人员伤亡，还是杀人后用爆炸现场掩饰？这都需要耿作明和同事们分辨、鉴定。

爆炸现场往往房倒屋塌，一片狼藉，碎铁片、碎玻璃、碎塑料，大大小小的碎片，混乱不堪。能在现场找到雷管就是奇迹，但年轻民警根本不知道雷管爆炸后是什么样子。

耿作明想了一个办法。

他从废品站买来废旧煤气罐，用电焊打开一个小口，放进一枚雷管。在宽阔的空地上引爆雷管。再将煤气罐破拆，让年轻民警观察雷管爆炸后的样子。除去烧毁的物质，煤气罐里只剩下卷曲的不规则的米粒大小的颗粒。此情此景，年轻民警对雷管爆炸后的样子再也无法忘记。

朝阳的冬天特别寒冷、特别漫长。民警出现场一连几个小时在户外勘查，寒冷侵入骨髓。嘴唇麻木说不出话来，手脚不听使唤。有时，大家会在空地上歇一歇，点燃一堆篝火取暖。年轻民警杨家柳至今仍记得当一堆篝火点燃时，耿作明对他说："小杨，今天是你的生日，这堆篝火就代表生日蜡烛吧，我们祝你生日快乐！"

冰天雪地中，一堆篝火的温暖让杨家柳感慨万千，眼泪充溢在眼眶，幸福充满在心中，他觉得曾经受过的那些苦和委屈在一瞬间都消失得无影无踪，他为自己战斗在这个为人民服务的集体而感到光荣与自豪。

时代警魂

△ 言传身教

有一种刑警，他到了现场，所有人都会放心，因为案子准会破获；

有一种刑警，只要强大的内心坚信，总有一抹痕迹印证着罪恶；

有一种刑警，被年轻民警当作标杆，从警就要一辈子当他那样的警察。

耿作明就是这样的刑警。

他虽然已经56岁，但仍然奔波于各个案发现场。

痕迹无声，刑警有心，人间有爱，正义有期。面对案件，为了早一点儿还原真相，找出罪犯，他日夜兼程，一次次兑现着当年初入警营时的誓言，那里有他美丽的梦想，更有他无畏的担当。∎

一枪定乾坤

■ 千秋

一个神枪手的成长与成熟，天分很重要。除此之外，还要靠后天的勤学苦练，当然那种苦与累并不是常人所能承受的，用炼狱般的生活来形容其残酷一点儿也不为过。只有忍受常人难以忍受的痛苦，练就常人难以练就的胆识，战胜常人难以战胜的困难，才能取得常人难以取得的成功，真正成为一名所向披靡的"神枪手"，否则，只能被无情地淘汰出局。

看不见的眉心

人的眉心在哪里？这还用问吗，不就是两眉之间的中心部位，眉心咋会看不见呢，它不是明晃晃地印在人的额头上吗？但那天对于何二涛来说，他确实看不见它，并不是他的视力不好，而是别人把他的眉心刻意隐藏起来，怕的就是将自己的致命部位暴露在狙击手的枪口下。即使如此，也难不倒聪明的何二涛，照样一枪打中他的眉心，那是因为眉心的位置早就深深地印在他的心中。

2007年6月6日,这一天对于何二涛来说是他声名鹊起的一天。这天,何二涛在单位里值班。下午6点多,何二涛接到上海市公安局指挥中心的处警指令:武宁路杨柳青路口的时代超级购物广场肯德基快餐店内发生一起一男子持刀劫持一名4岁女孩儿的案件,要求何二涛火速赶到现场。

其实这起案件早在下午2点50分左右就发生了,警方接报后迅速调集刑侦总队、普陀分局等相关单位前往现场处置,上海市公安局主要领导也赶往现场指挥处置工作,要求尽一切努力确保人质安全。经过长达4个多小时的谈判,犯罪嫌疑人没有丝毫缴械投降的意思,现场谈判一度陷入僵局。

随着时间的流逝,犯罪嫌疑人的心理和生理随时可能达到极限,人质的危险系数在不断上升。为了最大限度地保证人质的安全,警方决定在继续与犯罪嫌疑人谈判的同时,火速调集狙击手到现场待命。

△ 百发百中的何二涛

等何二涛赶到现场时,犯罪嫌疑人已将人质劫持至肯德基的儿童乐园区域,何二涛根据领导的指示,在事先准备好的纸箱后面寻找到合适的狙击位置,并通过纸箱上的小洞瞄准犯罪嫌疑人,抓紧时间进行瞄准击发练习。

时间就像蜗牛一样慢慢地爬行,每一秒都显得那么漫长。在警方与犯罪嫌疑人谈判了7个小时后,犯罪嫌疑人依然没有释放人质的意思。而且犯罪嫌疑人的情绪越来越激动,一手持菜刀,一手紧紧勒住小女孩儿的脖子,随时都有可能加害人质。

不能再拖下去了,否则人质有性命之虞。21点40分左右,现场指挥员下达击毙歹徒的命令。接到指令的何二涛通过小洞发现犯罪嫌疑人将自己的大半个身子隐藏在儿童乐园的挡板内,从他的角度观察犯罪嫌疑人只有右耳露在外面,射击条件极不理想。

东方利剑 (六)

他的眉心在哪里？这是无法用肉眼直接观察到的，怎么办呢？现在射击对于一个狙击手来说，并不是一个绝佳的机会，但即便这样的机会也会稍纵即逝，想想，如果犯罪嫌疑人这时警惕地将自己的右耳也缩了回去，给狙击手的下一次机会不知道还要等多久。冷静的人脑子是转得最快的。此时何二涛脑海里翻转着平时训练时的一张张人像靶纸，而且越来越清晰，他已从犯罪嫌疑人的右耳大致判断出他的眉心所在位置。

何二涛不慌不忙地拿出一颗子弹，用衣服将弹头擦了擦，深吸了一口气，把子弹轻轻地推进弹膛。

"叭"的一声脆响，一颗子弹从枪管里呼啸而出，击穿塑料挡板后正中犯罪嫌疑人的眉心，犯罪嫌疑人当即栽倒在地，再也没有爬起来，埋伏在附近的民警随即传来一阵欢呼声：打中了，打中了。

何二涛是特警总队突击二支队一大队民警，长得壮实敦厚，宽脸，浓眉大眼，有点儿像古代传说中取敌首级如囊中探物的侠客，这是他给人的第一感觉。无论从体型还是影响力来说他都算得上是一个重量级人物。2006年、2007年在全市特警系统狙击枪赛考中稳占冠军宝座。2009年5月，还代表全国特警赴匈牙利参加世界警察和军队狙击枪锦标赛，并取得了优异成绩。

关于何二涛和枪的缘分，还得从他当兵时讲起。1998年他应征入伍，在武警上海市总队五支队服役。从新兵营训练开始，何二涛就显现出与众不同的射击天赋，逐步在新兵里崭露头角。2002年，何二涛与其他3名战士参加武警总队的射击比赛，为所在部队捧回了团体比赛冠军的奖杯。

在部队里，何二涛接触得最多的是手枪和步枪。2004年2月，他通过特招进了特警总队，这时何二涛才有机会接触狙击枪。何二涛说，做一名狙击手是他入伍之初最大的理想，从第一眼见到带着瞄准镜的狙击步枪，他就打心眼里喜欢上了它。

当然，要成为一名"神枪手"并不是那么容易的，除了要有射击天赋外，更重要的是靠要勤学苦练。训练中，何二涛总是第一个端枪，最后一个放枪。握枪定型，是狙击训练最苦最难的课目，每天端着重3.5千克的88式狙击步枪一趴就是几个小时，不停地重复着端枪、瞄准、击发这些枯燥而单调的动作，一天训练下来只感到脑袋很沉，腿打着战，浑身就像散了架似的，每走一步，都能听见自己骨头发出的声响。

作为一名优秀的狙击手，除了要有精准的射击技能，还要具有过硬的心理素质。何二涛还特意到刑侦总队看法医解剖尸体，刚开始他一见到那些被开膛破肚或发出阵阵腐臭的尸体就忍不住作呕，但去的次数多了，也就见怪不怪，稳定的心理素质就这样练成了。

何二涛说，考量一名狙击手是否成熟，射击的精度和速度是一个标准，更为关键的是面对险情时，要有一个临危不乱、处变不惊的稳定心理素质。现在已是狙击教官的何二涛，在训练队员时，特别注意强化队员的心理素质。在训练时，他会让队员在短时间内先进行剧烈运动如高抬腿、折返跑，然后让队员立即趴下来瞄准、击发，以此来训练学员在呼吸和脉搏改变时掌控射击的感觉。同时，他还亲自帮队员压膛装子弹，目的是不让队员知道枪里是否有子弹，以纠正和扭转队员空枪射击时打得好而实弹射击时容易紧张的不良情绪。

"把自己的射击知识和经验毫无保留地传授给更多的人,为公安特警队培养更多的优秀射手。"这是何二涛给自己定下的奋斗目标,对于一个天分和勤奋两者兼具的人来说,我们坚信他一定能实现这一目标。

喜欢像西部牛仔一样射击

西部牛仔戴着顶宽毡帽,把帽檐压得低低的,骑在一头枣红色的高头大马上奔跑在广袤的戈壁和沙丘上,飘逸的长发在微风的吹拂下有节奏地上下起伏的样子,让鲍贺南觉得很帅很酷。鲍贺南特别喜欢看西部牛仔决斗,两个人面对面站着,两只手空垂,同时数"一、二、三",两个人快速拔枪、瞄准、射击,枪响人倒,败者永远倒在了地上,而胜者笑盈盈地站着的潇洒模样更是让鲍贺南崇拜不已,他做梦也想成为一个这样特别有型的西部牛仔。当然,他不是为了江湖决斗,他面对的是罪恶。

2008年6月20日7时10分左右,松江分局指挥中心接到天马山派出所报告:佘山镇的胡雷持刀将女友劫持在自己的房间内。接报后,松江分局立即调集天马山派出所、特警支队民警赶到现场。现场房间的门已被反锁,房门被胡雷用缝纫机、椅子等杂物死死堵住,警察根本进不去。

胡雷劣迹斑斑,曾因吸毒多次被强制戒毒和劳动教养。好逸恶劳的他把女友挣的钱挥霍一空。女友实在忍受不了就提出分手,但胡雷坚决不同意。看着女友去意已决,恼羞成怒的胡雷上演了眼前的一幕。

警方的谈判手一直与胡雷在进行谈判,希望胡雷能释放人质,但性格暴戾的胡雷拒绝与警方谈判,声称民警若插手此事,他就杀掉民警,并与女友同归于尽。

谈判持续了好几个小时但毫无进展,犯罪嫌疑人依然气焰嚣张,不时还做出伤害人质的动作。为了最大限度地保证人质的安全,现场指挥部决定在适当时机击毙犯罪嫌疑人。但经过勘查,胡雷房间的两扇窗户都有铁栅栏,不具备狙击条件,房子的前面是一片开阔地,没有任何建筑物可以利用,也缺乏有利的狙击条件。

根据这一情况,现场指挥员命令鲍贺南换上便服,并带好手枪,指示他如果犯罪嫌疑人有伤害人质的行为,立即予以击毙。

鲍贺南悄悄地潜到南面窗户根下,伸头观察着房间内的情况。在鲍贺南观察的近一个小时内,犯罪嫌疑人拿着锋利的尖刀始终与人质坐在远离窗户的床后地板上,两个人的头成一条直线,鲍贺南在静静地等待着合适的时机。

谈判还在继续,一个多小时后,犯罪嫌疑人情绪突然激动起来,猛地起身,挥舞着尖刀向人质身上砍去,几乎在同一时间,鲍贺南掏出手枪,完成了上膛、开保险、瞄准、击发动作,"叭叭"两声枪响,击中了犯罪嫌疑人的太阳穴,犯罪嫌疑人应声倒地。埋伏在一旁的民警听到枪响,迅速突入房间,将人质安全解救出来。

鲍贺南的同事都唤其"包子",他是松江分局特警支队一中队中队长,皮肤白净、身材瘦削,不似何二涛那般人高马大,但嘴巴着实厉害,说话语速很快,还挺幽默。

东方利剑（六）

在警校的射击课上，鲍贺南第一次见识到了真枪，泛着钢蓝的光。教官开始授课，站着跪着卧着翻滚着，托枪、拔枪、扫射、点射，枪声响脆，靶环四炸，那迅猛如雷的动作，那行云流水的节奏，一下就把鲍贺南的魂勾走了！枪，警察生命中重要的图腾，哪个警察心里没有一个关于枪的梦？他当然有，而且更甚。他呆呆站着，几乎痴醉了。

教练很快发现了鲍贺南的射击天赋，他注意力非常集中，而且稳定性和模仿能力特别强，当别的同学的手还在紧张发抖的时候，他已经打完了全部子弹，而且枪枪命中靶心。鲍贺南开玩笑地说，有的同学心跳加速是有规律可循的，进入靶位是80，压弹是90，装弹匣是100，准备射击是110，如果听到同学的枪先响，那么他的心跳就会一下飙升至120。在课堂上，鲍贺南很活跃，也很热情，他见有的同学射击时有点儿紧张，手势和动作做得不到位，就主动跑过去为其讲解射击要领，纠正其错误手势。在同学心目中，他是公认的"神枪手"。

△ "神枪手"鲍贺南

2001年7月警校毕业后，鲍贺南被分配至松江分局特警支队。也许是冥冥中注定的机缘，使他从此与枪结下了不解之缘。分局每年有大批的民警需要参加持枪证考试，迫切需要找一名射击教官进行指导，为此政治处领导来到特警支队"选秀"。

满满一会议室的特警队员居然无人主动站起来报名。政治处领导有点儿失望，就在转身准备离开的时候，鲍贺南唰地站了起来，自信地说："领导，我打枪打得还可以，我想试一试。"政治处领导看有人站出来了，脸上的表情先是一阵喜悦，但细看发现是一个"小飞机"，脸上随之写满了问号。

想做一名教官，首先要会讲，肚子里得有货，如果像茶壶里的饺子倒不出来可不行。

这可难不倒鲍贺南,他自小在北方长大,说着一口标准的普通话,伶牙俐齿,而且让他讲自己最喜欢做的事情,自当是如黄河之水滔滔不绝,这一点在以后试讲中鲍贺南表现得淋漓尽致。会讲自然没得话说,再把他拉到靶场一比试,手势动作标准,干净利落,而且枪枪命中靶心。理论功底和实战技能都不错,政治处领导当然乐得合不拢嘴,射击教官非他莫属。

鲍贺南始终认为打铁还需自身硬,为了让队员们信服,每次训练的时候,在纠正完队员动作后,他自己都会拿起武器和队员们一起训练,要求队员们做到的他自己首先要做到。为了克服据枪定型的困难,鲍贺南和他的队员们必须长时间跪姿或卧姿持枪瞄准着,这是真正意义上的一动不动,要把身体绷紧,屏住最轻微的呼吸,控制住所有颤抖,透过瞄准镜里的准星缺口望着远方的目标,然后瞄准、击发。

除了长时间地瞄准可以加强队员们对枪支稳定性的掌握,鲍贺南还想到了子弹壳。一颗子弹多轻?轻得让人轻蔑。一颗子弹多重?重得可以射杀一条生命。而子弹壳如果一动不动顿在枪管上,那安安静静折磨人的力量简直太可怕了。从开始的累变成剧烈的酸,再变成无法忍受的麻。可他们不能动,他们必须卧在那里,举着那支重重的枪,奋力维持着一颗子弹壳的平衡。如果队员们在规定时间内让子弹壳不小心掉了下来,鲍贺南还会额外"奖励"他们再多放几分钟。就是在这种魔鬼式的训练中,鲍贺南和他的狙击队队员们的基本功练扎实了。

握枪的稳定性有了,还要提高队员们射击的速度和精度,喜欢看电影的鲍贺南还和队员们一道学习和模仿西部牛仔的速射方法。两手自然下垂,一声令下,开枪套、拔枪、开保险、上膛、瞄准、射击,动作要一气呵成,从而以最快的速度达到最佳的射击效果。鲍贺南说,速射也不是那么好练的,如拔枪的动作、手肘的位置,手掌握枪的部位、拔枪之后上膛连贯动作有一点儿偏差都会影响射击的速度和精度,他们边看电影,边依葫芦画瓢,一遍一遍地训练,一次一次地揣摩,直至达到要求。

鲍贺南的射击水平也是出类拔萃的,2003年,他在全市特警系统狙击枪比赛中获得第二名的好成绩。鲍贺南说,自己虽然取得了一点儿成绩,但这只能代表过去,他今后要走的路还很长很长,拔枪要永远比别人快一步,射击要永远比别人准一点,才有资格做一个永远站着的"西部牛仔",这是他力争要达到的一种境界。

左右开弓的绝技

葛紫蔷有点儿与众不同,他不仅左手枪打得不错,右手枪也很专业,可能他是特警总队唯一的左右手可以同时开弓的神枪手,我知道他可能不愿意承认,原因与他的性格有关,他不想太"鹤立鸡群"了。但是事与愿违,就在前不久,他遇到了一件让他被扬名的事件。

2010年2月28日,上海市公安局指挥中心接到报警,一疑似精神病男子在江苏路靠近武定西路处持刀劫持一名女童,警方立即指令长宁分局、特警总队派员赶赴现场处置。此时,葛紫蔷正好在附近地区巡逻,长宁分局指挥中心接报后指令他立即赶到现场进行处置。到了现场，葛紫蔷看到该男子一手抓着女孩儿的头发，一手拿着菜刀，嘴里呢喃自语着，不知在说什么，情绪较为激动。

葛紫蔷一边用话语劝说该男子保持冷静，一边朝该男子后面移动，葛紫蔷当时考虑到如果自己贸然采取正面突攻，会有一定的风险。葛紫蔷想移到男子的身后，寻找合适的机会趁其不备夺下菜刀。

令葛紫蔷没有想到的是，他还没有走到自己设想要到的地方，穷凶极恶的犯罪嫌疑人已举着菜刀向女孩儿的脖子上砍去，几乎在同一刻，孩子的家人从旁边的一辆车里冲了出来。

男子见状，立即抛开受伤的女孩，持刀往围观人群里逃，一边逃还一边挥舞着菜刀，围观人群吓得连忙逃开，一名老人因逃避不及而摔倒在地，男子便上前准备用刀砍老人。就在这千钧一发之际，葛紫蔷发现犯罪嫌疑人背后就是一堵墙，果断拔出手枪，在奔跑过程中完成了举枪、上膛、瞄准、射击一系列动作，一发子弹像流星一样，径直在犯罪嫌疑人胸膛上钻了个窟窿，男子被当场击毙。

尽管分局领导对他处置时的沉着冷静以及果断射击避免更多的群众伤亡给予了充分褒奖，但他还是惋惜地说，由于事发太过突然，警方还来不及实施谈判，不按常规出牌的犯罪嫌疑人就伤害人质了。虽然我及时开枪将犯罪嫌疑人击毙，但解救出来的小女孩儿经全力抢救无效还是死了。用中国首席反劫持战术专家高峰的话说，如果人质死了，劫持者也死了，是解救劫持人质中最失败的结果。

眼前的葛紫蔷，看起来瘦削精干，眼睛也有点儿小，但是闪着精光，透着一股坚韧和刚强。

△ 可左右手同时开弓的葛紫蔷

时代警魂

葛紫蔷说，从小时候开始他就对枪充满了浓厚的兴趣，他所有的玩具都是枪，有木制的，有塑料的，也有纸叠的；有短的手枪，有长的步枪，还有很酷的狙击枪，现在谈起这些枪葛紫蔷依然如数家珍，脸上洋溢着快乐的笑容。大大小小的玩具枪伴着他度过了幸福的童年，也注定了他与枪的不解之缘。

在大学学习法律的葛紫蔷就业时可选择的单位很多，但他怀着对警察和枪的美好向往考入了警校，从某种意义上讲，他就是冲着枪才走进警校的。当2006年葛紫蔷头顶庄严警徽、身穿威严警服的愿望实现的时候，他的心里激动极了。

爱枪就得玩好枪。在借调至特警总队工作期间，葛紫蔷对射击的喜爱和非同一般的天赋被队领导看在眼里、爱在心里，对这颗可塑性很强的苗子也格外呵护。训练时别人没有打完的子弹总是留给他打，让他过足了"枪瘾"。为了有更多的机会练枪，葛紫蔷很少回家，整天猫在训练场上，不断地训练、揣摩。

在常人眼里，葛紫蔷其貌不扬，但沉稳老练，目光犀利，骨子里涌动着一股永不服输的虎劲。没有想到的是，葛紫蔷天生是一个左撇子，以前握筷、做事都是靠左手，当然左手枪也打得非常不错。但领导对他说，世界上左撇子的神枪手也不是没有，但作为一名特警，如果只会用左手打枪，在实战中会有很多限制，因为特警队员在处理突发事件时，不光要握枪，还要拿盾牌之类的东西，从实战角度考虑还是要把右手枪也练起来。葛紫蔷觉得领导的建议非常有道理，就下定决心把右手枪也练出来。

为了练好右手枪，首先要练好臂力，于是他在右手举枪时在枪上吊一块砖头，一吊就是几分钟，休息一会儿再吊，一天下来右手连拿筷子的力气都没有了。尽管如此，葛紫蔷还是越练越开心，他说，手酸了就证明有感觉，有感觉就意味着有进步。经过3个月左右炼狱般的训练，葛紫蔷的右手力气上来了，基本上和左手差不多。

"狙击训练是一件很枯燥、很寂寞的苦差事，只有耐得住这种枯燥和寂寞，才有可能成为一个真正的狙击手。"这是葛紫蔷经过4年专业狙击训练后得出的一个结论。据枪、瞄准、击发，既是一连串简简单单的动作，又是实实在在十分艰难的动作。例如，据枪，练的是定点定位、定势定型、耐力意志，甚至心理素质；瞄准，则练的是准心、缺口、靶心"三点一线"，精确之中求精确；击发的一瞬，完全是枪人合一、物我两忘。

对狙击手是子弹喂出来的观点，葛紫蔷不以为然，他认为如果不长脑子，打再多子弹也是浪费。每次训练后，葛紫蔷都用心体味揣摩，并不断修正射击姿势。他说，可能在外人眼里，他的射击姿势没有改变，但自己内心知道哪怕一个细微的动作变换都会对射击效果产生不可估量的影响，如果光打不思考，再多的子弹也培养不出一名成熟的狙击手。

狙击手是警营里的精锐，也是王牌，但在实战中，只要狙击手一动手指头，就是一条鲜活生命逝去的"残酷"。他们每个人都心存一个美好的愿望，那就是世间太平，如果世间没有了暴力犯罪，他们甘愿沉默在城市的角落里，做一个无用武之地的寂寞英雄。■

东方利剑(六)

"心大了，事就小了，沟壑就成坦途了。"这话说起来容易，但对于排爆能手张柏生来说，做起来却极其考验人的定力，也极其挑战人的耐力和恒心。最终成为"千淘万漉虽辛苦，吹尽狂沙始到金"者，必有非凡的经历和故事。

与炸弹打交道的人

■ 蓝 茹

△ 排爆能手张柏生

他一次次婉拒媒体记者的采访，也从不参加单位的评功评奖等光彩照人的活动。问其原因，他望着窗外蔚蓝如洗的天空，蹦出一句看似玄虚且意味深长的话：你也是从我们空军部队出来的，知道战鹰为什么能飞得那么高、那么远、那么潇洒吗？

他真不愧是"空军技术保留骨干"级的军中前辈，一语就令我循着他深情的目光，在"没有翅膀的痕迹，但鸟儿已飞过了"的蓝色天幕中找到了答案：一只鸟儿把天空越抬越高，并不是为了展示自己的渺小；一个人把自己的身位变得越来越低，也不是为了充当铺路石或垫脚石，而是为了放心地打量天空和那只鸟儿写下的墨迹。

一

让时光之针回到2002年金秋时节，济南市公安局着手组建排爆中队，以满足在城市规范建设中发现或挖掘出来的越来越多的战争年代遗留下来的各式炸弹等危爆物品的管控、排除之急需。

转业前曾是空军航空兵某师军械主任、时为派出所"老兵新警"的张柏生，自然成为首先被考虑和遴选的对象。

"千万不能去，太危险了！"家人和一些部队老战友如同商量过似的异口同声地劝阻他。

"你不去，我不去，那些已挖出来或没挖出来的炮弹怎么办？随着城市大规模建设的深入，那些深埋在道路、桥梁、街区等处的危险爆炸物只会越来越多，一旦爆炸，谁敢肯定自己就一定不是那个受害者呢？"张柏生明白亲朋好友的担心，也知道成为一名新组建的公安排爆队员之后将面临的困难和危险。

但他相信：自己在部队相关机械、军械维修和弹药管理等领域摸爬滚打了二十余年，从一名小战士干到副团级领导，从"战鹰子弹的保姆"——军械师，一步步成长为师级单位的军械主任、空军技术保留骨干，既有部队有关机械、军械修理方面的经验和技能，也比较擅长相关的武器、弹药管理等，如不在关键时刻把这些发挥好、运用好，那么多年的部队锻炼、磨砺和钻研不是白干了吗？还奢谈什么"退伍不褪色""转到地方再立新功"？

不知是我们都来自"直线加方块"的军旅之故，还是荆楚大地自古尚武之风的影响，虽是初次见面，他也是年过五旬又加五之人，但大家沟通起来却如机场的跑道一样坦荡和顺畅。他湖北味浓郁的话语中，亦不时奔涌、澎湃着"大江东去，浪淘尽，千古风流人物"的激情和雄心。这与不止一次强烈"推荐"积极"建议"我"一定要写写张柏生"的领导和同事对他的评价——只知兢兢业业工作，从不参加单位的评功评奖等活动的"佛系"形象，有点儿不同。

我没明说我的疑惑，但他却明显看出了我心中的疑团。

他双眉一挑，有些不解，但更多的是骄傲地反问我这个"新兵"："你怎么也会有这种想法？不参加评功评奖，就是没有追求？就是不求上进或成功？其实，成功的模式不止一种！幸福的感觉，也不在他人的眼里或口中，而在自己的心头和感觉。"

他微微舒缓了一下有些激昂的语调，心绪复杂地感叹道："老祖宗说得多好啊！江海之所以能成为百谷之王，是以其善下之。兵书上也说过：以退为进，进退自如；以守为攻，攻守结合。作为一名军转警察，守住军人的本色，做好警察该做的事情，再苦再难再危险，只要是工作需要，绝不含糊和掉链子，这就是我的成功之道和幸福所在。"

二

他的这份自信和自豪，还真不是"无源之水""无根之树"。

单说那个被他"驯服"得能穿针引线的排爆机器人，以及济南警察博物馆里那几百条（把）令人眼睛发亮、挪不开步子的世界级各式名枪，就足以令他光彩十足。

无论是影视剧里，还是现实中，那个霸气十足的排爆机器人都十分吸睛，但要让这个长得威风又可爱、体重达240斤、机械臂长10余米的大家伙，在危难来临时，灵活自如地爬坡、下坎、越沟，能稳、准、轻地排除或抓取各种曲里拐弯、犄角旮旯里的危爆物品，其难度真不亚于央视《挑战不可能》舞台上用大吊车开啤酒瓶盖！

让张柏生知难而退的事儿，好像从没出现过。当年高考时，他一心想考入潜艇学院，成为一名潜行海底两万里的"战神"，结果却失之交臂。他毫不气馁，准备来年再战再考。结果当年年底，空军到他的家乡征招维护战斗机的机务兵。他的老师觉得这是一个技术兵种，凭着张柏生扎实的文化功底和不怕苦与累的劲头儿，一定大有出息。

本想潜入海底的，结果却要"浮出水面"仰望蓝天，也许一仰一俯间，恰恰印证了"退一步海阔天空"之深意。

张柏生听从恩师的建议，顺利成为一名"一手托着国家的巨额财产，一手托着战友的生命安全"的机务兵。风餐露宿，一身油污，三伏天停机坪地面的温度能烤熟鸡蛋，三九天穿着毛衣甚至单薄的工作服钻进狭窄、冰冷的飞机管道里检修作业，其困难和艰苦不言而喻，但张柏生却不觉得苦。

在他看来，飞行员的一句"这飞机维护得真好！""状态真棒！"，或是一个开心的笑容，一个点赞的大拇指，都会让他觉得"自己的努力和付出没有白费"，所有的辛苦和劳累都如云开月出，花开果结，让他心头亮堂堂、甜滋滋的。

"如果自己维护的飞机，能参加空靶、地靶、高空、超高空等作战训练和演习，就会觉得很荣耀、很刺激；如果取得了好成绩，那就如同自己上了光荣榜一样。"这样的追求和襟怀，让张柏生很快脱颖而出，走进军校，走上基层和机关的领导工作岗位，成为一名空军保留技术骨干……

然而就在他事业上干得风生水起时，家中接连出现的困难，让他不得不依依不舍地离开了部队，就地转到了公安机关，并有幸成为新组建的排爆中队首位排爆机器人的操作者。

三

虽说隔行如隔山，但张柏生坚信：无论是维护飞机，还是操作排爆机器，基本的原则和原理都是一样的，都需要用心用情去钻研和实践，都需要日积月累的探索、磨合和提升。

他如同在部队维护飞机、爱护飞机一样，维护、爱护着娇贵又陌生的排爆机器人，天天练习操作技能，时时检查所有的部件、机件和电量，使其始终保持着良好的状态，确保随时能拉得出、用得上。排爆机器人每充一次电需要七八个小时，所以每次使用完，及时充电显得尤为重要，否则就难以保证其始终处于一种"精神饱满"战斗的状态。

此外，最关键也最需要耐力、韧劲的就是"人机结合，灵活操纵，有我无险"的苦练与实战。为了让这个体量大、机械臂长、行动不灵活、价格昂贵的排爆机器人，能安全、快速地抵达犯罪分子容易实施、安放爆炸装置的各种地貌、地形和建筑物处，能顺利开门、开锁、抓东西、开包裹，能准确拿到藏在诸如卫生间水箱里或一些门后、橱子里的危爆物品和钥匙等，为后面排爆队员顺利排除险情打好前站、铺好路，张柏生找来木头、杯子、快递盒等，做成各种各样的包裹、纸箱、行李箱等模拟爆炸装置，一遍遍操纵着排爆机器人爬高探低、楼上楼下地去寻找或排除。爬楼梯对重心高、体量大的排爆机器人来说，是最难迈过的坎，上楼的速度、力度稍微保持不好，就容易翻跟头。为此，张柏生苦思苦练了近三年，排爆机器人终于能顺利地按照指令灵活自由地上楼下梯，按指令把楼上的水杯拿到楼下，而且杯中的水一滴不少。

2006年初冬的一天，济南长途汽车站出现重大警情，一嫌疑人用汽油桶做了一个爆炸装置，安放在公交车底部的行李放置处。张柏生等排爆队员赶到时，已是晚上11点多，四周黑灯瞎火的，车场上的照明灯也如忽明忽暗的烛光一样昏暗恍惚，排爆机器人进入车底的角度难以掌握，加之机械臂长3米多，稳定性差，更增加了精确抓取危爆物的难度。

张柏生静下心来，一遍遍调整机械臂进入的角度和力度，终于"稳、准、轻"地抓取出了爆炸装置，然后迅速移到广场空旷地带，轻轻拆开爆炸装置的四面，为排爆队员最后拆除爆炸装置奠定了良好的基础。

据不完全统计，在排爆中队工作期间，张柏生带着他的排爆机器人共摧毁、排出爆炸装置或可疑爆炸物100多个，成为济南市排爆界唯一一个用机器人拆弹排爆的队员，更是唯一一个不穿排爆服的排爆队员。

此外，张柏生还充分运用自己在部队时积累的对中外武器了解的知识，向领导提出了"保留收缴枪支中的世界名枪"的建议。

获得批准后，他精心挑选出收缴枪支中珍贵的名枪，自掏腰包买来枪油、机油等，把那些缺油少件、锈迹斑斑的中外名枪逐一浸泡、擦亮，封死枪口、枪膛，使之符合枪支收藏的"品相完整，绝对安全"的要求。通俗地说，就是做到枪支展览必须"既不能影响观赏性，又要保持其原有的性能，但不具有击发、射击的能力"的要求。

如今，济南警察博物馆里，那满屋子的中外名枪成了展览和吸睛的亮点，其中近三分之二的枪支是张柏生慧眼相中，巧手整理出来的。其中名贵和稀缺的名枪有1890年德国造的盒子炮，这是德国"一战""二战"时的主战武器；也有民国和抗日战争时期，中国仿造的来复枪、汉阳造步枪等；还有美国的"掌中宝"手枪，以及第一代卡宾枪等。

虽然没几人知道这满屋子的名枪浸透了张柏生无数的心血，但他却十分满足和欣慰，对枪支性能不熟练或不精通者，根本拆不开也卸不了这些"老枪"，他凭着在部队积累的武器知识和公安机关这个平台，做成了一件了不起的枪支文物抢救工作，也可以说是有心人做了件有心事吧，这比获得任何功或奖都有价值和意义。

四

时光荏苒。

2015年,张柏生所在的排爆中队正式编入市局特警支队,张柏生因年龄大和其他原因,被分流到槐荫公安分局治安大队。

"改造武器库,上数字化管理系统。"不改的初心和责任心让分流回分局的张柏生勇敢地点燃了第一把"火"。

得到分局领导的首肯和支持后,张柏生借助部队对枪弹管理的经验和信息化社会的要求,首先在分局层面完善了枪支管理的有关规章制度,杜绝了违规取枪用枪现象,并通过数字化系统,让枪支的状态、位置随时在控;随后指导、帮助基层所队完善了武器柜的管理和统一枪弹使用与管理模式等工作。

有人叫好,也有人说他"想得有点儿多""管得有点宽"。

张柏生眨巴一下他那大而深邃的双眼,毅然烧起了第二把"火"——建立危险化学品管理系统,辖区内所有使用危化品的单位,必须通过网上系统报备,确保公安机关时时控制并掌握生产、经营、使用、储藏单位的情况,确保从源头上掌控危化物品的管理和使用。

经过两个多月的努力,辖区内进入系统的相关单位从一开始的6家,增加到现在的60多家。

第三把"火"——加强对有关放射源的管理工作。将辖区内经营、使用放射源的5家单位悉数纳入重点监管范围,确保不出现放射源丢失等重大事故。

第四把"火"则是完善和规范废旧弹药、遗弃危险化学品和非法烟花爆竹的排除、销毁管理等工作,这源于他在市局排爆中队工作的一段难忘经历。

2007年初夏,施工单位在某原军用机场附近施工时发现了一枚炮弹。

接警赶到现场后,张柏生的第一感觉是一枚化学弹,而且是一枚比较特殊的化学弹。弹体满是锈迹,这说明此弹埋藏年代久远,绝不能轻易搬动。

为了验证自己的判断,张柏生跳进弹坑,用铁锹轻轻插进炮弹边上的土里,微微一动,一股难闻的化学气味就冒了出来。

在场的警察立即行动起来:封锁现场,疏散周围的老百姓,说服那些正在拍照的人员严守国家的有关规定,立即删除相关图片,并不得违规上网发文。

随后,防化部队接到报告,用专业设备将此化学弹移走,顺利平息了这场有可能涉及有关方面化学武器协定的风波。

当时张柏生心想:如果他们不是那么顺利地及时赶到,不是第一时间判断出这是一枚已严重锈蚀、随时都有可能泄漏的化学弹,并迅速疏散群众、管控消息报道等,那么,后果将不堪设想。如果基层公安民警能多些这方面的知识,就相当于把一些危难的关口管控前移了一步,甚至是两步。

这四把"火"点燃容易,可要长明不熄并发挥作用,绝非易事。

为此,张柏生生生把自己变成了陀螺,不停地旋转在一个个检查、管理、请教、求援的现场或电话里。

用他徒弟颜晓的话说:"张老师不是在管控、检查的现场,就是在去答疑释惑的路上。"

"虽然我只是一名普通民警,但领导交给我的工作,我一定尽责尽职地去做好,不说

△ 张柏生将排爆经验传授给年青一代

做到极致，起码要朝着这个方向去努力。"我打断他的话，请他说说什么叫"做到极致"。

他会意地朗声一笑说："你可能会觉得我在吹牛、放大炮，但我可以拍着胸膛，底气十足地说，我对得起这身警服！对得起我所待过的每一个工作岗位！无论是在市局排爆中队，还是回到分局在治安中队岗位上，你可以随便给一个基层所队或辖区内的企业打电话，问问他们，张警官怎么样，有没有失职、偷懒和怠慢过他们？"

电话，我肯定是要打的，不过不是为了查证，而是感受他更多的担当。

但我最想知道的，仍然是他怎么能让自己无论何时何地都那么低调、激情地工作？从部队到地方，从副团级领导干部到基层普通民警，他是如何平稳过渡、永葆活力和热情的？

五

采访结束后，我还真随手拨了几个电话，其中有认识他的，也有遗憾"只听说过，却没见过他"的，更多的是在分局故事分享会或内网上听到、读过他感人事迹的，其中属朱警官的讲述最令我难忘，也最能佐证张柏生的"问心无愧"金色十足。

朱警官说她与张柏生老师只有过两次交集，却让她有颇多感慨和思悟。

第一次是2015年仲夏，她所在的单位搬迁到新址，她正愁枪柜管理如何录入指纹等工作，张柏生老师竟然带着助手和一把能使用的配枪上门服务了，这让她又惊又喜，真正体会到了什么叫"雪中送炭"。

东方利剑(六)

　　后来她才知道,张柏生老师是从枪柜管理系统后台知晓该单位的枪柜需要重新录入有关人员的指纹,而且有一把配枪已到报废时间了,需及时补充一把能使用的配枪。

　　朱警官若有所思地说,那天天气很热,各种要归位、复原的工作太多,大家都挺躁的,但张柏生老师热心、及时的指导和服务,让她有种"如沐春风,特别舒畅"的感觉。

　　几天后的一个周末,朱警官值班,有男同事想打开枪柜检查一下配枪,结果却打不开枪柜。

　　她不得不鼓足勇气拨通张老师的手机,一是请教,二是看看他是不是真如传说中所说的那样——时时在线,特别热心和有耐心,业务特棒。

　　结果张柏生老师不仅详细告诉了她开启枪柜的方法,还特别叮嘱她从卡槽里取枪时要注意的事项。当时她除了觉得"这老人家还真是名不虚传",也觉得这老人家有点太小看他们了。但事实是:他们顺利打开枪柜后,却怎么也取不出枪来。

　　朱警官他们"不得不口服心更服地准备再次联系张老师",却没想到张柏生已打过电话来,说他马上就到,当面详细告诉他们开柜、取枪的方法。没过几分钟,张柏生就满头大汗地赶来了。

　　朱警官说,他们当时真的很惊讶,感动得五体投地。那天是周日,她特别不好意思打扰张老师,但没想到他竟然来得那么快,像未卜先知似的。

　　张柏生则谦和慈祥地笑笑说:"因为他们单位新搬了地方,需要做的事情太多,记不清枪柜打开方式或取不出配枪很正常,他们不打电话,我也想打电话问问,或到他们单位看看。"

　　"一名普通的、将要退休的老警官,还能这么积极主动、认真负责地工作,让人怎能不敬佩和服气?!"朱警官的肺腑之言,亦是我和其他熟悉张柏生的人的共同感受!

　　生如逆旅,一苇以航。工作的平台有大有小,职务有高有低,但小舞台并非没有大作为,小角色同样能演绎出大精彩、释放出大能量。■

时代警魂

陈德骅,上海市公安局普陀分局民警,第四届全国十佳"中华孝亲敬老楷模"。在莲花公寓小区担任社区民警的18年里,自掏腰包20多万元,帮助孤残老人20多人。他将孤残老人当作亲人,其"夕阳助残工程"感动了千千万万人。

民警的"夕阳助残工程"

■ 秦 依

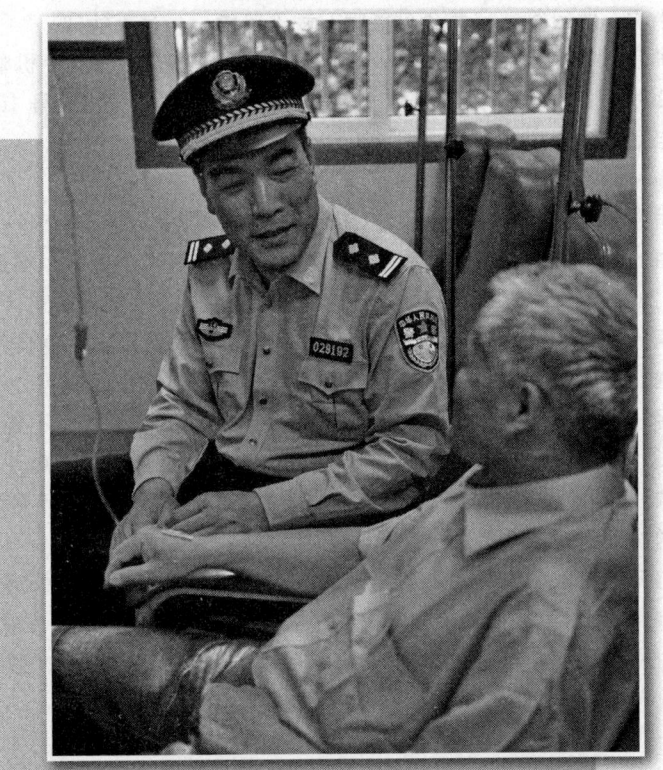

△ 把老人当亲人的陈德骅

1997年,陈德骅刚刚担任莲花公寓小区社区民警,因看见一位孤老捡食地上别人遗落的粢饭团,而开始了他的"夕阳助残工程"。这个小区是桃浦地区最大的社区,有近3000户居民,不到1万人,但其中孤老、残疾人士、困难人员特别多。究竟怎样才能管好这个小区,陈德骅动足脑筋,将"夕阳助残工程"作为提升社区警务工作的有效手段之一。

东方利剑(六)

为老人了心愿，抠大便认阿爸将寻根进行到底

"那天，你是毫不犹豫地帮老人抠了大便？"

这是我问陈德骅的第一个问题。之所以这样问，是因为有些媒体的报道用了这样一个词——"毫不犹豫"。思忖，当了几十年的警察，若遇歹徒，陈德骅定一个反手扼腕，毫不犹豫，这是职业使然。然而，帮一位非亲非故的八旬老人抠大便，虽无危险，却要越过生理与心理的那个坎，不是随随便便就能伸出手的。因为陈德骅不是医生、护士，也不是在医院受过培训的护工，他没那个"胆儿"。

提这个问题，并非较真陈德骅当时到底是"主动"还是"被动"，只是想，陈德骅若是告诉了我心里话，那么，我们今天的聊天就该是敞亮的了。陈德骅停顿了几秒，他惊愕我的提问。半响，他回答："怎么可能呢？我不可能——毫不犹豫。"

那个日子我忘不掉，9月19日。一个大热的天。下午2点多，手机响了。一看，是"老潘"。老潘比我大30多岁，算大一辈的人，住在莲花公寓小区97号103室。电话一接，吓我一跳。电话那头的声音极其虚弱。

"德骅……德骅……"

我正在居委会和居委干部商量工作，挂了电话，我们几个连奔带跑赶到老潘家。进了门，老人一张惨白的脸仿佛打了蜡，他斜靠着竹藤椅，只坐了半个屁股，像是屁股上长了疖子。看到我们来，他想起身，却无半点儿力气。我立马过去，将老潘扶正，只听到他凄惨地哀叫起来："啊……啊……疼死了，我要死了……"老潘浑身湿透，身体突然颤抖起来。

"怎么啦？怎么啦？"我低头一看，老潘的肚子大得像个西瓜。

"我已经一个星期没大便了……我……我不能睡，不能坐，也不能吃，我要死了，真的要死了……"说着说着，老潘闭上眼睛，从竹藤椅上慢慢地滑下来。

我赶紧扶住他。看这架势，老潘是被便秘害的。我心一松，知道不是大事，但心又一紧，该怎么办？送医院，对，马上送医院！

我马上打开手机里的"医生"类通讯录。自从手机里有了莲花公寓小区这二十多位孤残老人的名字，我手机里的医生便多起来，有些"使用"频率极高的医生我还打了个"星标"，排在前面。时间久了，这些医生都知我心，只要不是站在手术台旁，我的电话他们都会立马接听。

吴医生一听我说有位老伯因便秘肚子疼，马上说："开啥玩笑。你打120，他们也不会来。即使来了把老人送到医院，你也要被骂。这么简单的事情，你自己就好做的。不要浪费医疗资源。你帮他抠出来就是了。"

吴医生匆匆挂了电话，我一下子蒙了。抠大便？

这三个字我一时还反应不过来。实事求是地说，50多岁了，我从未动手给父母或是自己的孩子抠过大便，因为根本没有这种机会，所以，此刻，这仨字对我来说是一个挑战，一个极大的挑战。

一种生理与心理的难以接受，让我纠结不前。

边上两位居委干部焦急地看着我。竹藤椅上的老潘痛苦地呻吟着。在闷热狭小的房间里,我踱着步,紧张地踱着步。好多次我拿出手机想再次拨打吴医生的电话,可转念一想,人家说得对,就是送到医院也是护士几分钟就搞定的事,况且这一路的颠簸老潘能吃得消吗?

想到这儿,我决定——上!

待我扭头,心又一虚,怎么弄啊!说实话,我额头开始冒汗。

那边,老潘大汗淋漓、脸色煞白,手脚却冰凉冰凉的。大便不通可导致身体循环困难,血液流动不畅……这样下去,是否有生命危险?老潘是位开放性肺结核病患者,半年前,一口气透不过来,差点儿没了命。现在可谓危在旦夕。

这种犹豫撕扯着我的心。我甚至都不敢看老潘的脸。我下不了这个手啊!有生理上的排斥,也有技术上的担心,我还怕自己弄伤弄痛了老人,我,实在是进退两难……

纠结之中,忽听老潘弱弱的一声:"啊……"再看,老人气虚呻吟,几乎昏厥。突然间,我眉骨一振,脑门充血,问了自己一句:如果是我的老父亲我会怎么办?此问一提,豁然开朗,像要打仗的战士,我一个跨步上前搀起老潘,将他放在床上。我低声耳语:"老潘,你放松,我帮你把大便抠出来。别怕!"

老潘无神的眼睛中满是诧异。我褪去他的睡裤,开始用中指"手术"……一粒、两粒,像羊粪蛋一样坚硬的"小石头"被我小心地抠出来,瞬间,一股浊气扑鼻而来,令人窒息。一扭头,忽见老潘的脸竟然红润起来,我一阵狂喜,什么恶臭什么恐惧统统消逝,沾满粪便的手比先前灵活起来,肯定是老潘红润的脸色给了我极大的鼓舞……十几分钟后,肛口被"疏通",再无法"深入",我轻轻问老潘,能否尝试着自己到厕所去排便?当我靠近他的脸时,竟发现大颗的泪珠从他混浊的眼睛中滑落,苍老褶皱的脸仿佛在经历岁月河流的冲洗……老潘没有说话,只微微点了下头。当我将他搀扶进厕所后,看着污秽的床单,心头一酸:"老潘啊,你总算又活过来了。"

帮老潘把床单洗净,晚饭安顿好,已见月挂枝头。那晚,老潘拉着我的手,一字一顿地说:"德骅,做我的儿子吧!"我竟毫不犹豫,点头答应。老潘老泪纵横,敞开心扉,告诉了我一个秘密。原来他有两个女儿,都在江苏昆山工作。年轻时老潘不知什么原因与妻女结了怨,与娘仨分道扬镳,从此他孤苦伶仃独居上海。人愈老愈怀旧,别的不说,他就想在闭上眼睛前见上女儿一面,他求我去找找他的两个女儿。

第二天,我开着我的东南德利卡面包车奔赴昆山。车子不好,开得慢,到昆山时已是晌午。听说我是上海来的警察,是帮老潘找女儿的,当地干部和民警很是帮忙,无奈两个女儿不肯见面。我想她们得给我个机会讲讲老潘的情况,于是就坐在她们单位对面马路的上街沿上等。一直等到下班,大女儿出单位门看见我大吃一惊,但还是不肯和我说话。我无功而返。之后我又去了三次,好说歹说,总算见了两个女儿一面,说了老潘的近况,说老潘很想念她们,甚至说老潘要把上海的房子留给她们。未料两人把头一扭说,谁稀罕上海的房子,我们没有这个爹。唉,看来他们父女的心结还不小啊!

第四次无功而返。怎么办呢?眼见着老潘身体每况愈下,常常痴呆呆地望着窗外,叫着两个女儿的名字，骨肉情深啊！中秋节前一天，我动了脑筋，既然她们不肯来上海，那我就带着老潘去昆山！我车子不好，怕老潘一路颠得慌，就问朋友借了辆好车，带上水和点心，和老潘忐忑不安地上路了。到了大女儿单位，我说你爸爸来了。她气得脸发白，差点儿把我轰走。我穷尽腹中之词，意思是百善孝为先，老人真的没多久好活了，你就算做件好事吧！也不知是我黝黑的满是汗珠子的脸让大女儿看不下去了，还是觉得我这人实在倔强惹不起，她总算答应见老潘一面。

唉，当时啊，听她这么一说，我差点儿激动地跳起来，赶紧找家饭店，将他们爷仨安排好。这顿饭是他们分离四十多年后的第一顿团圆饭。饭桌上静悄悄的，虽无言却有情。我分明看见老潘的眼泪在打转，而两个女儿也是眼睛湿润。一旁的我悄悄买好单，心里念叨一句："感动老天了，感动老天了，老潘啊，你可以安心了！"

回去的路上，老潘笑了。我也笑了。

2014年12月23日。老潘病危住进重症监护室。我守在病房外。望着里面那个枯瘦的老头，我心一抽，鼻子一酸，其实从帮老头抠大便的那一刻起，我就一心一意做他的儿子了。十多年了，怎能没有感情呢？帮他看肺病到处求人转医院，帮他安装空调和电风扇，帮他在水门汀上铺地板，帮他在院子里砌上花坛，帮他每个月缴付电话费和煤气费，帮他送大排骨和红烧虾……我都是心甘情愿的啊。一个老人啊，我求他什么呢？只求他能在生命的最后几年里不再孤独。可是此时，他可能要离我而去了，真的要走了。24小时、36小时、48小时，我片刻也没有离开过，我一直守在透明的观察室玻璃窗外，直到他噙着老泪呼喊我："儿啊！我要走了，房子给你，钻戒给你。谢谢你，真的谢谢你了……"老人再也没有睁开过眼睛。我再也忍不住，流着泪趴在老潘的身上："阿爸，阿爸……"

所有遗物都上交给了组织。我花了一万多元帮老潘阿爸买了墓地落了葬。我心安了，但是自此，我的心里空落落的……

陈德骅与老潘，一段刻骨铭心的伤感记忆。陈德骅说，老潘的故事告诉我，人老了，什么是孤独，他们需要的其实就是你能陪一陪，说一说。可是这点儿小要求有时候也会成为奢望。老潘是"孤老"，可许多老人有子女，子女们也没有这么做。人哪，回头看一看，有些事情不做就晚了。很多个夜晚，我下班不回家，就是去孤残老人家里陪他们说一说，聊一聊……老人们的笑容我都记得，那暖暖的甚至没牙漏风的笑容真能融化我的心……

为老人自由活，夜寻人巧"立规"将快乐源源输送

助老有辛劳、伤感，也有欢乐、幽默。

陈德骅说："我带你去看一位老人吧！她现在肯定在织毛衣。"

陈德骅兴致勃勃，仿佛要去见一位几十年的老朋友，那神情分明由不得我选择啊！不等我回答，他拿起桌上的公文包，戴上警帽便起身开门。我俩一路春风，来到了他管辖的莲花公寓。

远远地，8号楼门前坐着一位老太太，戴个红色小帽，腿上放着个布袋，一根毛线从

袋里拉出，绕在老太太的手指上。我们越走越近，老太太看见了陈德骅，突然间像幼儿园的孩子看见家长来接她放学一样兴奋地大叫："德骅，德骅！"而陈德骅也是一脸笑容，小步跑着，赶到老人身边，一声"李阿婆"叫得老太太心花怒放，一句话不说，就把手里的毛衣往陈德骅身上比画，其实毛衣只有三寸多长。老太太一边比画，一边说："唉，哪能还是小，还得拆。"说着，很利索地把毛衣"嗤嗤"地全拆了。陈德骅笑了，朝我眨眨眼，然后回过头对老太太说："李阿婆，你慢慢织，我不急着穿。织一会儿就回去，别感冒了。"没牙的李阿婆朝我们挥挥手："去吧，去吧，我晓得的。"

哦，是她！是她让陈德骅心急火燎。陈德骅开始讲述李阿婆的故事。

李阿婆名叫李阿美，是2002年因拆迁搬到这个小区的，那时老太太只有60岁。这个老太太与别人不一样，她智力低下。她不能用煤气，因为常忘记关。她也是孤老，只有一个远房亲戚。亲戚的意思是让她住到养老院去，可老太太不肯，她怀旧，说进了养老院就不能去看老房子了。我想，小区里孤老那么多，也不多李阿美一个，我多上上心就是了。首先要解决她的吃饭问题。楼组长是个大好人，一口答应下来，一日三餐多烧一口就是。我心里的一块石头落了地。老太太的洗澡问题也不难，附近浴场可以解决，剩下的生活自理，老太太马马虎虎能够对付。

但我万万没想到，李老太最大的麻烦不是吃，而是"跑"。她怀旧，三天两头要去宝山看老房子。但是她跑不对方向，一会儿到虹口，一会儿到闸北，一会儿确实到了宝山，但不是老房子那儿。她一跑还跑一整天，早上出门，半夜不归。2002年至今，我半夜爬起来去找老太太大概不下二十次，但每次都能找回来，这让我欣喜无比。为啥能找回来呢？因为老太太虽然脑子不太好使，但是认得警察，只要找不到家了，她就满大街地找警察，找不到警察，她就让路人帮她找。人家就打"110"。见到警察，她就能说出"陈德骅"三个字。天下警察是一家，我的手机一会儿就响了，我就半夜里出动去接老太回家。

说到这儿，陈德骅神秘地朝我一笑："你知道伐，通过半夜带老太回家这件事儿，我发现李阿美是可以'挽救'的。"

"嗯？'挽救'？"我诧异道。

陈德骅似乎很有成就感，拼命点头。

他接着说。我发现李阿美只要多和人接触说话，脑子就好用。我就想着用个什么办法来刺激一下她，让她"聪明"起来。于是我买来连环画，问朋友借来小人书，让李阿美看图讲故事，还规定她每天要到居委会报到。她很高兴，觉得有了份工作，每天准时报到看小人书，从此再也不乱跑了，而且真的"聪明"了很多。她开始学着居委干部的样儿关心别人，当然也包括我。只要电视上有我被授奖、被接见的新闻她都不会落下。

那次我从北京授奖回来，电视里有我和其他同志与领导合影的镜头。李老太在家看新闻，她看到我站在第一排的最边上，马上不开心。第二天她嘟个嘴与人诉说不快，别人告诉她这是你的电视机太小了，换个大的，就能看到陈警官站在当中了。结果她信以为真，真去买了个大电视，还自己折腾机顶盒，结果不小心从凳子上摔下来，弄了个股骨头粉碎性骨折。听到这个消息，我急得双脚跳。

医生说，一是静养，二是装钢板。静养花钱少，但是老太太有心脏病、糖尿病，自我恢复功能差，不能保证痊愈。装钢板就是动手术，要四五万块钱。我一听，未加考虑就说："必须手术。"可是钱呢？老太太没钱啊！所有人的眼睛都盯着我，其实只要我说"没钱，那就静养吧"，相信医生和居委干部都能理解也都能接受。但是我就是过不了自己心里的那个坎。凭什么啊，能治好的病，干吗让老太太受罪？我摸出手机给老婆打电话，问家里能拿出多少钱。老婆一听，立马知道我又要在孤老身上用钱了，她也不跟我啰唆，说三四万可以马上拿出的，你去用吧。有了老婆这句话，我更加斩钉截铁地说："手术吧！"利群医院的领导是个大好人，给李阿美减免了2万元手术费，我付了2.9万元，李阿美顺利地装上了钢板，一年后，完全康复。

后来有人对她说，是陈警官给你付的手术费，你有没有钱？有，就还给人家。她就傻呵呵地拿出退休工资卡，里面只有两三千块钱。其实，里面真有两三万或是更多，我又怎会要老人家的钱呢？她有慢性病，用钱的地方多了。我去计较这2.9万元，有必要吗？

自从李阿美精神抖擞后，她就开始干一件事——帮我织毛衣。那团火红的毛线是从垃圾桶里捡的旧毛线。毛衣织了三年了，永远只有三寸长。只要天好，她就坐在大楼门口，看见我经过就拿着三寸长的毛衣在我身上比画。你说，这个老太太有趣吧？真庆幸，当初没把她送到养老院去，否则她现在哪会这么"聪明"……

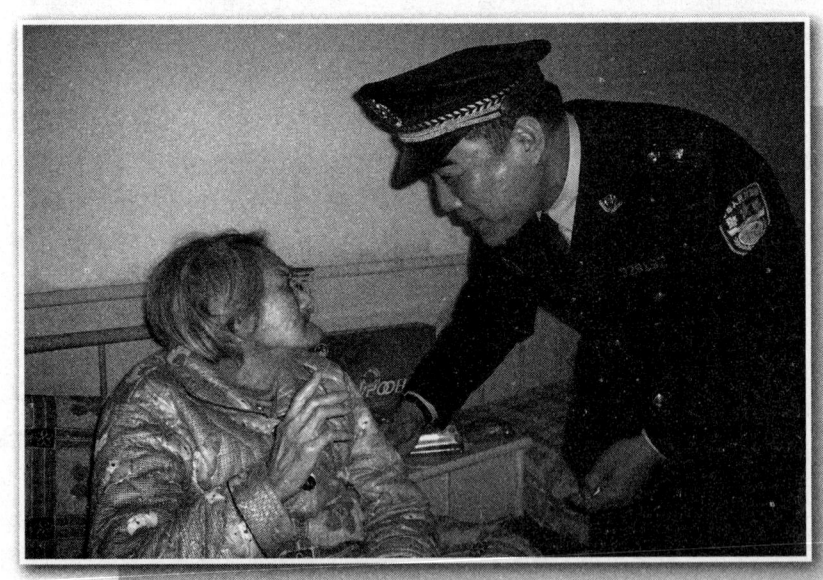

△ 陈德骅把真心真情倾注在老人身上

陈德骅满脸的灿烂，我知道他的这种愉悦是从心底里流淌出来的，溢满了整个心田，他在用心灌溉一颗快乐的种子。许多人都是多一事不如少一事，他却相反。这是一种魄力，一种情感，一种发自内心的良善情怀。

为老人齐上阵，买旧车住小房妻女毫无怨言

离开居委会，已华灯初上，欲告辞，未及开口说"再见"，陈德骅的手机匆匆响起，他叽里咕噜一阵，然后给我打招呼："小林，我不能送你了，我要去敬老院！"一听敬老院，我兴趣陡增，立马决定跟着一起走。

敬老院门口，一位中年女士等在那儿，中等个儿，年龄与我相仿，清秀的面容，笑盈盈。陈德骅介绍说："这是我爱人荣雪华，和咱们一样都是警察，浦东分局刑警。"一听刑警，我起劲了，与我20年前是一家啊。

他们两人不跟我说话，从一辆车子里搬东西，我一看，都是盒装有机蔬菜。蔬菜搬进敬老院，陈德骅对里面的负责人说："这是我昨天到郊县单位去作讲座，人家送的有机蔬菜。麻烦你们烧好给老人吃。"负责人连声道谢，将我们迎进门内。只见一位位笑容和善的老人正在进行"晚间活动"——看电视、下棋、聊天，看见陈德骅，他们齐刷刷地做了一个动作，那就是招手——很可爱的招手，陈德骅说这是"哈罗"的意思。我笑了，人老了，真的很可爱。

既来之，则安之。我提出能否找个地儿与陈德骅爱人荣雪华聊聊。毕竟是刑警，很爽快很干练，雪华立马答应。于是，我们就在屋内角落桌边坐下。

我的第一个问题是，这么多有机蔬菜可以留些在家里，你们也要吃饭啊！

雪华说："我们家开伙的机会不多。我的工作性质决定了经常要加班，女儿一直在外公外婆家吃，德骅一个星期最起码也要加班两三天，还有值班，再加上下班后他常去孤老家里走访，所以我们能碰到一起吃饭的日子就只有双休天。后来我们就约定，周一至周五，各自在单位解决晚饭，周末，我们好好烧一顿。所以这些有机蔬菜送给敬老院的老人最好了。及时烧，新鲜又好吃。"

话匣打开，说起家里情况，这对夫妻相视一笑，竟然有点儿不好意思。还是雪华爽快，她说："我家很小。我俩都是普通民警，收入不高。我们住在普陀区志丹路附近，是一室一厅的老房子。我们想换个大一点儿的房子，可确实没有这个经济实力。在莲花公寓当社区民警18年，德骅花在小区孤老身上的钱有二十几万……"

说到这儿，陈德骅突然杀出："这话儿你不要讲了，有啥好讲的！"

雪华朝我一撇嘴，笑了。"我这人脾气直，有些话不思考就说出来。这个你别写上去啊。我就是自己算了算，如果这二十几万在手里，我们就可以动脑筋去置换一下房子，不过，这个愿望还得再努力。这几年女儿大了，德骅动脑筋了。他自己动手把房子隔了一下，现在变成了'两室一厅'，女儿有了自己的房间，虽然很小很小。话又说回来，我是一点儿怨言也没有。这是真的，没有假话。德骅曾对我说过，少了这点儿钱，我们还不至于饿肚子，但把这些钱用在那些老人身上，可能就救了他们的命。刚嫁给他时，我啰唆过，但是现在一点儿也不啰唆了，是啊，能成为夫妻，很多事情是相通的。说得大点，'三观'会越来越接近，越来越有认同感。一旦你认定一个人，即使这个人是个穷光蛋你也不会在乎的。

女人就是这样，至少我是这么一个人。

"2004年，我们家想买一辆车。之前，我和女儿已看好了车型，德骅来和我们商量，他蹦出一句：'咱们买辆面包车吧！'我和女儿吓了一跳。其实，这是德骅早就想好了的。那段时间，小区里的孤老经常生病，他想如果有辆小面包车接送老人看病那该有多方便。虽然他忐忑不安，却打定了主意。我和女儿两人蒙了几分钟，互相看看，竟然都没反对。于是，我们家就花了6万元买了辆二手面包车。记得第一天把车子开到所里，同事们都笑话德骅：'这下德骅又要出名了，买面包车当私家车，上海滩估计没几个吧！'是否出名，我没想过，不过这辆车真好使，接送老人很方便，德骅打心眼里感谢我和女儿。

"有些孤老生病住院开刀，德骅一个电话打给我，问家里有多少钱可以马上拿出来。我也不和他争论，争了也没用，再就是他那句话老在我耳边，'少了这点钱，我们还不至于饿肚子，但把这些钱用在那些老人身上，可能就救了他们的命'，所以，我就是犹豫过，也只有几秒钟时间。不瞒你说，我家到现在，真的没什么积蓄，哈哈！"

多么爽朗的一位女刑警。之前，我对她是好奇，现在却是敬重。

窗外，月已依稀。我想到他们的女儿现在正一人在家……于是我提了最后一个问题，女儿作为双警家庭的孩子，肯定不容易吧？

这话一出，这对本来开开心心的夫妻突然间同时沉默了。

唉，陈德骅一声叹息。

"小姑娘今年要高考了，同事让我去咨询一下，父亲被评为'二级英模'，是不是小孩儿高考可以享受什么加分政策。可女儿却跟我说：'爸爸，我想靠自己的努力。'女儿很倔强很要强，我想这是一种好品格。但就是这样一个坚强的孩子，每次过年都让我心碎。有一年过年，我们两个同时加班，女儿一人在家。这种事情对我们双警家庭的孩子是很平常的事儿，所以我们俩很正常地上班去了。那天夜里，等我和爱人回到家，已是凌晨四点。一开门，女儿竟然还没睡，一个人坐在床上，一脸的泪水。我们忙问她发生了什么事，她说晚上一个人看电视节目的时候，看到了很多关于警察的小品，她就想爸爸妈妈了，一个人哭啊哭，两只眼睛又红又肿。听女儿说完，我和妻子对视无语……我扭过头去，而妻子却忍不住，紧紧地抱住了女儿。是啊，这么多年……作为警察的孩子，她真的不容易。她真是个坚强的好孩子！当着她的面我没有表扬过她，你在文章里表扬表扬她，也表扬一下和她一样的众多警察的孩子！"

"嗯，一定！"

虽未与这个坚强的女孩儿见面，但我心中已有她的影子。那是一只快乐飞翔的小鸟，向着阳光、向着希望……

夜更深了，该与德骅夫妇告别了。

走出十几米，回头，他们仍站在原地目送着我。一个娇小的女人倚在一个伟岸的肩膀旁边。我知道，如果没有这个娇小的女人，那么，那个伟岸的男人就不可能坚持18年，就没有他和莲花公寓小区里二十多位孤老的情和义。娇小与伟岸是一种黏合，是十几年的磨合、鼓励和鼎力相助！■

接管北平的那些事

■ 胡玥

一旧一新两个警察行走在胡同里，起初是旧警察带着新警察走，后来便是新警察带着旧警察走了。在走街串巷挨门挨户的接触里，旧警察对新警察缘何从心底产生了佩服？

赶毛驴工作法

许许多多的人从四面八方会合到北上的队伍，大家彼此都不认识。此前，每个人都在自己所在的省市、县区担任各不相同的职务，而会合到一起之后的每个人，就如一个新组建的部队，大家都是新兵。接下来的人生像一个秘密。征程、前途以及命运，于每一个人来说都是未知的。日后，这支队伍，这支队伍里的这一群人，就是最早进驻北平接管北平伪警察局的功臣们。

在正式进驻北平之前，他们每天的任务就是看地图，熟悉北平的地理环境；熟记北平

东方利剑 (六)

的重点区域的电话号码，需要重点保卫的场所、部门、部位……熟悉敌特组织、警察组织……面对着地图的他们，日后，脚印遍及那图上他们所管辖的所有地方，图上没有标注的地方，他们也要一并装在脑子里，他们被要求熟悉图上有的和没有的所有大街小巷，其实说得直白一点，就是每个人都应该变成北平的活地图！虽然他们都没有到过北平，也不知北平到底是什么样的，但他们要用心记住地图上的每一个地方。因为他们被告知此行的任务是：北上，接管北平！

命令下来了。由石家庄到保定，由保定到长辛店……

北上的脚步到长辛店便暂时停下来了。

进城之前，在长辛店每人都有了新的分工和岗位。老警当年就被分配到了什刹海所在的北平警察署内五分局。

他告诉我，1949 年前的什刹海就是一个臭海，更确切地说，是一个烂泥塘、臭水坑、垃圾场。

进城前的什刹海是什么样子他无从知道，他只知国民党交给进了城的他们的就是这么一个破破烂烂、臭气熏天的地方。

内五分局所在的德胜门内、外大街是一派萧条、破败、穷困潦倒的景象。

冬天，家家都把炉灰、煤渣倒在街上或是什刹海里。

夏天，雨水的季节，因为没有下水道，到处流着黑泥汤子水，黑泥汤子水渐渐形成了许许多多的黑泥河沟……

而春天，行走在大街上，道上的浮土能没过脚脖子……再看街上行走的每一个人都是土头土脑、满脸灰尘……出门工作回来的同志们都得脱下鞋磕打磕打，满院子便尘土飞扬……

当年也没有自来水。有专门拉着水车走街串巷卖水的人。水车都是木制的，盛水的桶也是大木桶，水车碾过街巷发出吱吱嘎嘎的响声，卖水的人和那水车就成为当时北平城的一道别样的风景……

进城之初，北平的治安非常混乱，每天夜里都能听见街上的枪声，那是国民党军队的散兵游勇在街上抢劫甚至杀人，光一个内五区一晚上就有好多起报案被抢劫的。初进北平的他们一晚上就得出现场好多次。

由于上级下达的接管政策是对旧警察署原封不动接管，一切编制不动，一切人员除了特务和罪大恶极的都留下，原来在哪个部门现在还在哪个部门……而旧警察每天干什么要听新警察的，旧警察还要学习共产党和人民政府的政策以及当时的工作任务。无论是否情愿都得按照这个要求做事，也就是"你听我指挥，我推着你干活"。大家当时笑称此为"赶毛驴"式工作法。

内五分局办公的地方在德胜门刘海胡同里。那儿有一个大院子，院子里还套着院子，院子里的房子又旧又破，最后一进院子的后面是个拘留所。整个大院白天晚上都热闹非凡，有押进来的，有放出去的，有从外面闯进来闹事的，也有押在监房里不服管的……

旧警察局长外屋挂着的地图只有横着竖着的街巷胡同，而没有一个字标。这是旧警察分局长用来考核警察业务的：教鞭一指，警察就得说出那是什么街巷、胡同，并报出门牌号码。接管北平的新警察用这个办法考旧警察，趁机把旧警察说的街巷胡同一一记住了……

老警回忆说当时几乎没有交通工具，有的分局幸运的话接管的时候还有一辆挎斗车，人家分局的领导要去参加什么活动和会议就坐着那辆挎斗车，令人好生羡慕。他记得他们分局接收的是一辆人力三轮车，那三轮车车夫是个秃顶小老头，人油滑得不得了，甚而有些看不起他们这些进城的土八路。他们那时穿着灰军装，胸前佩戴的是军管会符号，脚上穿的是纳底儿的布鞋，说话也都是南腔北调的，那小老头就故意跟他们转京腔。

小老头对他们怀着嘲讽之意。而且佩戴着军管会符号的五尺男儿，坐一个小老头蹬着的三轮车出去开会，内心很不自在。可是，当时的北平城里只有5辆公共汽车，自行车还很少，所以不管坐在三轮车上内心多么不舒服都得坐，因为不坐就会耽误开会和工作。

刚进城的管理者坐着小老头的三轮车去查勤查岗的时候，老是查不着什么问题。这和群众反映的有些旧警察脱勤脱岗消极怠工情况不符，可是问题出在哪儿呢？慢慢地，管理者发现，每去一个派出所，那三轮车车夫在离派出所不远处，就使劲按喇叭，他那喇叭的叫声也很特别，是那种哇哇哇的叫声，派出所的旧警察们一听到这种喇叭声就明白查岗的来了。待管理者下车进派出所看时一切秩序井然。旧警察全都规规矩矩的！时间一长，去的地方多了，每回小老头都是故伎重演，管理者自然就明白问题出在哪儿了。那小老头简直就是个通风报信的。

那小老头还是旧警察的立场，所以他配合旧警察一起来欺骗刚进城的新警察。

后来，小老头三轮车上的喇叭被拆了，小老头一看就知道自己的把戏被戳穿了，以后再也不敢暗中耍把戏了！

半年以后，上级给各分局的领导发了"飞鸽牌"自行车，骑着自行车查岗查勤，方便了很多。

有天夜里，有位领导骑车子到一个派出所查岗，那位领导特意悄悄地把车子放墙角儿，轻手轻脚地就进去了。走着走着却发现，根本不用轻手轻脚，因为派出所的人全睡熟了！睡得跟死狗一样，就是牵出去卖了也全不知晓。进派出所简直如入无人之境。那领导一生气，就把办公室枪架子上的枪一一挎在背上骑上自行车一溜烟地回到了分局！

天快亮时，那个派出所所长才向分局报案说，枪都丢了！

这个事件在当时可算是大事件。当天，所有派出所所长和警察全部被召集起来开大会受训。领导说，你们就是这么维持治安保护北平人民的生命和财产安全的吗？你们这个样子恐怕连你们自己的命都保不了！

那个派出所所长在会上就被宣布撤了职！

这一撤，给所有玩忽职守的旧警察狠敲了一下警钟！

户情、交通和夜市

老警抱着户口簿，让警察张带着，挨家挨户地转。警察张是旧警察里为人厚道的那一种。

东方利剑(六)

他原本就是穷苦人家出身,老婆孩子一直在乡下,在国民党的警察署深遭歧视,所以他深恨旧的一切,喜欢代表穷苦人意志的他们领导的一切。他从一开始就有别于其他许多旧警察,在很多事情上暗暗地帮助老警他们,像警察张这样的旧警察自然就成为老警他们要依靠的对象。

警察张也觉得老警能让他每天抽出半天时间带着走街串巷熟悉户情是对他最大的信任。由于家在乡下,他常一个人在这些街巷人家里转悠,也许,在旧警察堆里,没有人比他更熟悉户情了。

这一旧一新的两个警察行走在胡同里,起初是旧警察带着新警察走,后来便是新警察带着旧警察走了。在走街串巷挨门挨户的接触里,旧警察对新警察从心底产生了佩服。

比如他们新进到一个胡同,警察张什么都没告诉老警,老警每每都能八九不离十地说出居住在胡同里的各个人家属于什么阶层、干什么的……旧警察怕新警察提前把户口簿上的情况熟记于心,就挑其他散段的胡同的地方让新警察去走走,各户的情况新警察仍说的八九不离十,警察张就央求老警传传经。老警说,其实很简单,以前打仗闹革命的时候到了陌生的村庄,你靠什么判别好人家坏人家?穷人家富人家?光靠自己的一双眼可不够,还要靠自己的一颗心去分辨。别人可以骗你,而你的眼睛和心不会骗你自己。我进一个村,一看那房子,二看他的院子,我就可以分出哪家是破落地主、哪家是新兴地主;哪家是富农、哪家是富裕的中农、哪家是贫农……那破落的地主破落到什么程度呢?他房上的瓦带着土带着泥掉到门前他也不捡不打扫,等到夏天,一下雨,那瓦的泥土里就长出一堆草来,他从草上走来走去也懒得管……他破落成那个样子,那是连心都破落了。

那个新兴地主,那院子、房子,哪儿都收拾得干干净净的,家里的人也都是一派新兴的气象。他的骡马牵出来都是肥肥的,跟破落地主家不一样,跟贫农家也不一样……

中农,他的房子都是土坯房。他盖不起砖瓦房。每年他都要抹抹他的土坯房,每年抹一遍,每年都呈崭新的状态……

警察张说,那是乡村,是你所熟悉的,而现在这城市……

老警说,农村有农村的生活规律可循,城市有城市的生活规律可循。说着说着他们就走进一户人家,老警说,你看,我说这家是旗人,你知道我是怎么判断出来的吗?

警察张摇摇头。

老警说,你看他们家的桌子、板凳都擦得倍儿亮,擦得那漆色都掉了。到处都干干净净的。那桌子上还放着一个小茶壶,你看人家的主人在对着小茶壶滋喇地喝,多享乐呀!谁大早上一起来就端着一壶茶滋喇地享受呀?也就是在旗的人有这份悠闲。不信你上前问!

警察张上前一聊,果然老警说得不错。

他们又转到一户人家,老警一进院,隔着窗玻璃就瞧见那家的老头老太太正盘腿坐在炕上吃早饭呢!

老头老太太见有警察来,一脸的慌色,放下碗赶忙迎出来。老警说,他们肯定不是旗人,那旗人见什么人都不会显得慌张……

警察张说，那你猜他们是什么人？

老警说，据我观察，他们的穿着像是农村来的，他们喜欢喝粥，那粥里还放了几枚栗子或是小枣……你去看看是不是粥，粥里是不是有小枣，如果我猜得没错，他们应该是逃亡地主……

两个人出来哈哈大笑，警察张说，又被你说中了！

两个人又走了一程，进到一个大院里，院子里有假山、鱼缸，还有花园，很是讲究。看见有人来，马上就有佣人出来迎客，老警悄声说，不用见这家主人也知这是一个官僚之家……

还有，那门不大也不起眼儿，可一进院却发现院子里布置得很幽雅，装饰得很豪华，收拾得也极其整洁漂亮。不用猜，那多半是个官宅……

还有老北京的贫民，一看也很清楚。早晨起得很晚，女人披散着头发趿拉着鞋，懒洋洋地在街上买小吃或是站在门口打哈欠……

还有蹬三轮的、打小鼓的……

北海后门道路原本就窄，还有有轨电车打那儿过，再加上那儿还有辅仁大学和辅仁中学，学生上下学乱穿马路，如此，那学生和自行车、汽车、三轮车便搅成了一团，倘若出行时不得不经北海后门便是最头疼的一件事。

当然，最头疼的还要数在那儿站岗的旧警察。旧警察要是管，他们就说，过去你统治我们，现在解放了，谁听你那一套！

解放了的北平人心里可是扬眉吐气了。民众的心理是，过去你旧警察欺压我们，我们已经受够了。解放了，天下是人民的，你想再像从前那样耀武扬威，没门儿了！

可是没人为旧警察想过，他们过去虽然是在国民党领导下的警察局站岗，而今，他们虽然是旧警察，然而却是在共产党和人民政府领导下维持交通秩序呀。是为解放了的北平城疏导交通，他们是服务于民众的……

旧警察每次也急于表白他们现时的身份和职责，可是没人听他们的表白，跟谁表白谁都抢白和跟他们急眼，甚而讽刺挖苦打击，还有的要动手打旧警察。因此，旧警察都不愿去北海后门站岗。去了的就站在那儿发呆发愣，任怎么乱他也不管事，他也管不了。

他怕惹麻烦。

老警说，这就怪了，过去你们真的欺压百姓的时候，你们倒从来没怕过。现在，你没有欺压百姓，没有违法乱纪，你正常维持交通秩序，这是党和政府给你的权力，你怕什么怕？走，我跟你去站岗，你只要做得对，我给你撑腰，给你做主！

老警跟着旧警察到北海后门去站岗，站上岗台，往马路上一看，真是乱得像一锅粥。老警去的时候，正赶上辅仁中学放学，那学生们仨一群、俩一伙、五个人一并排，勾肩搭背，一边聊着天一边在马路中间骑着自行车，把原本就窄得不能再窄的马路铺排得满满的。那时的北平，不多的公交车、小汽车一旦在那儿路过，使劲地按喇叭也没用。

老警指着那群学生说，路这么窄，你们搭着肩膀骑着车子走，把路都占了，影响交通，你们这样做违反交通规则，是不允许的……

还没等老警把话说完，那群学生一起嚷嚷道："怎么啦？老子长年都在这儿这么走！你管得着吗你？"

一群学生呼啦啦就向老警围过来。口口声声喊着打这个旧警察。

老警哪儿怕这阵势呀，他一把抓住那个带头闹事的学生的脖领子，另一只手掏出枪来说，敢动？我是八路军，不是旧警察。就是旧警察也不允许你们打呀！我看你们谁敢动手？拘留！

老警就把带头闹事的学生送到分局给拘留了！

然后，老警通过抓这个闹事学生作典型，到辅仁中学开大会进行宣传教育。那黑压压的学生坐在底下一看警察动真格的了，都老实了。学校和学校之间这消息传得快着呢，其他学校也给学生开会传达，许多学校的学生就都收敛了。

北海后门的交通秩序从此大有好转。

那个学生经教育也给释放了。

北平解放之初，德胜门大街北头、东直门以及朝阳门全是一个个旧货市场。这些市场原来都是夜市、黑市，主要是盗贼销赃的场所。

中华人民共和国成立后，一些逃亡的国民党高官弃下的家属、破落的资本家和逃亡地主等没了生活来源，就直接或间接地到旧货市场变卖东西来维持生活。所以市场逐渐地扩大着……

天不亮，市场上便挤满了人。

市场上的东西一般都很便宜。用人民币三万（等于新币三元）就能买一件呢子大衣，用人民币两千（等于新币两角）就能买一个柳条箱子……

老警常去市场上转，但转归转，见再便宜的东西都不能买，那时市政府有个规定，不允许进城的干部到那些地方买东西。

老警在小市上转的时候出过好几次洋相。

一次在东单市场上，老警转到一个支着帐篷的地儿，看见里边有许多人在那儿喝一种带点儿黄色的饮料。他不知那是什么，也不好意思问，他转得口渴了，也想喝一杯，就装模作样地进去找个地儿坐下了。他跟那伙计说，给我来一杯。伙计说，五百块一杯。五百块就是五分钱，老警觉得也不算贵就要了一杯。伙计给他端了上来，他偷着瞄了一眼，学着人家的样儿喝了一口，这一口差点儿没喷出来。什么味呀？像马尿似的！他看着周围的人都喝得津津有味的，也不敢质问那伙计给他喝的是不是变了质的，又不敢退，只好耐着性子在那儿消磨时间，等人走得差不多了，他趁人不注意，把那杯黄汤子顺手就泼在地上了，然后，抹抹嘴，一副喝得心满意足的样儿走了出去……

后来一打听才知那是啤酒，而且那天他喝的还是鲜啤酒。

那是他第一次喝啤酒。

后来太平洋联络会议筹备处低价处理剩余啤酒，有人劝老警买了几箱，他也慢慢地喝出味道来了。

　　第二次洋相出在理发上。以前老警在德胜门大街分局驻地西口的家庭理发馆花两毛钱就能理个发。反正他理发又不要什么样儿，理短点儿就得了。

　　那一次在王府井看见一家叫美白的理发馆，那时的老警还是土包子进城，哪儿顾得上研究什么名牌理发馆，以为那家理发馆和德胜门的家庭理发馆无二，就大摇大摆地走了进去。理发馆的师傅比那家庭理发馆的师傅态度更和蔼，再一看店面也很讲究，他坐在那儿也感到很舒服。及至理完，他以为也是两毛钱了事，可谁知人家冲着他手里的两毛钱直摇头：您两毛钱就能在这儿理个头啊？是两万块（两块钱）！他一听没把舌头吐出来！什么头呀就要两万块？那时八路军刚进城也不好争辩，也怕露怯，只好吃个哑巴亏。一摸兜幸好还够两万块，付给人家就走了出来，一边走一边心说，吃亏上当就这一回！自己舍不吃舍不得花，却让人家给坑了！他也知道不能说人家是坑他，而是他去了他不该去的地方。

　　后来一打听，才知那美白理发馆主要是供老外和资本家理发的高级场所。

　　两万块钱花出去了，却没有人看出他的头发比平日里好。以后再经过那地方，他就会想起从前的那一幕，心里很不是滋味。

　　老警去市场转悠可不是闲来无事，他是为了发现问题才去的。他发现那些市场规模越来越大。先前还都在马路边上交易，后来渐渐地就蔓延到马路上，买卖的人也越来越多，物品都摆到了马路上，严重影响了交通。

　　那时候，城市的供应主要是靠马车和骆驼从城外往城内运。在德胜门一带，城内的汽车无法通行，城外的马车和骆驼、毛驴也都堵在那儿进不了城。

　　老警在市场上转了几圈，发现造成交通堵塞的另一个重要方面是那些乱停乱放的三轮车，他便开始从整顿蹬三轮车的入手，以缓解交通堵塞。

　　在整顿北海后门的交通秩序之后，许多人都知道了穿灰衣服的是新警察，而穿绿衣服的是旧警察，对穿灰衣服的新警察，市民们还能听从指挥。

　　可是灰衣服没穿多久，老警们也换上了绿的警服。这样一来，就分不清谁是新警察谁是旧警察了。所以老警们受命整顿的第一天就碰到了钉子。

　　那是个年轻力壮的三轮车车夫，他总是把他的三轮车停在道儿中央，仿佛钉在那儿的一颗钉子，任谁打那儿过他都不给让道儿。好像他最大的乐趣并不在生意上，而是每天占领那个显要地势的一份威风和自豪。老警们就想先把这颗钉子拔掉。所以他们径直奔那个三轮车车夫走过去，跟三轮车车夫说，你这个车停的位置不对呀，请你靠边儿停停好吧？

　　三轮车车夫眼珠子上上下下翻了老警们一个遍，特不忿儿地说，哟，你还管着我？还想统治着我？你欺负我多少年了？压迫我多少年了？怎么着，现在还想压迫我？

　　老警沉着冷静地看着他，声音里显出了几分威严，他说，今天是压迫你吗？顿整交通是大家的事，一个城市要都像你们这样无序地停车，大家还怎么生活？还上不上班？回不回家？你看看你占这地儿，四周的车、马、人都被堵着通不过，这就是你的能耐吗？你这不是在给城市制造混乱吗？没人管行吗？都像你一样不听指挥，就这么乱来，你方便吗？你也不方便呀！别人把路堵上你也走不了呀，挺大的小伙子，为什么就不想想呢？

哟，你个旧警察也学会给我讲大道理了？你知道我是谁吗？我在这儿也不是一天两天了，今儿我就在这儿占定了，你能怎么着我吧？小伙子一叉腰摆出一副混不吝的样子。

老警可不怕这样的刺头，他说，小子，你可别后悔，你现在承认错误还来得及，否则，就甭怪我不客气了！

小伙子说，承认错误？你开什么玩笑！我倒要看看我不承认错误你能把我怎么样？

老警对跟他一起来的同志们说，把他拘了！

这一拘留小伙子就有点儿急了，他说，你们敢拘我，你们怎么拘的我还怎么把我放出来！你们知道我爸爸是谁吗？告诉你们，我爸爸可是内四区的三轮车工会主席……

老警说，你爸爸是三轮车工会主席呀？要不你这么横呢！我问你，谁让他当的三轮车工会主席？你给我记住，你爸爸能当工会主席是人民政府给的，不是你给的。你爸爸要是敢袒护你这样的儿子，我就代表人民政府撤了他这个工会主席！小子你听好，这回我拘的就是三轮车工会主席的儿子。

你们，你们要是真把我关起来，我爸爸就会把三轮车车夫们集合起来找你算账！

老警说，不怕，谁来我抓谁，来一个抓一个。我要先把你关进拘留所。

把小伙子关了拘留所之后，老警就给内四区挂电话找三轮车工会主席。他先发制人地说，我听你儿子说你能动员三轮车车夫造反？共产党让你当工会主席，你想造共产党的反吗？你要是敢造共产党的反就撤你这个工会主席……

早有三轮车车夫给那小伙子的爸爸通风报信了，所以那工会主席被老警一通抢白自知理亏，放下电话就赶紧来到分局，见到老警连连替他的儿子赔不是，又将他的儿子臭骂了一顿，教育了一程，那儿子也向老警承认了错误，老警就给他爸爸个面子，让他把儿子领回去了。

后来一个传一个，传得邪乎说是把工会主席都给拘了。几大市场上就是真有那炸刺的，也不敢故意占道堵塞交通了。■

大案追踪

大案追踪

20世纪80年代末，上海虹桥机场一家运输公司发生一起新中国成立以来最大的盗窃案，机场仓库里一盒从比利时空运来的贵重物品突然失踪，这盒贵重物品是几万粒价值连城的钻石。案件引起了公安部的高度重视，电令上海限期破案。

梦断钻石

■ 方齐鲁

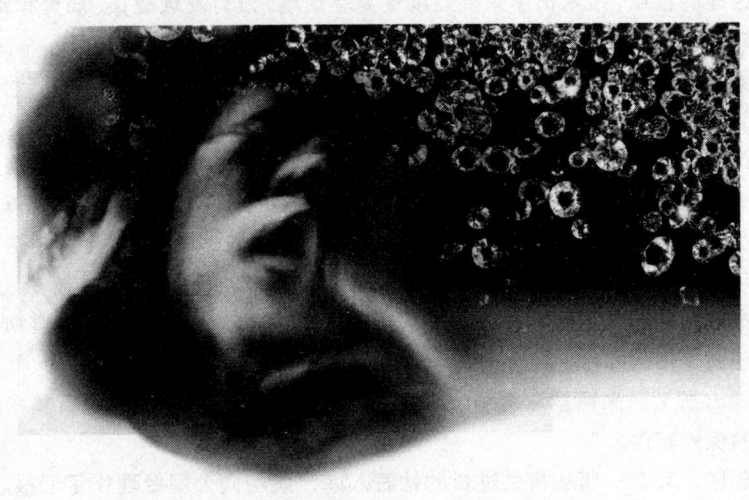

价值67万美金的钻石不翼而飞

那是深秋的一天下午4时许，一辆紫红色雪铁龙驶进坐落在愚园路上的长宁公安分局大院。雪铁龙尚未停稳，车上的那位中年男子便心急火燎地要下车，他下意识地用手扶了下金丝边眼镜，神色严峻地直奔分局长姚玉良的办公室，气喘吁吁地递给姚局长一张名片，自我介绍道："我是虹桥机场大通空运有限公司上海分公司的钱经理，我们那里发生了盗窃大案。"

姚局长见他魂不守舍的样儿，安慰他说："坐下来，不要急，请慢慢说。"钱经理坐下后，神色紧张地讲起了单位里发生的可怕一幕。

"我们公司的戴家库保税仓库内一包重1.77公斤的钻石不翼而飞了。这包钻石是从比利时购进的，外包装是只二十多厘米长的淡蓝色小盒子，内装有米粒大小的钻石坯

东方利剑（六）

5174.64克拉，其中工业钻1710.54克拉，首饰钻3464.1克拉，都是未经加工的钻石坯，进价是67万美元，折合人民币470多万元。"钱经理一口气报完这些数字，用期待的目光望着姚局长。

当年这个数字可谓一笔巨款，见多识广的姚局长对这样大的盗窃案也闻所未闻，他立刻给刑警队队长陈焕康挂了电话。须臾，大院里响起了尖厉的警报声，三辆警车随着红色雪铁龙一路呼啸地向虹桥机场飞驰而去。

这一天是1988年11月17日。

警车来到西郊动物园旁的荒野里戛然而止，钱经理带着姚局长和陈队长一行来到一栋长长的尖顶房前，他指着房子介绍说："这就是我们公司的戴家库仓库。"姚局长与陈队长以及几位刑技人员，随钱经理走进仓库的一号库位。

根据钱经理的指点，技术员小束反复勘查复验现场，没有发现撬锁、翻窗和爬墙等痕迹，他向姚局长汇报说："基本可以排除撬窃作案的可能。"

经保管员再次认真清点库内货物，除缺少两天前，也就是14日入库的这一票钻石外，其他贵重物品，诸如彩电、录像机等均完好无缺。

这票失踪的贵重物品是由日航791航班波音客机运到虹桥机场的，经过验票后即被送入民航货运处保险仓库。14日上午10点多，货运公司接货员陈志杰前去接货，货运处保险仓库保管员田玉华将一只淡蓝色的小盒子交给陈志杰时，特别嘱咐他："这是一票贵重物品，不能与其他普通物品混放，一定要单独入箱保管。"

但陈志杰驾车回到戴家库仓库交货时，却未向保管员姚均说明这是贵重物品，姚均便将此货放在普通货一号库位。

翌日，陈志杰又送来两票从瑞士进口的钻石，他告知姚均："这是贵重物品，应放入仓库办公室的保险箱内。"

11月16日，又有一票从荷兰进口的钻石入库，姚均向公司经理作了汇报。

第二天上午，钱经理得知14日入库的一票货也是钻石，即刻通知姚均另外存放，姚均慌忙赶到一号库位，那只蓝色的盒子却不翼而飞，他吓得如雷轰顶，像木桩似的钉在地上傻眼了。

侦查员与仓库工作人员逐一谈话，并根据他们的陈述制作了陈述笔录。那时还没有监控探头，只能根据每个人的描述绘制一份现场图。

钱经理见天色已晚，大家还在紧张地工作，便到虹桥机场餐厅订了一桌丰盛的酒席，有甲鱼、大闸蟹、鳗鱼等佳肴。

钱经理赶回仓库拉着姚局长说："你们辛苦了，到餐厅随便吃点'便饭'。"姚局长婉言谢绝："我们要赶回去马上布置任务，不吃了。"

钱经理又去拉陈队长和其他侦查员，大家见局长谢绝了，便纷纷摇头。

钱经理不免感叹道："在吃喝盛行的今天，你们这样干活实属罕见。"

当晚，公安部电令："全力破案。"

上海市公安局局长李晓航看罢电报后，当晚亲赴长宁分局督战。

发案的那晚他到底住在哪里

已是晚上12点多，刑队办公室里依然灯火通明。侦查员经过y与仓库二十多名工作人员谈话，互相印证，疑点迅速集中到接货员陈志杰身上。他交货时为什么不关照保管员姚均这是一票贵重物品？即使忘了，15日、16日又送进同样的货物，他为什么没联想起来？他是少数几位知道此货是贵重物品的人之一。

最后，别人都走了，侦查员请陈志杰留下，盘问他："为什么进货时不关照一下这是贵重物品？"

陈志杰捶胸顿足发誓："我确实忘了。"

谈话至凌晨2时，他还是反复一句话："忘了。"

没有足够的证据，只得让他先回家好好想想，明天上午来分局报到。

陈志杰走后，大家分析案情：14日至17日，本市有36家单位和苏州、常熟、蚌埠三个外地单位来提过货，是否有错发的可能？陈队长当即拟定侦破方案，决定兵分三路，连夜出发。

第一路侦查员按照案发前三天的发货情况，奔赴蚌埠、常熟、苏州及本市36家单位，找收货人核实货物是否错发。

第二路侦查员召开货运公司全体职工及夜间值班的临时工座谈会，并与知情者个别谈话，查找线索。

第三路侦查员找案发三天内直接进入仓库的重点人物仔细谈话，制定每个人的定向定位图，从中发现嫌疑人。

凌晨3时，赴外地的6名侦查员星夜赶路，直奔苏州、常熟，于天亮前分别赶到，经详细了解，没有发现错发货物的情况。

18日晚，侦查员蔡永祥、陆奇峰与货运公司王永平奉命赶赴蚌埠，于翌日凌晨3时抵达。三人走出蚌埠车站，一阵刺骨的寒风直往肉里钻，不觉一阵打战。

小王找到路边的出租车问司机："附近有没有宾馆？"司机点头，当小王坐进车里招呼两位侦查员上车时，蔡警官尴尬地说："我们出差有规定，只能住10元左右的旅馆，坐小车无法报销，没办法，只能委屈你与我们一起住蹩脚的旅馆了。"小王苦笑，只得下车。

火车站附近的宾馆门面都颇为豪华，闪烁的霓虹灯牌子格外引人注目，但他们只能望而却步。三人顶着凛冽的朔风，以步当车，寻觅了一个来小时，才找到一家不引人注意的普通小旅馆住下。

曙光微露，三人匆忙起床出发前往214研究所。换了三辆车，边走边问，还走了一段冤枉路，直到11时才摸到214所。正是吃午饭的当儿，他们怕麻烦人家，便来到不远处的饭馆准备先填饱饥肠辘辘的肚子。

小王建议说："你们辛苦了，喝点儿酒解解乏。"

蔡警官笑着说："算了，等破案后喝庆功酒吧！"

东方利剑（六）

他们随便点了两菜一汤，催着服务员赶紧上菜。

小王边夹菜边感叹："我们出差都是坐飞机或软卧列车，住宾馆，乘出租车。我出差从不带毛巾牙刷，这次跟你们出差算倒霉透了，早晨连牙都没法刷。你们侦查员真辛苦，这么没命地干，还要自己贴钱。"

蔡警官举起茶杯抿了一口茶，调侃地说："谁不想坐小车、住宾馆，可我们有规定，没办法。"

小王说："这样吧，我们去住宾馆，发票开在一起，我来报销。"

蔡警官摇摇头："我们没发票，领导会怀疑我们到底去了没有。"

小王听罢不无同情地摇摇头，动情地说："过去以为警察很潇洒，这次随你们一起体验一把，才知道原来警察是如此辛苦、如此寒酸。"

来到214所，经仔细核实发现也没拿错货物。当天下午，三人匆匆返回。至此，排除了外地错发和提货者顺手牵羊的可能。

刑队会议室里烟雾缭绕，正在开诸葛亮会。

徐副队长说："据机场守卫的一位武警战士反映：16日上午，陈志杰托他打听通过国际航班走私贵重物品的渠道和方法。"

郁副队长说："经过对出入过仓库的所有人员定点定位，发现作案者必须具备三个条件：一是懂得货物外包装上的特殊外文术语，知道是贵重物品；二是见过货物实样；三是有机会入库接触货物。具备以上三个条件的非陈志杰莫属，他才最有可能作案。"

侦查员小孙汇报了一条重要的线索："我们对陈志杰的妻子进行了询问，她说，陈志杰最近一直都没回过家，11月14日这天晚上也没住在家里，但他却对妻子说，如果有公安局的人问我这几天住在哪里，你就说我住在家里。我们追问他妻子他住在哪里，她告诉我们，肯定住在那个妖精那里。经过侦查，那个妖精就是陈志杰的情人，一家食品厂的会计，叫张晔华。"

据钱经理反映，陈志杰没有前科，公司领导对他印象尚可，感觉他一点儿也不贪。去年仓库里有一卷挂历散落在地，他看见后就守在一旁，等保管员赶来后才离开。

案子一下子变得扑朔迷离起来，笼罩上了一层飘忽不定的迷雾。

11月21日，根据陈志杰的疑点，长宁公安分局对其执行拘留审查，侦查员与他进行了正面交锋。

侦查员小孙从他的落脚点入手，开门见山地问："陈志杰，从14日到16日，这三天晚上你到哪里去了？"

陈志杰坦然地回答："去了新客站，躺在椅子上过的夜。"

小孙经常出差，对于火车站的候车室非常熟悉，他提醒陈志杰："你大概不知道新客站候车室的椅子都是像电影院一样，每个座位都是隔开的吧？"

陈志杰见露了破绽，忽又改口道："先在新客站坐了一会儿打瞌睡，后来在淮海路一家舞厅跳了一夜的迪斯科。"

小孙又点穿了他的谎言："你也许还不知道公安局有规定，舞厅营业不得超过晚上11

点吧？"

　　陈志杰几次被点穿后，无计可施，便摆出一副死猪不怕开水烫的架势，不是装聋作哑、缄口不语，就是云山雾罩，胡扯乱侃。经过48小时的谈话，虽然对自己晚上在哪儿过夜无法自圆其说，却还是一个劲儿地捶胸顿足，大呼冤枉。

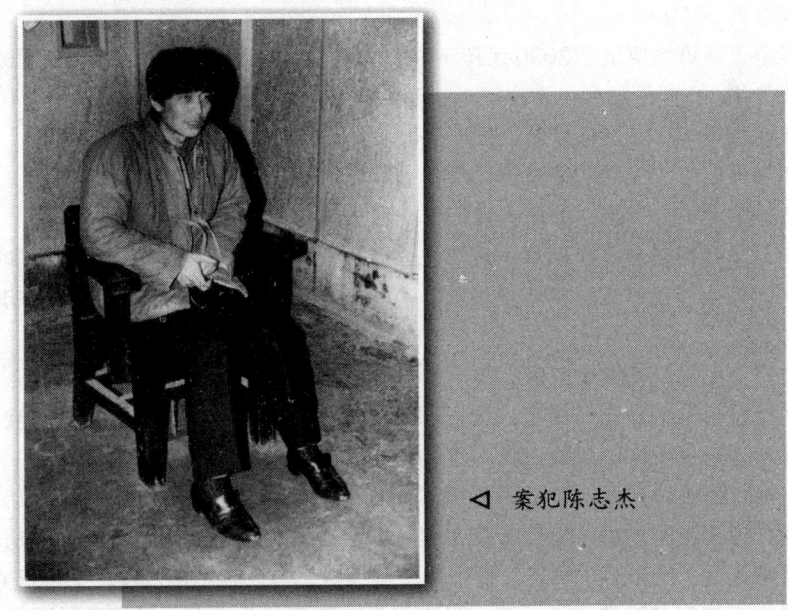

◁ 案犯陈志杰

他与情人准备一起赴英国生活

　　侦查员传唤了陈志杰的同居者张晔华，没想到这位两眼似枯井的弱女子的态度却与陈志杰一样异常坚硬，概不认账，一口咬定与陈志杰过去是业务关系，矢口否认自己与陈志杰的特殊关系。

　　侦查员反复晓以利害，告诫提醒她案子特别重大，可惜她仍执迷不悟。有时，女子为了爱情，往往会以身相许，并为之不顾一切地付出代价。

　　直到坐在铁窗里，张晔华才感到问题的严重性，惶惶然抽泣不已。慑于法律的威力，她痛哭流涕地承认了自己与陈志杰同居的事实，并交出了那天早晨陈志杰给她留的一张纸条。

　　纸条上面写道：我不去英国了，望向邓尔惠要回现金。关于那件事情肯定不是我做的，如果公安局来找我，我会出来澄清的，请放心。

　　交出纸条后，张晔华抽泣地道出了她与陈志杰的交往过程。

　　几年前，陈志杰与张晔华都在食品公司谋差，陈志杰是公司的驾驶员，张晔华是食品公司的会计。因业务关系，彼此接触较多。陈志杰见张晔华长得眉清目秀，有几分姿色，遂对其颇为倾心，但张晔华已有了男朋友，陈志杰得知后，深感遗憾，大有相见恨晚之感。

东方利剑（六）

去年年初的一天下午，一辆黑色丰田小车悄然停在了路边，陈志杰走出来殷勤地邀正在走路的张晔华上车。张晔华见是昔日的关系户，甚为惊讶。

她好奇地问："听说你调到机场了，发大财了吧？"

陈志杰春风得意地说："没有发大财，每月只有1000多元工资，不过加上补贴和加班费，一个月可以拿到2000来元。"

张晔华不无惊讶地叹道："2000元还不是发大财啊，我每月才40来元。你真是宏运亨通、福星高照。"

陈志杰问张晔华："到什么地方去？"

张晔华告诉他："搞到一张票子，准备去买个彩电。"

陈志杰热情地说："走，上车，我把你送回去。"

张晔华正愁如何运电视机回家，陈志杰主动帮忙，正中下怀，便上了小车。陈志杰开车时发现，张晔华不像过去那样随便说笑，有点儿闷闷不乐，她原本那张春光明媚的脸上神色忧郁。

陈志杰好奇地问："你脸色看上去不太好，最近遇到什么烦心事了？"

张晔华见有人关心自己，便将心里压抑了许久的冤屈向他倾诉道："这事我闷在心里也不便对外人说，今天你这么关心我，我就不隐瞒了。"

说罢，她哀怨地讲述了自己的不幸遭遇。原来别人给张晔华介绍了一个男朋友，开始介绍人把对方说得花好稻好，是个名牌大学的研究生，在研究所工作，家里有房子，张晔华以为走了桃花运。结婚后才发现他原来是个精神病患者，但木已成舟，生米已煮成熟饭。他患有间歇性精神病，时常发作一下，张晔华坚决不同意生孩子，并果断地提出了离婚。性格开朗的张晔华从此变得萎靡不振、郁郁寡欢。

听完张晔华的遭遇后，陈志杰安慰她说："你这事确实有点儿倒霉，那个介绍人打了闷包，你被他们骗进去了，你还是太单纯。不过事情已经出了，也只能面对现实，设法早日解决。"

陈志杰的几句话，说得张晔华频频点头。

来到电器商店买了台日本日立的彩电，陈志杰趁机大献殷勤，麻利地帮她送到家里。

陈志杰边帮她调台，边安慰她说："你这么年轻，不能就此毁了自己，趁早离婚，你长得这么漂亮，再找个男人也不难的。"

陈志杰的几句甜言蜜语，说得张晔华伏在他的肩上抽泣不止。

张晔华的父母正为女儿的婚事犯愁，到处托人说媒。尽管张晔华长得楚楚动人，但已是明日黄花无人问津。陈志杰为博得张晔华父母的信任，表示要与老婆离婚，一定娶张晔华。

陈志杰问张晔华："如果我离婚，女儿判给我，你还愿意嫁给我吗？"

张晔华感激涕零地说："如果你真的为我离婚，我一定好好报答你的恩情。"

虽然陈志杰是为了同衾共枕而逢场作戏，但张晔华却信以为真，她是那样的一往情深，对他唯命是从。

陈志杰与张晔华坠入情网。陈志杰虽然没有离婚，但两人已同居在一起，爱得如痴如醉、如漆似胶。

陈志杰得知张晔华有位同学与英国华侨邓尔惠很熟,便对她说:"我先去英国打前站,等赚了足够的钱再接你去英国完婚,我们一起在英国共度美好时光。"

张晔华因婚事被搅得一蹶不振,也想改变一下环境,听到此话心里不觉为之一振,便竭力向同学求情。通过大量送礼,邓老太同意为陈志杰担保去英国。经过一段时间的准备,陈志杰花了2000英镑,通过英国老太的介绍,收到了英方一所学校寄来的入学通知书。陈志杰正愁资金难筹,张晔华毫不犹豫地取出了自己所有的积蓄1800元,悉数交给了他。

正当张晔华沉醉在出国的美梦中时,岂料陈志杰没进天堂,却先进了牢狱。又一阵霹雳,击得这位苦命女子精神彻底崩溃了。

嫌疑人突然提出要见女儿

12月7日晚,嫌疑人陈志杰第十二次被押进审讯室,他照老规矩来到审讯桌前的一张木椅上恭恭敬敬地坐下。

不一会儿,两位审讯人员走进审讯室,走在前面的那位主审员50多岁,整齐的头发中间掺杂着缕缕银丝,身着黑色皮夹克,一双皮鞋锃亮无尘。他是市局刑侦处一队队长谷在坤,素有"审讯奇才"之称。谷在坤习惯晚上熬夜审讯,用他那个随身携带的玻璃杯子泡了一杯浓浓的茶水,然后不紧不慢地开始盘问。

谷队长打量了一下对面身着灰色中山装的瘦高个子,语气平缓地问:"你是哪一天进来的?"

陈志杰望了一下新面孔,感到对方虽态度平和,但气势逼人,他心里暗自叫道,这是遇到强手了,便故作镇静地答:"21日。"

谷队长单刀直入:"你做了些什么事?"

"搓麻将、调外币,还有跟一个女人非法同居。"

谷队长不屑地微笑了一下:"我们关你进来,是为了这些小事?"

陈志杰喃喃地说:"是为了我们公司少了一样东西。"

谷队长追问:"这东西是什么样子的?"

陈志杰面无表情地答:"外面包着塑料袋,袋子里是一只淡蓝色的匣子。"

"这票货物是你14日那天去接的吗?"

"是的。"

"你是从哪里领出来的?"

"我先到普通仓库,没领到,后来到保密仓库领出来的。"

谷队长加重语气问他:"你工作至今,去过保密仓库几次?"

陈志杰嗫嚅答:"第一次去。"

"啪!"谷队长重重地拍了一下案桌,正颜厉色地提高嗓门道:"第一次意味着什么,你懂吗?"

陈志杰尚未转过神来，谷队长连珠炮似的问陈志杰何时结婚、女儿何时出生等一些问题，陈志杰不假思索地对答如流。

谷队长突然停止发问，提醒他道："人生中第一次经历的事情都会铭心刻骨。"

谷队长反问他："你第一次进机场保密仓库去领贵重物品，保密仓库工作人员再三关照要单独保管，你竟会忘记？从机场到你们仓库需多长时间？"

陈志杰脸色陡变，鼻尖上沁出汗珠，支支吾吾地说："大约4分钟。"

谷队长一板一眼地问："仅仅4分钟，你就忘得这么干净，有道理吗？"

陈志杰无法自圆其说，反复低吟："是没有道理，忘记是没有道理的。"

翌日晚上，谷队长又泡了杯浓茶。改变了昨晚"梳辫子"的手法，改用攻心为上的战术。只字不提钻石，却大谈父母的养育之恩、妻子的恩爱之心和女儿的绕膝之情。字字句句如刀剜心一样，使陈志杰乱了方寸。他双手抱头，内心痛苦不堪。

沉默良久，陈志杰哀求道："今天我头痛，明天我讲，我做的事保证讲给你听。明天能让我先看看老婆和女儿吗？"说到此，他痛哭流涕。

谷队长安慰他说："只要你好好交代，合理要求可以考虑。"

陈志杰泪水涟涟地说："那我保证明天交代。"

谷队长见火候已到，再努力一下就可以突破了，但陈志杰同意明天交代，不能硬逼，凌晨12点半审讯结束。

谷队长心里明白，嫌疑人突然提出要见女儿，是心里动摇的反应，决定明天安排他见女儿。

昂贵的钻石竟然被无知地抛撒而尽

十几天下来，陈志杰饱尝了铁窗的滋味，此刻坐在高墙铁网之下，望着明净苍穹上悬挂的明月，耳旁没了情人呢喃的聒噪，也没了女儿亲昵的嗲声。此刻他才真正体会到失去自由的痛苦，想起在家自由幸福的日子，他后悔不已，可惜为时已晚。

命运的跌宕起伏实在使他始料不及，幸运之舟顺流而下之时倏地驶入旋涡之中，仅仅是因为一时贪念，导致了今天的后果。他茶饭无心，整夜难眠，泪水与悔恨共饮。他望望凄清的四周，只有高高的小铁窗，上面竖满铁条，插翅难逃。于是，他绝望地爬起来，见监房里有个放水的铝锅，便用力将手柄拔下来，对着自己的手腕就一阵猛割，鲜血顿时流了出来。幸好值班民警通过监控录像及时发现，赶紧叫来救护车将他送到医院包扎救治。

翌日晚上7点多，谷队长早早来到审讯室，想听他彻底交代，未料他却割腕自尽，所幸未酿成大祸。

谷队长坐在审讯台前，见陈志杰手腕上包着纱布，他赶紧走过去，坐到陈志杰边上，捏着他的手，同情地说："昨天不是讲好的吗？为啥想不通？"

陈志杰一脸痛苦地抓着谷队长的手，急切地说："快！快！钻石，要快，否则就追不回来了！"

谷队长安抚他说："别急，先慢慢把事情说清楚。"

大案追踪

陈志杰如竹筒倒豆子般如实道来："钻石是我偷的。那天我接过货物时，听说是贵重物品，想到不久我将去英国，何不临走前捞一票，所以我故意在交货时没告知保管员小姚这是件贵重物品，趁他放到一号位上不注意时，我将其随手扔进车里。当晚，我将这包东西带出单位，开始以为是金银首饰，可骑车到东安路和中山南二路时，我停车好奇地撕开一看，全是玻璃珠样的东西，也不知是什么，心想这些东西留着也没有用，如果送回去一定会被查出来，会被'炒鱿鱼'的，还不如扔掉算了。于是我将盒子里的13包钻石一路上胡乱撒掉了。"

谷队长惊讶地感叹："真够慷慨的，你知道吗？一粒钻石就值100多美金，是黄金的十几倍价钱。"

△ 大案队队长谷在坤审讯犯罪嫌疑人

陈志杰听罢惊呆了。

陈志杰痛哭流涕地交代完后，谷队长兑现承诺，下午安排他见到了妻子和女儿。他一见到女儿便情绪大动，紧紧地抱着女儿深情地吻她，泪水决了堤似的往下淌。女儿见此情景吓得哇哇大哭。妻子见丈夫已形销骨立，瘦了一圈，一把抱住丈夫号啕大哭。那裂人心脾的恸哭，在旁的警察无不被这种悲情之声感染，深深为他的妻女感叹惋惜。

待陈志杰情绪平稳下来后，他坐在第一辆警车里带路，警车一阵呼啸着直驱抛赃现场，分局开始了一场神秘而艰苦的寻找钻石行动。

沿东安路和宛平南路长达4公里的路段，有20多处抛赃点。抛赃简直如"天女散花"，河水里有之，废铁堆里有，泥沙里有，路边草丛里亦有。

一粒米状大小的钻石就值100多美金。陈志杰竟一把一把毫不吝啬地抛洒，真可谓是挥"钻"如土。

抽调来的警察根据陈志杰的指点，立刻用绳子拦出警戒区。分局迅速组织了一百多位民警在抛赃之处仔细寻觅，钻石大的如黄豆，小的似芝麻，由于体积小，又抛撒已久，在

东方利剑(六)

◁ 民警在路边寻觅被抛撒的钻石

草丛中、废铁堆里难以寻找，民警们跪在地上，脸贴近垃圾细细分辨，弄得如泥人一般。年近花甲的孙文波，因眼睛不济，干脆趴在草丛中披沙拣金。阳光下用手轻轻在泥土上一捋，那闪闪发光的便是钻石。一粒，两粒，三粒……

民警们苦中有乐，风趣地说："捡10多粒就成为万元户了。"

大家不停地在一大堆废铁里搬动，在垃圾里翻找，路人见如此之多的警察在寻找东西，好奇地围在绳外询问。为了防止发生意外，民警们守口如瓶，直到捡拾清理完毕。

在凛冽的寒风中，不停地搬动废铁，有的民警手被锈铁划破，殷红的鲜血滴在钻石上。

经过五天五夜的艰难搜寻，先后调动500多人次，共捡回1785克拉钻石，价值20多万美元，为企业挽回了三分之一的损失。

中国工艺品进出口公司上海分公司珠宝科钻石组组长老庄，在钻石上倾注了40年的心血。这次，他受中国工艺品进出口公司委派赴欧采购钻石。在警卫森严的凯地公司，老专家戴上高倍放大镜，几天几夜茶饭不思地逐粒辨认挑选钻石。他把精心选中的钻石按不同规格分装在小塑料袋里，然后签名封口，再将13只小袋灌进大袋。封口盖章托运回国。这位钻石行家得悉远涉重洋逐粒挑选来的宝物竟被无知的盗贼随地一把一把抛撒掉时，惊愕得半晌说不出话来。

老庄摇头喟然长叹道："愚昧，真是愚昧之极！这一回我们在国际钻石界的信誉损失，远远超过了67万美元！"

俗话说：饥寒起盗贼。可陈志杰每月收入达2000元，在当时可谓高薪了，为什么还贪得无厌呢？这是社会一味向钱看，却忽视了理想信仰的后果，亦是"口袋"与"脑袋"失衡后酿成的悲剧，更是物质富裕与精神贫困畸变而致的悲怆。

陈志杰最终被判处死刑，以生命的代价为自己的邪念和愚昧买单。■

金都血案

■ 姜龙飞

一、起因

枪声遽响。

"砰——",紧接着又是一声,"砰——"。

仿佛被人施了定身术一般,刘君复倏然止步。

无须回首,刘君复便知那枪声响自何处,起于何因。

一股莫名的寒意袭上心头,刘君复情不自禁地哆嗦起来,上下牙床极不友好地互相磕碰冲撞,脚踵也变得有点儿发软,几乎难以支撑他的五尺之躯。

身后,远远的,枪声遽响之处,在他的眼前幻化成一座屠宰场,鲜血淋漓,尸横当街。

鼻翼中仿佛可嗅到人血的腥甜气味。

天哪,早知会闯出这等大祸,何必非看那倒霉的《龙凤花烛》不可!

刘君复懊恼不已。

正值7月,暑热难当,晚饭后依然威力不减,房间里实在待不住,不如上街讨点儿风凉。刘君复掂一柄折扇,溜溜达达出了门。

长街两边泊满了躺椅竹凳,打赤膊的大汉,着短衫的少妇,还有嘴唇瘪塌塌的老头老太、牙牙学语的婴儿,全上海滩的平民百姓似乎都涌出了家门,向灰蒙蒙的夜空索取风凉。

穿过同孚路(今石门一路),眼前顿觉开朗,横贯东西的福煦路(今延安中路),不仅比南北两边的小马路来得宽阔坦直,纳凉人众也显得稀疏许多。路人行多止少,攘来熙往,皆步履匆匆。

拐角处的金都大戏院(解放后更名为瑞金剧场,20世纪90年代因建造延安高架路而拆除)霓虹闪烁,门前人头攒动。这里正在放映名噪一时的古装哀艳凄情巨片《龙凤花烛》,绘有男女主角的巨幅广告赫然醒目。

《龙凤花烛》是国泰影片公司最新出品的,由屠光启导演,冯喆和陈燕燕分别出演男女主角。名导演加名演员,更兼电影公司不遗余力的广告宣传,使得《龙凤花烛》风靡一时,分外叫座。同时上映这部片子的金都、金城、文化会堂三家影剧院,这几天票房极佳,场场爆满,影迷们趋之若鹜,一票难求。

当时上海市中心的剧场影院都已配置了冷气机,可谓领风气之先。孵冷气,看大片,既消暑,又怡情,实乃再美妙不过的摩登之选。

奈何没票,刘君复故不存观影之想,不过随便逛逛而已。

刘君复正逍遥着,忽觉肩头被人拍了一下,有人惊喜道:"这不是君复兄吗?"

刘君复循声回头:"哎呀,原来是安平兄,怎么……"

来人金安平，是刘君复多年前的老友。

金安平笑逐颜开："真没想到会在这里碰到侬，刚才我差点儿不敢认。"

"是啊，我也没想到会碰到侬。"刘君复也很高兴，"幸会，幸会。这位是……"刘君复把目光移向金安平身边的一位娉婷女子。

"来来来，介绍一下。这位是余茜丽小姐。噢，不不，从本月开始该叫'金太太'了。"

"又拿我寻开心。"余茜丽朱唇一噘，笑嗔道。

还在蜜月期的金安平兴致高涨，揽住刘君复的肩膀："走走走，跟阿拉一道看电影去。"

"看啥电影？"

"《龙凤花烛》。"

"我没票。"

"补一张，补一张。"

说话间，三人已到了金都大戏院的检票口。

朋友夫妇结伴看电影，我夹在当中算干什么的？刘君复自忖不妥，仍想脱身。奈何金安平偏偏不依。

几番拉拉扯扯，刘君复已是大汗淋漓，刚才蓄就的那点儿凉意，早就飞去了爪哇国。

罢了，罢了，既然老友诚意相邀，恭敬不如从命，再推脱反而显得疏远了。

"好好，我去我去。"刘君复答应道。可是，没票怎么看？

其实金安平并无高招，看不看得成电影他说了不算。金都大戏院的检票稽查根本不吃他那一套，还没等他把补票的话说完，对方就一脸不耐烦地把他顶了回来。

"去去去，没票看什么电影。别站在这里挡道。"

金安平于是窘然。

刘君复见了，心里老大不忍。

"先生，我们有两张票，不是没有票，只是缺一张，想补一张，侬看可以吗？"

"不行！"稽查斩钉截铁，口气硬得很。

刘君复不想把事情弄僵，口气依然委婉。

"侬进去看看，要是有票就帮阿拉补一张。"一边说着，一边从皮夹子里往外掏钱。

检票稽查名叫张镛根，一天干下来吃力得很，心里本来就窝着一股无名火，偏偏眼前这三个人还因无票来纠缠，越发恼火。

"不行，上次宣铁吾来要加添几张票，我也说不行，你算老几？"

"侬……"刘君复气得张口结舌。

金安平在一旁帮腔："伊是工务局的刘科长。"

"哎哟喂，科长，一个公务员，有啥了不起的，哼！"

"侬侮辱我不算，还敢侮辱宣司令，宣司令是警备司令，侬有啥资格满口'宣铁吾、宣铁吾'？"刘君复回过神来，一脸义正词严。

"我偏要说：宣铁吾宣铁吾宣铁吾……看你能把我怎么样？"

在一个小小的文职科长面前，张镛根底气十足。

争执由此起焉。

这时大约是晚间 9 时。

二、卢运亨路见不平

9 时 21 分，卢运亨执勤走过金都大戏院门口。

卢警员食俸于市警察局新成分局。小伙子个头不高，模样却蛮精干，而且不乏正义感和激情。

金都大戏院门口蜂拥着一大群路人，一个个踮足探首，不知在围观什么。

隔着围观的人墙，可以听到检票口那边汹汹的争吵声。

卢运亨扒开人墙，嗖嗖几下，便出现在闹事圈内。

只见一个佩戴中尉军衔的宪兵军官，正在推搡一个面皮白净的年轻人。

"走开，走开，叫你走你就走，有什么好啰唆的！"

年轻人的面孔涨得通红，指着站在一边的检票稽查愤愤道："我好言好语和他商量补票，他不补也就算了，何必出言不逊，态度侮慢。"

"跟你说没票了，怎么补？谁态度……落（侮）……慢了？"张镛根自恃有宪兵助威，寸步不让。

宪兵中尉又推了那年轻人一把："快走吧，快走吧，不要影响人家做生意。"

连连被人推搡，严重地伤害了刘君复的自尊心，尤其是在这大庭广众之下。

"喂，请你不要动手动脚好不好；我们都是公职人员，请你让我把话说明白好不好？"极度的愤慨，又不敢发作，刘君复说话时的嗓音有点儿打战。

这颤悠悠的话音撩拨着卢运亨的英雄意识，挑逗起他的正义感和好胜之心。

卢运亨上前一步，侧身其间。

"有话好好说，不要为难这位先生。"

"哟，半路杀出个程咬金。"宪兵中尉搔一搔头皮，对这突然出现的小警察满脸不屑。

宪兵中尉名叫李豫泰，是国民党驻沪宪兵 23 团 8 连的排长，云南昆明人，22 岁，人长得粗壮结实，性格火爆。适才他带两名宪兵巡逻路过这里，听到金都的稽查张镛根在同人争吵，便走了进来。由于经常在这一带巡逻执勤，他同张镛根早已相识，看电影看戏从来不必花钱，偏袒张镛根也就是很自然的事了。

"我是维持这一带治安的警察，不是什么'程咬金'。"

卢运亨并不让步。

"警察，哈……"李豫泰爆出一串大笑。他用手指戳戳身边一个名叫吴伯良的宪兵，指桑骂槐道："谁裤裆破了，露出这么个东西来？"

吴伯良"嘿嘿"怪笑两声。

"你……你算什么东西？！"

"我？看看这儿，再瞅瞅这个。"李豫泰指指自己胸前的宪兵证章，再啪啪地拍着斜挎的盒子炮，"我是宪兵军官！有大爷在这儿，还轮得到你插一脚！"

"我当然可以管，我有治安管辖权！"

"权力你妈个屁!"

骂声未落,李豫泰抡圆了手臂,对着卢运亨的脸,"啪啪"就是两嘴巴。

这打击太突然了,卢运亨一个趔趄,差点儿栽倒。卢运亨怒不可遏,抬脚朝李豫泰踢去。这一脚重重落在李豫泰的脚踝上,痛得他"噢"地发出一声怪叫。

"好啊,你还敢还手。弟兄们,给我打!"

两个宪兵一拥而上,抡起枪托就向卢运亨砸去。

刘君复一见警宪双方为自己的事打了起来,觉得不妙,忙拉住李豫泰。

"长官,这点儿小事,你们不必动武,快别打了。"

"去,没你事,不用你管!"李豫泰甩开刘君复的手,也朝卢运亨扑了过去。

刘君复还欲上前,被久立一边的金安平拉住了。

"君复兄,别多管闲事了,快走吧。"

走?放着急公好义的警察不管?刘君复面露难色。"安平兄,你们先走,我再等一会儿。"

"那好,我们先走了。"金安平扶着余茜丽的肩膀,匆匆离开了。

卢运亨已被打得瘫倒在墙角。三个宪兵打人都极在行,出手又辣又狠,小个子的卢运亨简直不堪一击。

三、警长搬兵

值勤警长郑宽大约是9时40分路过金都大戏院的,宪兵排长李豫泰抡胳膊打人的场面,恰巧被他撞见了。但是,他迟疑着,不敢上前。作为警长,他知道自己站在金都门外观望是极不道义的,也是失职的。可是,道义感和责任心都没能战胜郑警长内心的怯懦。他眼睁睁地看着自己的手下,被三个凶神般的宪兵打瘫在地,口鼻淌血。

当警察的哪是宪兵的对手!郑警长脑子里有着太多屈辱的记忆。

抗战胜利后,大批国民党军队进入上海,这些自恃抗战有功的大兵横行上海街头,不断滋扰生事,胡作非为,引起民众的极大愤怒。1945年年末,上海影剧业同业公会,为抗议军队观看影剧不买票,组织全市影剧院罢影罢演,虽然仅一天,但影响很大,当局被迫作出反应,遂命宪兵23团走上街头,对现役军人行使监督纠察权。此举虽然有所收效,但也带来了新的麻烦。宪兵在整饬其他军人的同时,自己的军纪同样弛废,为扩充权益,23团不断越权,向原属警察管辖的民事治安范围伸手,造成警宪冲突不断,成为新的扰民源。

5月,江宁路分局长寿路派出所警士王开智,奉命在其辖区内排解市民纠纷,被20多名宪兵横加干涉,最终被带到康定路宪兵队扣押三个多小时。

6月,宪兵23团一辆无照大卡车,途经南京路、西藏路路口时闯红灯,与一辆电车相撞,老闸分局交通警刘成西上前执法,遭宪兵痛殴。

同月,郑宽所在的新成分局交通警孙维福,在中正路(今延安东路)上管理交通,截住一辆违章吉普车,车内以宪兵班长吴志雄为首的4名宪兵,将孙维福拖上车,带到思南路宪兵队殴打致伤。

最惨的莫过于1946年8月7日晚上发生的那起枪击案。交通部铁路警察总局的多名警员和宪兵23团排长滕久烈等30多人，在海防路527号芷江大戏院为买戏票一事发生冲突，滕久烈悍然命手下开枪，铁路警察胡崐、马茂良中弹身亡……

桩桩件件，郑宽或耳闻、或亲历，归根结底全一样：警察吃亏。警察斗不过宪兵。

好汉不吃眼前亏。

郑宽决定回去搬兵。

可怜的卢运亨，就在他的上司掉头走人的时候，被3个宪兵拽着胳膊拖上了二楼，关进一个小房间，直到被打得昏死过去。

四、恶人先告状

李豫泰恶人先告状。

这位宪兵排长人虽长得粗点儿，心眼却不粗，懂得"主动禀报"的好处。上司们都吃这一套。

能否满足顶头上司的权力欲、威望感和拍板权，是能否升官晋级的诀窍。切记！

李豫泰先一个电话打回康定路宪兵队部，向上峰报告称自己在执行公务时受到警察干涉，并遭殴打，请求派人增援。接着又要通了新成分局局长卓清宝的电话，故意憋着嗓子，委屈万分地请局长大人来管管他手下的警察。

玩过这通把戏后，李豫泰叼起一支香烟吸了起来。

就在这时，他听见楼下的铁门被人擂得如山响。

郑宽警长果然不辱使命，新成分局20多名血气方刚的青年警察，在他的鼓动下赶到了金都，只是这其中已经不见了郑宽的身影。赶来的这些警察大都是在警察训练所与卢运亨同期受训的第七期警员，很有点儿同学义气。

滞留在戏院门外的刘君复迎住警察们，如此这般地诉说了一番。

众警察群情激奋，直扑金都的大铁门而去。茶房把门打开，众警察蜂拥而进。

李豫泰一看不对劲，忙甩下卢运亨，带着2个宪兵退上三楼，躲进临街的一间小屋，不敢露面。

卢运亨被打得血肉模糊，惨不忍睹。刘君复帮着警察抬起受伤的卢运亨，送下楼去。

至此，刘君复方觉心事了结，抬腕看表，时针已指向11时7分。

夜凉如水，暑意渐消，工务科长步履沉重地往回走，心里的懊恼与烦躁仍然杂如乱草。他走得很慢，也很忧郁。也许走了10分钟、20分钟，他不清楚，他有心事，没注意时间。

就在这时，身后，远远地传来"砰——砰——"两声枪响，刘君复于是傻在了路边。

"砰，砰"——这两枪是中尉排长李豫泰的斗胆之作。

据事后调查，李豫泰的开枪时间约在午夜11时40分。

李豫泰和他手下的2名宪兵，下士杨燮开、上等兵吴伯良的藏身之屋被众警察发现，并围了起来；好在有房门为屏，警察们一时难入其内，不然难逃此劫。

李豫泰此时唯一的希望就是援兵快快到来。他命杨燮开、吴伯良抵住房门，自己则翘首窗外，朝西张望。

这期间，他先后看到两三拨人马，不下上百人，向这边赶来。起先他还以为是自己的援兵到了，待走近了，才发现全都是警察，不觉颓丧至极。

李豫泰不懂，警察局的那帮乌合之众，何以能在短短个把小时的时间里，纠集了上百人（有的史料说200多人），赶往金都。

天无绝人之路。

李豫泰的救星终于赶到了。

两卡车全副武装、荷枪实弹的宪兵，在宪兵23团8连上尉连长王廷錾和9连上尉连长任亚夫的率领下，驰援李豫泰来了。

王廷錾等一到，即命宪兵把守四方路口，抢占有利地形，对包围金都大戏院的警察实施反包围。

李豫泰在楼上居高临下看得真切，高兴得手舞足蹈，冲着楼下大叫："王连长，任连长，我在这里。"

戏院内的警察不知院外情况，依然捶门不止，房门柱被撞得"吱、吱"欲裂。

援兵到达，李豫泰又变得嚣张起来。他拔出手枪，拉开抵住房门的杨燮开、吴伯良，冲着门外大骂："别撞了，再撞老子崩了你！"

门外人回骂："你他妈了个巴子，你敢出来吗？你敢出来老子活剥了你！"

李豫泰怒火中烧，一拉枪机，"咔嚓"，子弹上膛："再撞老子就开枪啦！"

"你敢！"

门框已被撞得摇摇欲坍。

李豫泰隔着门板刚想扣动扳机，却突然犹豫了，毕竟杀人不是闹着玩的。

李豫泰枪口朝上一斜，"砰砰"两枪射出窗外。

门框顿时停止了震颤。

刘君复远远听到的就是这两枪斗胆之作。

五、宪警交恶

宽敞的十字街头发出一阵骚乱。

枪声如同信号，谁都懂得这信号意味着什么。

围观的人群像没头苍蝇一般乱冲乱撞，东奔西跑。他们被枪声吓到了。

枪声也一下子绷紧了所有在场的宪兵们的神经。这些宪兵大都是在睡梦中被唤醒的，并不清楚这里发生了什么事，只知道情况紧急，有人袭击宪兵。所以他们来了，荷枪实弹，全副武装地赶来增援。直到枪声遽响，他们才清醒过来，清醒地意识到长官并非危言耸听。于是抖擞精神，把全部的威严和力量凝聚在亮晃晃的刺刀尖上。

面对路灯下凛凛的刀光，炸窝的人群却步了，没人敢越雷池一步。

枪响的同时，有三辆车驶过金都门口。

自东向西沿中正路行驶的，是美国驻沪海军的一辆巡逻吉普车，车上坐着美国海军宪兵深力尔及中国外事宪兵黄春恒等人。

大案追踪

自西向东行驶的两辆都是民用卡车。张年发、姚连华驾驶的运瓜车在前,北新泾的蔬菜批发商郭锅良雇用的运菜车随后,车上还有他17岁的儿子郭富民,以及菜贩沈静波、郭玲弟、陆王弟等19人。

三辆车同时被堵在十字街心的岗亭附近。

同样是父母精血孕育的警察们,也从骤响的枪声中体会到了凛凛寒意。金都三楼那些围剿李豫泰的警察,刚才还义愤填膺、气壮如牛,此刻却在夺命的枪口前不战自败了。20多人,40多条腿,不约而同地夺路奔逃,在金都大戏院的楼梯上,踏出一阵滚雷般的轰鸣声。

不知是谁在喊:"宪兵杀人喽!"

仓皇的叫声给门外不明真相的警察们造成了巨大的心理压力。

10多名警察窜到马路当中,截住了张年发的运瓜车,攀帮而上,试图冲出宪兵的包围圈。张年发在警察的催逼下,驱车向前。

宪兵们如临大敌,一个个枪刺平端。

刺刀的威胁是实在而真实的,张年发知趣地放慢了车速。卡车如蚁蠕动。

双方都感受到了来自对方的威胁。

背后,警察和市民混为一堆,沉重的喘息、焦躁的探询、心神不宁的交头接耳和歇斯底里的咒骂,嗡嗡吟吟混作一团。骚动的气浪在众人的身前身后啸吟集聚,汇合成一股可怕的张力。仿佛只需一粒火星,这张力就会顷刻爆炸,熊熊燃烧。

警宪双方剑拔弩张,一触即发。

一个宪兵舞动着枪刺,照着卡车右前胎,"噗"的一声扎将进去。

卡车顿时倾斜不动了。

◁ 血案当晚金都大戏院前被宪兵刺破轮胎的运瓜车

卡车上炸窝了,几个警察捶着驾驶室顶棚大声催骂着:"快开,停下来干什么?"

李光正站在车厢右侧前方,刚才的一幕看得清清楚楚,他没像其他警察那样催骂司机,他知道骂也没用,与其同司机较劲,不如和宪兵论理。

李光正手扶车帮,"噌"的一下越出车厢,落在地上。

可以毫不夸张地说，李光正的这一跳，充分显示了他年仅23岁的青春活力，那轻盈的体态，良好的爆发力，都在向世界证实着这一切。

然而……

一个宪兵含胸吸肚、挺着枪刺向他袭来。只见寒光一闪，刀锋已近。

车上警察惊呼："当心！"

李光正反应极快，一个侧身挪步，刺刀擦着他的左臂滑过，未伤及他半根毫毛。

李光正大骇，尖叫道："你干什……"

话音未落，只听"砰"的一声枪响，李光正头骨爆裂、脑髓迸流，直挺挺地仰面栽倒了。

再轻盈的生命，又如何躲得过索命的子弹？

一盏生命之灯，就这样熄灭了。

这位天津籍的年轻警察的记忆，永远停在了1947年7月27日——不，28日凌晨的零时11分。

金都血案，由此正式拉开大幕。

枪声瞬间大作……

几十分钟后，警宪双方密集的枪击方告终止。金都大戏院门前，横陈一片尸体。

△ 被打身亡警员遗体

▷ 冲突后金都大戏院前留下的血迹

六、这里有曙色萌动

天色微明。

渐渐白亮起来的天光夹杂着湿漉漉的雾气，从敞开的窗户里透进房间，气温达到了一天的最低点，给人以惬意之感。溽暑的七月，只有这个时辰最为可人。

市声亦开始苏醒。叮叮当当的有轨电车，已开始运行，嘀嘀叭叭的汽车声，也不甘示弱地一浪高似一浪；涮马桶的嚯嚯声和菜贩子的沿街叫卖声，汇合成嘈杂的俚俗之曲，在淡淡的晓色里回旋荡漾。

"人都到齐了吗？"邵健扫了一眼房间问道。

"到齐了。"有人回答。

邵健是中共警察系统地下党委书记。昨夜，警察与宪兵的火并刚刚发生，他便敏锐地感觉到这是一次机会。长期的地下斗争生涯，早已练就了他审时度势、善于把握时机的能力。

"同志们，昨晚的事大家都知道了吧？"

"知道了。"地下警委副书记刘峰口气肯定。

"那好。"邵健点点头道，"我就不详说了。召集大家来开这个紧急会议的目的，就是研究下一步工作。"

凌晨时分，警宪火并刚刚结束，中共上海地下市委负责人张承宗就得到了消息，接着邵健找到他，又向他汇报了血案详情。

听罢邵健的汇报，张承宗蹙眉思索了片刻："小邵，你们要密切注意形势的发展，抓住一切可以利用的机会，灵活运用斗争策略，采取合法的斗争形式，和国民党反动当局展开斗争。"

"嗯。"邵健边听边点头。

"你刚才说的'组织警察罢岗'，我看这个点子可行。"张承宗继续分析道。"在老百姓面前，警察是老虎，可是在宪兵面前呢，警察又成了小猫，成了弱者，宪兵才是恃强凌弱的老虎。"

"对，警察和宪兵之间的矛盾可深啦。"

"恃强凌弱是一切反动派的必然秉性嘛。我们就是要利用敌人之间的矛盾，去宣传、发动和组织'弱者'，争取中间力量，团结一切可以团结的人，打击宪兵的嚣张气焰。这对我们有利。"

"我回去就组织。"

"要注意，不能暴露自己，毕竟警察也是反动派的专政工具。告诉大家，既要利用敌人之间的矛盾，又要善于隐蔽自己，凡事不可突出，以免被敌人发现。"

"是。"

"还有，要掌握斗争分寸，不要提群众一时接受不了的口号……"

邵健简明扼要地向警委的同志们传达了市委的指示，然后请大家就具体实施办法提出意见。

"我们大家分头向各分局支部传达布置。"

"让所有人都知道警察被宪兵残杀的消息。"

"激发警察对宪兵的不满……"

"口号可以提：'为当局卖命，生命无保障''为死难同人报仇雪恨''严惩杀人凶手，还我弟兄英魂'……"

很快，会议就议定了警委的行动方案。大家立即分头执行。

上午10时，市中心的黄浦、老闸、新成、嵩山、卢家湾等警察分局的交通警、巡逻警全部罢岗。

上海滩的交通顿时陷入困境。

交通堵塞，肇祸频频，整个交通指挥枢纽陷入瘫痪。

罢岗历时3天，创上海开埠以来之首例。

七、委员长来电

一份死伤者的名单摆在吴国桢市长的办公桌上。

李光正，23岁，天津人，新成警士，头部枪伤，颅骨爆裂，脑髓外流，当场死亡；翟少武，22岁，北平人，老闸警士，左胸有棱形伤口，系由上而下，洞穿脊椎猝死；徐凤魁，26岁，静海人，黄浦警士，枪伤致死；史文标，24岁，浙江人，老闸警士，枪伤致死……

郭富民，17岁，本市北新泾人，菜农，胃洞穿，小肠脱垂外露，左臂、右膝均有枪伤，手术后死亡；沈荣劝，28岁，住本市海防路人和街171号，脑部受枪伤死亡……

上海市警察局1947年7月31日调查书显示，共计死亡警士7名、伤4名，市民死亡4名、伤2名，宪兵仅1人左臂受轻伤。

唉，吴国桢重重地长叹一声，合上调查书，双目紧闭，一股郁火攻上心头。血案发生第二天，即29日，上午，吴国桢在市警察局局长俞叔平的陪同下，亲往新成分局劝慰罢岗警察。下午又去了常熟、嵩山、卢家湾、老闸、黄浦等分局，一路游说，唇焦舌敝，无非都是些陈词。一是要警察们勿忘职责，坚守岗位，静候调处；二是要警察多从民众角度考虑，坚持罢岗将失去民众同情，于血案的调处不利云云。

淞沪警备司令宣铁吾也出动了，他召来与卢运亨同期受训的第七期学员训话，内容大同小异，无非"万勿意气用事，离开岗位"之类，无甚新意。

俞叔平则忙于调集各分局的内勤警察、保安警察、义务警察上街维持交通，以补罢岗警察之缺。临时拼凑之举，其效果如何可想而知。

给委员长的加急电早已发出，迄无回音，不知老头子在想些什么。倒是行政院和国防部先有了反应，相继派出内政部警察总署专员王哲和宪兵司令部少将高参李成仁抵沪调处。这哼哈二将都有点儿"护犊子"的脾气，眼下正在为推卸责任而互相指责，各执一词，争吵不休。

吴国桢清楚，血案已成事实，处罚是否得当是平息事端的关键，不然只会火上浇油。故而，当罢岗警察提出成立"金都惨案善后委员会"和出版刊物的要求时，吴国桢采取的是睁一只眼闭一只眼的态度，既不赞成，也不反对，不予答复。

不表态本身就是一种表态。

不表态的表态又是一种官场技巧，吴国桢既不愿推波助澜，更不想授人以柄，不表态是为日后的斡旋留下余地，进退皆可从容。

7月29日，罢岗方兴未艾，"善委会"已酝酿成立。吴国桢不可能知道，在"善委会"中，仅中共地下党员就有18名，还有一批倾向中共的积极分子。这批人成为"善委会"的中坚，左右着"善委会"的一切主张和行动，市警察局刑警科科长、军统特务章承祖虽然也混迹其间，却根本起不了作用。

不待吴国桢批准，"善委会"实际上已然存在。

秘书推门进屋，悄声道："吴市长，蒋委员长来电。"

"哦。"吴国桢伸手接过电报：

上海吴市长：

　　查金都大戏院宪警发生冲突死伤多人一案，业经饬由有关机关从严查办，在此积极侦查审判期间，无论任何方面应候依法解决。乃据报尚有少数员警意图扩大事态，仍有张贴标语、简报及发动请愿情事，殊属影响治安，淆乱听闻，特电希即妥为制止为要。

中正

中华民国卅六（1947）年八月六日

八、淋漓尽致的斗争艺术

《伸雪报》是一张八开铅印小报，一创刊便旗帜鲜明地亮出自己的主张，引起淞沪警备司令部的不满。创刊第二天，即遭到军统查禁。军统特务章承祖扬言，如有不服，将按戡乱条令治罪。

硬顶是不策略的。

7月31日，在地下警委的运筹下，一份取代《伸雪报》的《简报》出现了，以通报死难弟兄善后事宜为宗旨，避免与当局发生正面冲突。

《简报》发行量日日见涨，从500份激增到5000份，不仅在警察局内部，也在社会上造成了很大影响。

直到蒋介石的电令下达，《简报》已出版8期，政治影响、社会效果俱佳。为免遭不必要的损失，决定停刊。

7月29日，内政部警察总署专员王哲随吴国桢、俞叔平一同赴新成分局劝慰罢岗警察，为应景，许下承诺："8月1日我要亲自到中央殡仪馆公祭罹难同志，慰问死者家属。"

公祭活动于是名正言顺。

8月2日上午9时，榆林路警察训练所教职员工和学员460余人，在中共地下党员王治安、邓鸿炎、徐在存、刘申等同志的发动下，分乘11辆大卡车、4辆小轿车，浩浩荡荡地从榆林路出发，驶往中央殡仪馆。

途经宪兵团23团团部，15辆汽车鱼贯而列，绕行三周，460余个嗓门齐刷刷地怒吼："杀人偿命！""死者的血，生者的力，团结就是力量！"

那声势气概，无异于游行示威！

次日，公祭达到高潮。各警察分局的大批警察，成群结队地涌向中央殡仪馆，从早到晚，络绎不绝，直至深夜。

而游行等一切聚众示威行为均为戡乱令所明令禁止。

"利用合法的形式展开对敌斗争。"在中共上海地下市委的领导下,地下警委的斗争技巧在这场公祭活动中展现得淋漓尽致。

8月9日,蒋介石又派出国防部次长秦德纯等12人,衔钦差之命,赴沪"调查"。参谋总长陈诚也派出军法处处长刘慕曾等,赴沪审理报核。

九、窝里斗,国民党的先天绝症

11月28日,国民党中央行政院、国防部等机构,对金都血案的处置裁决相继出台。国防部给出的建议是:

(一)宪兵司令张镇对于部属统驭无方,训导不力;淞沪警备司令宣铁吾在兼任上海市警察局局长任内,对于本案处置失当,拟各记过处分。

(二)上海市新成警察分局局长卓清宝,于本案事发初期不设法弹压制止,应负刑事责任,拟予撤职,交由首都(南京)地方法院讯办。

(三)宪兵连连长王廷塑、任亚夫,对所属宪兵疏于管教有失职责,拟撤职处分。宪兵23团团长及该营营长平素教练无方,应各降一级。

2月13日,吴国桢复电:"遵命"。

1947年12月,国民党南京国防部军事法庭对宪兵23团3营8连、9连涉案诸被告下达判断书:

上等兵罗国新,共同杀人,处死刑,褫夺公权终身。

上等兵彭光浩、鲍开良,共同杀人,各处有期徒刑15年,各褫夺公权5年。

下士杨燮开、上等兵顾明辉,共同杀人,各处有期徒刑8年,各褫夺公权5年。

中尉排长李豫泰、上等兵吴伯良,共同伤害他人之身体,各处有期徒刑2年,各褫夺公权1年。

8连上尉连长王廷鏊、9连上尉连长任亚夫、中士班长向中麟、下士班长杨桂初,4名被告无罪,当庭释放。

被告警员李天杰、杨殉璋、李宝琛、徐剑平、郑宽;警官梅卓良、童荫之、梁汝源、卓清宝,查均无军人身份,不属军法审判范围,本庭不予审理。

8月9日,宪兵23团被调往南京整训,另调宪兵独立3营来沪接防。

判决是否公正,制裁是否合理,世人自有公论,毋庸多说。历史的悬疑在于,即便真的"从严查办"了,就能改变国民党"内部派系纠纷时生,步调不能一致"的弊病吗?

就如同一具苟延残喘的衰朽之躯,仅仅靠一次手术是不可能延年益寿的。

"窝里斗",是国民党的先天绝症。利用它,激化它,最终摧毁它,是中共上海地下警委不可动摇的历史使命。■

大案追踪

侦破高等学府爆炸案

■ 穆玉敏

　　北京大学、清华大学，两座著名的高等学府，名震中华，享誉海外，这里发生的一切都受到世人的关注。

　　2003年2月25日11时53分、13时25分，清华大学荷园餐厅、北京大学农园餐厅先后发生爆炸案，造成9人轻伤，两餐厅受到不同程度破坏。随着消息在互联网上的高速传播，顿时舆论哗然，全球轰动。

　　案发后，北京市局刑侦总队会同市局国保总队文保处、网监处、行技处、海淀分局成立专案组，全力开展侦破工作。经过11天鏖战，在公安部刑侦局、技侦局、福建省公安厅、福州市公安局的协调、配合下，于3月8日凌晨0时24分，在福建省福州市将犯罪嫌疑人黄旻翔抓获，成功侦破此案。

现场勘查，细致入微找到炸飞的缝衣针

　　荷园餐厅，位于清华大学西门内，清华大学爆炸现场即在此处。经勘查，炸点位于餐厅西南侧从南数第五张餐桌西北侧座椅，座椅下方地面形成3处小打击痕迹。现场提取到黑色尼龙包碎片、蓄电池碎片、石英钟齿轮、表盘（上有"TIANJIAO"字样，浙江义乌飞立时钟表厂生产）、表针、黑熊星牌5号电池（广东顺德冠华实业有限公司电池厂生产）残片、水暖管件残片及白色多股电线、天津产碗装大红碗海鲜方便面碗等物品。

　　北京大学爆炸现场位于东门内农园餐厅一层，炸点位于餐厅西南侧一餐桌东侧座椅，座椅下方地面形成26cm×16cm炸坑。现场提取到深蓝色帆布包残片、蓄电池碎片、石英钟线圈、齿轮等碎片及水暖管件残片、电线、透明胶带残片等物品。

　　现场勘查，是案件侦破工作的开始，现场勘查的透彻明晰与否直接关系案件侦破工作

的成败。爆炸现场的勘查难度非常大，面对发生在如此敏感的地方如此重大的案件，每个参与现场勘查的技侦人员心里都沉甸甸的，其中不乏方方面面的专家，他们深知此案责任重大。

立体式的勘查持续了三天三夜，现场一丝一毫的可疑之处都逃不出他们的眼睛，爆炸装置中的缝衣针随着爆炸产生的冲击波崩出，钉在离中心现场数十米远的树上，技侦人员都能将其找到，现场勘查的细致程度可见一斑。

刑侦、技术人员通过对现场提取到的重要物证的研究，迅速、准确地复原了爆炸装置，准确分析了炸药的种类、药量，为专案组并案侦查提供了有力的技术支持和保证；通过对从爆炸现场清理出的大量碎片残渣的筛选、拼接、复原，最终分析确定了两个现场的爆炸装置的盛装物，认定两个爆炸装置除尺寸和药量不同，其余细节均一致。

经检验，两案所使用的炸药均为氯酸盐类含铝火药，俗称爆竹药。火药的盛装容器均为水暖管件，用蓄电池作为点火电源，用石英表作为定时装置，从技术角度可以并案侦查。

△ 北大农园餐厅爆炸现场

◁ 爆炸现场遗留的蓄电池碎片组合

经工作确定，当日中午有 191 人在清华大学荷园餐厅就餐，273 人在北京大学农园餐厅就餐。庆幸的是，除两餐厅受到不同程度的破坏，爆炸只造成 9 人轻伤。两所高校秩序良好，工作正常，师生情绪稳定。

案发后，党中央、国务院、公安部和市委、市政府等各级领导高度注视，中央政治局常委、中央政法委书记、公安部部长等领导亲自过问案件进展情况，并做出具体批示；北京市委、公安部等领导均亲自到场指挥工作，作出具体部署，极大地鼓舞了广大参战民警的士气。

追踪电瓶，显露案犯端倪

专案组根据前期调查访问及现场勘查、检验情况，分析两起案件的侵害目标、炸点位置、案发时间、爆炸装置相同，是经过精心预谋、充分准备，意在制造重大社会影响的恶性案件，应为同一犯罪嫌疑人所为。犯罪嫌疑人侵害目标选择明确，对作案步骤有较为成熟的考虑，且具备制作爆炸装置的技能。因此，决定两案并案侦查。专案组重点从以下七个方面开展工作：

一是加大力度对受伤人员、餐厅工作人员及案发当日在两餐厅内的就餐人员进行访问，了解案发前后是否发现可疑人、可疑事，进一步扩大线索渠道。发案后前三天，专案组织抽调上百名警力，集中对案发时在现场的600余人进行详细访问，逐人定时、定位，力争从中发现可疑线索和可疑人员。根据被访问人提供的50余件情况，确定10余件线索，连续开展调查，对爆炸现场目击者提供的嫌疑人特征进行画像。

二是在前期勘查现场的基础上，三次对两校爆炸现场进行反复勘查，不放过一丝一毫、一点一滴的残留物，并对爆炸现场清理出的大量碎片残渣进行耐心的拼接，终于将爆炸装置复原，对炸药种类、药量、引爆方式、爆炸装置构成进行分析鉴定。同时，专案组组织大量警力对现场提取的电池、石英钟、蓄电池、方便面碗等有关物证开展调查，查明其销售范围。

三是由专案组配合清华、北大两校党政领导向全体教职员工、网管人员、学生、家属、校内经商人员通报案情，广泛动员群众提供线索，对两校提出的矛盾、不满因素开展调查。

四是由网络监察处对网上信息进行24小时技术监控，随时发现涉案信息，开展工作。由行动技术处对手机信息进行开掘式追踪调查，碰撞、比较、确定可疑电话或信息。从发案至破案期间，先后发现10余件涉案重要信息，分别予以甄别查否，并继续加大监控力度，不放过任何可疑信息。

五是由专案组组织警力对清华、北大两高校周边地区群众进行深入细致的调查访问，力争发现线索；对该区域内人员进行认真摸排。破案期间，以地区分局刑警为主，总队力量为辅，划片分区，深入住户，落实责任，逐一摸排。先后摸排万余户，对发现的可疑人员和线索逐一查证、查否。

六是先后召开三次全市各分、县局、总队（局、处）有关领导会议，通报案情，部署民警搜集线索，查找物证；总队还广泛部署专门力量，指挥秘密力量搜集线索和情报信息，并派出侦查人员对反馈上来的几十件信息逐一调查。

七是破案期间，专案组与河北省、新疆自治区公安厅对1997年北京发生的"3·5""3·7"

爆炸案、近期在河北沧州发生的恐怖爆炸案、新疆地区恐怖爆炸案件与北大、清华爆炸案进行比对，会诊研究，寻找共同点，排出差异点；专案组还组织专门力量对新疆恐怖势力、民族分裂势力的活动情况、嫌疑人的情况进行调查，力争从中发现重要线索。

在扑朔迷离的众多线索中，有两条线索引起了专案组的注意。

在对现场受伤人员访问中，17岁的农园餐厅保洁员江玉娇反映，13时20分许她发现炸点位置的座椅上有一个深色类似学生包的背包，以为是学生遗忘的，欲转身告诉餐厅内其他工作人员时即发生爆炸。

在对现场周围地区进行走访时，清华大学西门西南侧三角地飓风摩托车修理店修理工反映：2003年2月23日下午6时许，一个20多岁的男子敲门称要购买2个蓄电池用于自己的木兰摩托车上，最后以80元人民币购得2个世纪龙牌12伏"6-FM-4"型蓄电池，这种蓄电池与案发现场爆炸装置中使用的蓄电池相同，修理工还提供了该男子的体貌特征。

网上投"饵"，生擒犯罪嫌疑人元凶

在爆炸案发生之初，就有人把查案的触角伸向了互联网，他就是北京市公安局刑警总队大案支队支队长要武。要武一到现场，就给队里打回电话："赶快在国际互联网上监视，注意有关信息。"

3月6日，北京大学校园网校宣传部和清华大学校园网的电子邮箱先后收到一个网名叫"黄老邪"的人发出的可疑邮件，发件人在邮件中自称是清华、北大爆炸案的制造者。

北京大学网络管理员把这一情况报告给侦查员，侦查员拿到邮件打印件一看，感觉非同小可，急报专案组。当侦查员拿着邮件打印件赶到总队时，专案组各方面领导已会聚一堂等待多时。大家斟词酌句，对邮件进行了详细的研究分析。署名"黄老邪"的邮件是这样的：

先生们：我是2月25日清华北大爆炸事件的制造者。以下为证。清华荷园的爆炸装置共装药约200克，药室（是）由铸铁水管配件[一个活接，两个堵头，其中一个堵头钻有孔，内径约50毫米]构成。12伏蓄电池连接普通小灯炮（泡）形成纸雷管则为引信，在桶面盒中粘有小闹钟一个[泡沫（沫）双面胶]，共有两根与电线相连的接电针，其中一枚与闹钟分针粘牢。单肩包一个。北大农园的爆炸装置共装药约800克，药室（是）由铸铁水管配件[一个内接，两个外套，两个堵头，一个有孔，内径约70毫米]构成。另有一塑料饮水杯，内装黑火药约500克。余同前。双肩包一个。

我之所以制造此事，是为了心灵的自由，不是为了伤人。且不说爆炸时间的选择，只需将两处的装置对换定有更多人受到伤害。然而为了最终的理想，难免有人无辜受累也是无可奈何。近日余遍观众媒体，竟无只言片语提及，深感不安。有位肖余恨干脆直说没有很大影响是因为没有人遇难，呜呼！其内心之黑暗只怕尤胜于我。可能发生的第三次事件能否避免取决于各位了。我建议：3月8日前公开讨论此事。3月7日至3月10日在搜狐聊天／菁菁校园／校园文化联系，您的网名：水木清华。

言念及此，望慎对之。

3月6日

看到这封邮件，专案组的指挥员们不禁怦然心动，案发后，专案组对互联网进行了严密监控，涉及本案的信件有很多，有的声称自己是爆炸案的制造者，有的指控、揭发是谁谁干的，但是经过调查，这些捕风捉影、支离破碎的线索不是嫌疑下降，就是被查否了，唯独"黄老邪"描述得很细致，一些细节如果不是凶手，是绝对描述不出来的。现场勘查中，把爆炸物复原得很好，对设计流程、采用的材质也已经掌握得很透彻，与"黄老邪"叙述的很吻合。

事关重大，专案组决定马上实施网上监控。经市局网监处核查，该邮件上网计算机的IP地址位于福州市台江区交通路福建省医科大学门外猎人网吧内的51号计算机。

"黄老邪"参加了一些议论后，就沉寂了。后来，又出现了一个叫"从天而降"的，与"黄老邪"的论调相同，虽不敢肯定"黄老邪"就是"从天而降"，但也许是同伙，并且他们的IP地置都是在福建，初步认定两个网名是同一个人的。

根据网上发现的信息，经公安部刑侦局协调，专案组选派侦查员立即赶赴福州开展工作。工作中，猎人网吧服务员梁惠斌反映，3月5日23时至6日早晨7时10分，一名二十四五岁的男青年在网吧51号机上网，并提供了该男青年的特征。

根据该人要求在网上讨论此事的情况，专案组指派专人使用"水木清华"的网名与其在搜狐聊天／菁菁校园／校园文化进行讨论，并通过网监部门对该人上网时使用的计算机进行监控。经监控发现，3月7日14时39分、18时36分、18时58分、23时20分许，一网名为"从天而降"的人先后在福州市猎人、星际冲浪等网吧与侦查员在网上进行交谈。"从天而降"似乎嗅到了警察的气息，每次上线十多分钟就下线，并在网上游荡。侦查员与其斗智斗勇，平心静气，时刻监视着"从天而降"的动静。网上交谈中，对方曾指定我方网名为"我爱清华"，为吸引对方上钩，侦查员把自己的网名改回"水木清华"。"水木清华"对"从天而降"的印象太深了，甚至是敏感，"从天而降"终于禁不住诱惑，再次上网。为了拖住对方，侦查员制定了网上战斗的原则：钓上后聊天拖延时间；刺激而不激怒；快打慢发不加标点，每句提问，延长网上交谈时间。为此，侦查员们将谁口述谁打字都做了明确分工，展开了一场无声的网上交锋。侦查员敲出的每一个字，都像是一块磁铁、一发子弹，使其欲罢不能，不时发出困兽犹斗的叫嚣和行将就木前的哀鸣："信不信，我10月份还会采取第二步措施！""我向往死亡，我喜欢死亡率！"这次交锋持续了31分钟，就是这31分钟，为抓捕犯罪嫌疑人赢得了宝贵的时间。

3月8日0时24分，侦查员在福建省公安厅的配合下，通过对嫌疑人上网使用的计算机进行监控，在福州市台州区交通路猎人网吧内将犯罪嫌疑人黄旻翔抓获。

清华、北大爆炸案的犯罪嫌疑人黄旻翔被抓获的消息传到北京后，闻听此讯的人无不欢呼雀跃。出席十届全国人代会一次会议的北京代表团正在举行全团会议，继续审议政府工作报告。会议一开始,主管政法工作的北京市委副书记强卫代表,满心喜悦地向北京团报告了北大、清华餐厅爆炸案告破的消息,他说:"2月25日在北大、清华两个餐厅发生的爆炸案于今天凌晨破获了,案犯已经抓获,正在押解到京的途中。"

话音刚落,北京团立即爆发出热烈的掌声。在强卫向代表介绍破案的情况时,北京团

△ 黄旻翔落入法网

数次用掌声表达了对及时破获案件的首都公安民警的崇高敬意。

3月8日,清华、北大校园餐厅爆炸案告破当天,公安部对北京市公安局、福建省公安厅和福州市公安局全体参战民警予以通令嘉奖。

穷凶极恶,竟为扬名天下刷"存在"

黄旻翔,1976年9月30日出生,汉族,福建省福州市闽清县人,中专文化,住在福州市台江区红星新村。1994年9月至1996年7月在福建省医科大学读书;后待业打工。2002年开始在海南省琼山市某农业技术发展公司做管理员。

黄旻翔只有大专学历,别说在朋友中,就是在家里他的地位也是最低的,他的父亲是工程师,妹妹是硕士研究生,所以他不甘心做无名之辈,总想出名。但他又不肯靠苦读和长时间的拼搏,想走捷径,认为那样不仅能出名,而且"像男人",就算到不了惊天地泣鬼神的程度,也要在社会上产生很大震动,让每个人都知道他黄旻翔的名字。于是他想到几年前美国俄亥俄州的大爆炸案件,便制造者麦克维名声大噪。他要学麦克维。

于是他着手准备,首先在网上浏览有关爆炸物装置的构成等技术,琢磨研究,一心要制造一起影响巨大的爆炸案。2001年6月,他曾试验过一次爆炸,居然成功了。

大案追踪

  2003年2月19日，再也抑制不住扬名心态的黄旻翔行动了。当日，其携带从爆竹中拆除的黑火药从海南省海口市乘火车到福州然后北上，21日到达北京，入住铁道部招待所208房间。此后，其分别在朝阳区四惠建材城购买了水暖管件、在海淀区飚风摩托车修理店购买了蓄电池等物品，在铁道部招待所208房间制作了爆炸装置后，于2月25日在清华大学荷园餐厅、北京大学农园餐厅实施了爆炸。

  黄在设定好爆炸时间后，迅速离开了现场，回到住处就退房，赶到北京火车站买了一张当晚8点开往石家庄的火车票，时间是下午3点钟。而此时爆炸得逞与否他并不知道，趁等车的工夫，他买了一张面值30元的IC卡，在路边一个公用电话亭拨通了清华大学总机，冒充北青报记者，询问爆炸事宜，对方答："清华网已经有了，你看网上的吧！"他知道自己成功了，挂断电话就回车站。当夜11点到达石家庄，在车站出口处一个招待所住了一夜，26日早上继续乘车南下，在车站买了一张刊载着北大、清华爆炸案的《燕赵都市报》。28日早上5点到达福州其姑姑家。

  姑姑曾问他："干什么去了，东跑西颠的？"

  黄说："我干的事情你干不了。"

  姑姑问："你干什么事情了？"

  黄说："清华北大的事你知道不知道？"

  姑姑轻蔑地说："清华北大在哪里你知道吗？"

  他感到自尊心受到了伤害，无可奈何地说了一句："你的消息太闭塞了！"然后倒头就睡。

  沉寂了几天，黄旻翔对这起爆炸案没有引起轰动效应而感到不解，于是，便以"黄老邪"为名上网，彰显出其急欲扬名的心态。以下是黄旻翔的亲笔供词：

  "我叫黄旻翔，出生于1976年9月3日。家住福州市台江区红星新村X幢XXX房。

  我于1983年上小学，在湖北。1987年随父母到福州生活、学习，1995年至1997年在福建医大中专部临床医学专业学习。1998年曾到南平市医院实习约2个月，其余基本为待业状态。

  1999年在武汉市一家公司工作到2000年2月。2000年春季曾在福建龙岩市经营蜂产品商店。2000年下半年至2001年基本处于待业状态。2002年2月至今，在海南琼山一家农业科技公司任农场管理员。

  2003年2月18日，我从海口乘汽车于当日下午3时许到湛江，当晚宿湛江。19日下午乘火车从湛江至北京西，于21日5:30到达北京西站。此时我携带了1500克黑火药及5只小彩灯泡。

  住宿铁道招待所后休息片刻，21日约10时乘130路公共汽车前往清华观察地形。约2:00基本确定了荷园餐厅为爆炸地点。由于身体不适，下午3时许返回招待所附近的铁道医院看病，晚上由于病情加重再次往铁道医院挂急诊，由于身体不适，22日在招待所休息。

23日起购买制作爆炸装置的材料。弹体材料在四惠建材超市购买了一套，即内接一个，外接两个，堵头两个，并将其中一个堵头钻眼一个。由于超市内并无适应第二套弹体尺寸的材料，遂返回北京西站。在西站附近居民区一家小五金店购买到直径50毫米的水管配件活接及两个堵头，自己动手将其中一个堵头钻了一个眼。至中午，两弹体材料购买完成。

中午及下午3∶30之间在火车站附近居民区购买电线、缝衣针、闹钟一个，并向一修车师傅购买20粒直径4毫米轴承滚珠。下午3时许即往甘家口购买闹钟一个、透明胶、双面胶、泡沫双面胶、散碎物品。为了购买蓄电池，乘车至清华附近，偶见一修电动自行车小店，询问并购买12伏摩托车用蓄电池2个，下午5时许，携蓄电池至北大，观察到北大农园餐厅面积较大，四面为落地玻璃窗，当时考虑将装药700克的爆炸装置在此引爆以达到破坏建筑物的目的，同时确认了清华荷园餐厅爆炸装置的主要目的为伤人。

23日晚开始组装，至晚上10时，基本结束。

25日上午9∶30，我携带分别装在两个背包内的两套引信及弹体，乘公共汽车至清华下车，约10∶00进入清华，在荷园附近一石桌上进行最后组装。11∶20，背单肩小挎包进入餐厅，在一空位上放下挎包，定时30分钟后炸响，随即离开清华。在近校门处打车至北大，从校门直进，11∶50至北大农园，就餐者众，将背包放在一空位上，焦急等待至13∶00，此时餐厅内人已很少，我将背包移至西区，西区几乎无人，设定20分钟后引爆。之后立即离开，乘公共汽车返回招待所，退房，购买至石家庄车票，当晚离开北京，下午5时左右在西单口以北青报记者身份电询清华校办，得悉清华网已登出。

……

关于动机问题，我想很难用简短的语句概括。以下几点或能说明：

1. 通过此次事件证明自己的存在，自己的价值；
2. 出名；
3. 清华、北大之名威震当今，借其名行事则事半功倍。

为何选择清华、北大？约两年前，受一篇介绍美国麦克维爆炸案文章的影响，开始研究火药、火工品知识及类似"恐怖"事件的"策划"，思想上经历了胡思乱想➡重大伤亡➡宗教信仰➡道德底线的转变，终于无法抗拒思维上的极端，造成了此次事件。

令我欣慰的是，此次受伤害的人们仅是轻伤，向他们致歉！我的自私行为导致他们受到伤害，悲乎！思想上的误区一旦形成，真的无法改变吗？

以上是我亲笔所写。

黄旻翔
2003年3月9日

黄旻翔出名了，却是恶名。∎

大案追踪

根据情报获悉：有整整2吨成品冰毒被毒贩悄然装上陆丰甲子港的一艘渔船，准备在万家团圆的春节期间偷偷运入公海与境外毒贩交易。

围剿大毒枭

■ 夏晓露

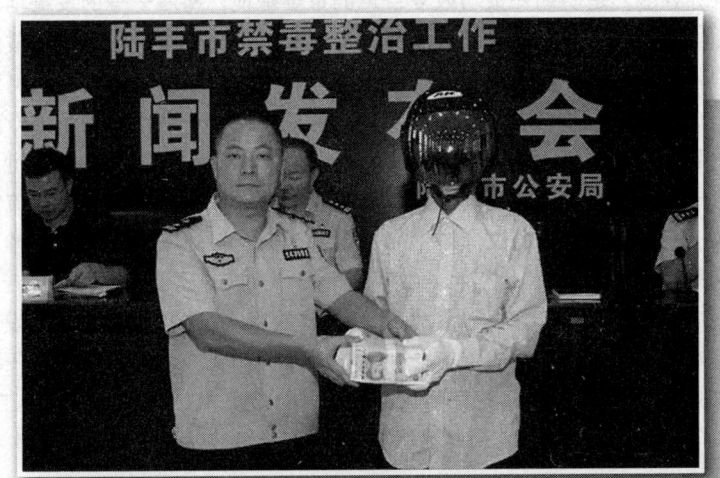

△ 破案后陆丰警方召开的新闻发布会

重大毒情初露端倪

二月岭南春早，春寒料峭。

2016年2月12日大年初五，侦办这起特大冰毒案的专案民警早已忘记春节休假，他们经过多日侦查，集结来到汕尾，展开追捕重大嫌疑毒贩郑黄创等人的行动。

与此同时，警方获悉，郑黄创的表弟李俊鹏（该案一号人物）当晚要在深圳和香港"黑帮"联系人林和益见面，商量将这批冰毒转移至境外等事宜，深圳那边也进入抓捕关键时刻。

之前，专案组在侦查中获悉，毒贩团伙很可能已于2月4日晚将冰毒装上了甲子港的渔船，并且已锁定了一条嫌疑最大的目标渔船：28042号。但是，该团伙反侦查能力很强，虽经历时一个月跟踪监控，办案民警并未看到有人将毒品搬上这艘渔船，也未上船实地查探过。目标渔船是否藏毒，仍是未知数。

当晚11时许，外面仍然一派热闹，"噼噼啪啪"的烟花时不时在屋顶炸响，郑黄创是当地响当当的富豪，他一边喝茶一边抽烟，站在玻璃幕墙前，志得意满地等待着好消息，可当他看到绚烂烟花刚升腾瞬间就消失在夜空的黑幕中，莫名地生出一丝不安，他还没有接到李俊鹏的消息。

他是粤东汕尾陆丰甲子镇人，也就是人们熟悉的电视连续剧《破冰行动》中塔寨村原型

东方利剑(六)

村落甲西村的隔壁邻居,潮汕地区陆丰市由三甲地区组成,即甲子、甲东、甲西三镇。

广东潮汕地区位于广东省东南沿海,属潮汕文化区和潮汕方言区,是潮汕民系的祖籍地与集中地,潮汕文化的发源地、兴盛地。潮汕包括汕头(经济特区)、潮州、揭阳、汕尾四市,在地缘、文化、民俗、语言上相近相亲,是隋朝经略台湾的始发地,唐宋十相留声之地。潮汕北靠莲花山脉,南濒南海,西至海丰县,东至饶平县,与台湾隔海相望。

唐代以来是海上丝绸之路的重要门户和对台的主要通道,大量的瓷器、茶叶、丝绸、红糖、工艺品运往世界各地,是明朝郑成功收复台湾的重要基地,南澳一号的发掘地。得天独厚的地理环境,让当地一些不法之徒开始寻找暴利的致富门道。于是,制毒贩毒成为这里一条隐形锁链。而作为避风良港,甲子港由鳌江和瀛江入海口两边的河岸组成,两侧河岸中间是一条狭长水域,水域尽头是一个狭窄的出海口。所有船只进出甲子港,只能通过这个唯一的出口。

先回顾一下此案的背景。时间推移到2013年。那几年,汕尾陆丰暗藏的地下制贩毒窝点泛滥成灾。制成的冰毒除通过陆路向全国各地及周边国家扩散,在江湖上还流传着一条神秘的海上贩毒通道:成吨的冰毒通过远洋渔船被运入公海,与外国毒贩交接,甚至直接被跨洋运到菲律宾、澳大利亚等国家,价格也从数万元一公斤直接升到上百万元一公斤,暴利惊人。

2013年12月29日凌晨4时,广东警方出动公安、武警、边防等3000余警力发动"雷霆扫毒"汕尾行动,对汕尾陆丰涉毒严重的"第一大村"博社村开展"清剿"行动,一举摧毁以陆丰籍大毒枭为首的18个特大制贩毒犯罪团伙,抓获网络成员182名,捣毁制毒工厂77个和炸药制造窝点1个,缴获冰毒2.9吨,制毒原料23吨。电视连续剧《破冰行动》再现了这个真实的缉毒案例。

尽管通过持续深化"雷霆扫毒"行动,初步化解了毒情蔓延恶化的风险,但短时间内广东仍是国内新型毒品制造地、国际贩毒通道、国内毒品中转地以及毒品危害最为严重的地区之一。2015年11月,广东省公安厅根据大量的线索,又一次掌握到一个犯罪团伙正在组织实施毒品走私活动,该团伙预谋于11月底通过海上将大批量冰毒走私至境外。对此,省公安厅领导高度重视,时任副省长、公安厅厅长李春生多次听取汇报并作出指示,厅直相关部门及各涉案地抽调精干力量组成专案组,全力开展侦查工作。

这就又生出了新的毒品犯罪案件。郑黄创在案中是"垂帘听政"的幕后主角,为香港"黑帮"屯门片区主要负责人林和益偷运毒品出境牵线搭桥。他让表弟李俊鹏负责与林和益亲自接头。期间,他们已经多次合作成功交易。

李俊鹏,30出头,陆丰人。其家族在当地颇有势力,名下有多艘渔船,在佛山经营车行,在广州十三行开有商铺。2015年年底,在组织内地毒贩运送毒品出境连续失败后,香港某黑帮派出了在屯门的主要负责人之一林和益进入内地。林和益联系了老乡郑黄创,随后又通过郑黄创联系上了郑的表弟李俊鹏。同时,郑黄创和其同住一个小区的邻居、该案毒品嫌疑人郑森也经常有秘密往来。

郑森,在陆丰算是有头有脸的人物,每年春节期间,他都要在陆丰摆上一桌酒席宴请当地的党政要人,而许多陆丰市的党政班子成员都会赏光赴宴,他也算是当地一个"东叔"的角色。

该团伙案件,被警方命名为"11·24"特大走私毒品系列案件。为防止毒品危害国际社会,专案组以"全链条打击"为目标,专案组部署汕尾警方对李俊鹏等人展开严密监控。12

月 8 日至 26 日，广东省公安厅共组织惠州、汕尾、深圳、东莞、肇庆、珠海等地公安机关开展 4 次收网行动，共抓获李某某等犯罪嫌疑人 44 名，缴获冰毒 1.32 吨、冰毒半成品 1.21 吨、氯麻黄碱 226 千克，捣毁制毒工厂 1 个，缴获制毒工具、原料一大批，查扣用于走私毒品的快艇 1 艘。

2016 年 2 月 12 日，这一次是广东公安打响第 5 次收网行动的战役。

据专案组民警前期侦查掌握，2 吨成品冰毒即将运到境外，一旦运入公海与境外毒贩交易，其后果不堪设想。专案指挥员把收网时机定在毒品装船出港前的关键时间节点，必须在境内拦截。

毒品是否在船上，其具体藏匿地，尚不明确。专案组推断："货在船上，船在港中。"判断毒品已装入渔船，该渔船应该还停在甲子港中，尚未驶出。指挥部决定，将边防快艇查缉出港渔船的方式，由秘密检查改为公开检查，加大对贩毒团伙的震慑，并密切监视其一举一动，争取在其漏出破绽、暴露毒品藏匿地后，立即采取收网行动。而对于已经掌握动向情况的团伙成员，先后一一实施抓捕。

豪华别墅突袭大毒枭

2 月 12 日当晚 23 时，汕尾陆丰市甲子镇。海边甲子港内，轻雾蒙蒙，数百艘打鱼晚归的渔舟，静静地停在码头，在暗夜中拉出一条条长长的黑影。清冷夜空中，烟花漫天飞舞，绽放出绚丽光彩，仿佛在提醒人们：2016 年的春节还没过完。

今夜，利剑再次出鞘。前期侦查显示，贩毒团伙应该已将毒品搬上甲子港内渔船；另一方面，在警方紧急派遣边防快艇封锁港口并严查出港船只后，该贩毒团伙人员近期明显表现出紧张情绪，活动谨慎，未见有人驾船出海，香港方面同步反馈，买货"黑帮"人员尚未收到该批毒品，一直催促陆丰方面尽快交货。综合以上信息，印证了专案组得出的结论："货"在船上，渔船仍停在甲子港中，尚未驶出。

仿佛又推出《破冰行动》镜头，"11·24"案中的"林耀东"出场，郑黄创仿佛第二个"东叔"来了。这个村里，最豪华的别墅群——甲子镇金源花园小区，连接成片的高档别墅。

正在别墅二楼抽着中华香烟，观赏烟花的郑黄创并不知道，公安机关的抓捕组已经集结在其小区内的一条巷子里，抓捕民警和边防官兵悄悄包围了这栋豪华别墅。

郑妻和三个子女正在一楼看电视。电视机旁，左右两个顶到天花板的玻璃酒柜中，放满了茅台、五粮液、XO、人头马等各类高档名酒，宛如烟酒专卖店的橱窗。郑妻身着中式绣花、时髦华丽的锦缎薄棉衣，她起身在宽大的客厅里来回走动。餐厅就在一楼客厅旁，桌上还残留着没吃完的白灼海虾、爆炒鱿鱼筒、紫薄荷炒薄壳、牛肉炒果条等，桌边四周一堆堆残渣剩骨，还没收拾。

郑家别墅分三层，顺楼梯而上，每层各房间均装修得豪华精美，走道外墙上还挂着巨幅书画作品，三楼大厅中供奉着神佛，香烟袅袅。

就在这样温馨和美的节日中，一家人的团圆让郑和妻子甚感欣慰，但夫妻二人却心知肚明，各怀心事。

东方利剑(六)

此时，郑听到窗户外有快速走路的脚步声，异常敏感的他，立马掐灭香烟急忙下楼查看，却在楼梯上与已经冲进来抓捕他的民警撞个满怀。见到荷枪实弹的民警，虽然有点猝不及防，但他没有逃跑，没有反抗，伸出双手让民警戴上手铐，被押到一楼客厅地上坐下。他已有心理准备，这让持枪抓捕他的民警有些意外：大毒枭居然毫无反抗，束手就擒。

郑妻一言不发，坐在一边直勾勾盯着桌上的全家福照片发呆，民警给她戴手铐时，她也十分"镇定"。好一对"冷静"的夫妻。搜查郑家时，郑黄创征得民警同意，让大女儿帮他点上一支中华烟，然后叼在嘴上狠狠抽起来。

房间搜查结束，民警将郑和其妻一同带走审问。大女儿也十分镇定地走到父亲身边，帮他把嘴里的烟头拿走，倒了杯功夫茶喂他喝下。大儿子则默默地走到母亲身边，帮她把羽绒外衣的拉链拉好。好一个"冷静"的家庭。

打开别墅那两扇沉重而华丽的大门，鞭炮声震耳欲聋。升天的烟火，染红了夜空，亮如白昼。不费一枪一弹成功抓捕大毒枭，顺利到不可思议的程度应该是头一回。其一家人"强大"的心理素质让抓捕民警颇为感叹，或许真正的较量还在后面。

郑家豪华别墅院墙外，并排停着两辆豪车，一辆是白色捷豹，一辆是黑色保时捷。民警从客厅拿来两把车钥匙，轻轻一按，两辆车车门闪灯而开。捷豹、保时捷作为赃车归案。

此时，戴着手铐的郑黄创和妻子被押出了家门。踏上警车前，两人回眸深情地看了一眼孝顺的儿女，依依不舍地上了车。

飓风横扫再度破冰

2月13日上午，专案组再次对28042号渔船展开搜查。这是一艘粤东沿海典型的机动渔船，载重超过百吨，流线型的船身，稍微上翘的船头，大马力的柴油引擎。

专案组把最可能藏毒的部位——渔船船舱内甲板下的冷冻室打开，并把里面的东西一件件搬上来仔细查看。然而，却没有毒品的踪影。

2月17日，大年初十，中午。被抓获的几名犯罪嫌疑人已被从陆丰押送到位于广州的省看守所，进行新一轮审讯攻坚。其中，一名叫李填的嫌疑犯身上有"料"。

2月18日，大年十一，上午9时。专案组民警对李填发起攻坚。李填说话犹犹豫豫，欲言又止。直至5艘甲子港渔船的照片，摊在了李填面前。这些照片是从前方侦查员传来的30多艘藏毒嫌疑渔船照片中，精心挑出的5艘。10分钟后，当民警再次步入审讯室时，李填突然从椅子上站起，扑通一下跪在地上："警官你们对天发誓，是不是我交代了毒品在哪里，能保我不死……"

李填惊恐地声泪俱下："5张照片里那艘船头是红色、蓝色相间的渔船，就是运冰毒的渔船！""船号？""28683。""藏毒位置？""船头前甲板1.5吨，船尾轮机仓500公斤。"

两分钟后，正在甲子港现场搜查的民警接到指挥部打来的电话："藏毒渔船船号28683。"这艘渔船就停在离民警严密监视的28042号渔船100米处。在驾驶舱右侧前甲板上，民警发现了一块崭新的焊接痕迹，呈正方形。傍晚，刑技人员开始切割钢板，掀开切割的钢质甲板，下面出现一个暗仓，密密麻麻的编织袋和纸箱将暗仓堆得满满的。

同样，船尾轮机仓内也找到了编织袋和纸箱。民警将编织袋和纸箱全部搬出暗仓，一件件拆开，透明塑料袋包装好的一袋袋白色晶体出现在眼前，每袋重1公斤，在夕阳下闪着耀眼的白光。

经现场检验，白色晶体全部为高纯度冰毒，一袋袋排列开，把渔船的前甲板全部铺满了，

◁ 搜查28683号渔船

舱底搜出了2吨毒品▷

总重量达到了惊人的2吨。

紧接着，追捕李俊鹏、郑森、林和益等主要犯罪嫌疑人。

重金悬赏悉数落网

此次收网行动，抓获以郑黄创、李俊鹏为首的犯罪嫌疑人16名。在逃的李俊鹏是公安部A级通缉犯一号。2016年3月，陆丰市公安局曾悬赏20万元通缉李俊鹏；10月20日，省公安厅发布的十大通缉犯名单中，A级通缉犯李俊鹏排在首位，悬赏金额为10万。

11月16日，佛山市公安局根据群众举报，在深圳市公安机关的大力支持配合下成功将头号通缉犯李俊鹏抓获。

而之前被抓获的林和益在看守所获知李俊鹏被抓，害怕帮派报复家人，惊恐中突发心脏病猝死。

2月12日晚，狡猾的郑森从"内鬼"处获知警察马上要展开抓捕，衣服也来不及换，穿睡衣开车仓皇出逃，与冲进小区的警车擦身而过，溜之大吉。

2017年5月21日，陆丰市公安局发布陆公通〔2017〕005号通告，重奖人民币100万元征集举报线索抓捕郑森。

重赏之下必有勇夫。7月1日凌晨，身穿背心裤衩，头发胡子凌乱的郑森正坐在电脑前玩扑克牌游戏，当他看到冲上楼的民警时，眼神绝望，如释重负般，从嘴里吐出长长的一口气，仿佛他等待已久的这一天终于降临了。■

东方利剑（六）

失踪了三次的男人

■ 李 佳

"井下有人！"

当电工老陈以前所未有的速度爬出井口时，手脚都还在打战，牙齿碰擦出的"咯咯"声，连蹲在他对面的同事大姚都听得清清楚楚。

"他妈的，见鬼了你！"大姚一边用力将他拉出井口，一边笑着调侃道。

"有人，真的有人！不信你下去看看！"出井后，老陈一屁股跌坐在井边，在颤巍巍地接过大姚递过来的卷烟时申辩道。

"倒霉！"大姚恨恨地咕噜了一句，丢下老陈，一弓身下了井。

是够倒霉的。庚子年3月初，上海的天正"倒春寒"，冷起来比冬天更甚。但是无奈，上头坚持啊。刚过完年，上头就要求检修电缆，还让他们彻彻底底、连多年未碰过的也都要查。就说面前这口电缆井吧，都5年没动过了。何况今天还下着雨呢……

没等"碎碎念"完，下到井底的大姚就碰到了一样奇怪的东西：一只大得出奇的包，包的拉链已被打开一个口，从里面露出一截粗粗长长的东西。他连忙把手电筒照向那边——好像，人脚！"什么味儿？"打一下井，他便被一股刺鼻的味道裹住了。这不是电缆井应有的味道，肯定不是！

大姚出井后，同样跌坐在地，面如土色。

井下的人是谁？他怎么会在井下？一个巨大的谜团，顺着张开的井口悠悠飘出，随水汽弥散。空气，湿冷又压抑，让人有些透不过气。

疑云初起

浦东公安分局接到报案时，是3月初的一个下午。

报警人是浦东电力公司的许先生。他说："公司电工老陈、大姚在高科东路近顾唐路路口的电缆井下作业时，发现一个奇怪包裹，里面好像装着人。"

井下？包裹？人体？每个词汇都指向一个触目惊心的字眼：杀人抛尸。这个字眼的背后，还可能隐藏着更大玄机：一口几乎无人理会的电缆井，5年未曾动过，还处于人流稀少的路段……如此抛尸地点，是蓄意为之吗？即将面对的，将是一个怎样的对手？

刑警们心里的弦一下子绷紧了。

第一时间，分局刑侦支队重案队、刑事科学技术研究所，属地川沙分区指挥部、唐镇派出所相关领导、民警赶到现场。专案组，第一时间成立。

大案追踪

▷民警探究神秘的电缆井

雨，丝毫没有停下的意思。忙碌中的人们，顾不上撑伞，任由雨水打湿他们的头发、脸颊，一点点浸透他们御寒的衣裳。没有一个人觉得冷，此刻，他们的注意力都在这口神秘的井内。虽然井深只有2.5米，却仿佛深不可测，每多1厘米，都拉长了他们与真相的距离。

经过紧张的打捞，仅仅半小时，井底那个硕大的包裹便"重见天日"。包裹发出刺鼻气味，呈现着奇怪形状。最外层，是白色毛巾，打了死结。毛巾里面，是一只大号紫色袋子，像是包装被子或大衣的那种。毛巾小，袋子大，感觉毛巾不是为遮袋子，仅仅起定型之用。随着袋子拉链被缓缓拉开，一具蜷曲的人体渐渐呈现在众人面前：蓝白格子睡衣，头上裹着一层又一层马甲袋，杏黄的、红色的……尸体身边没有手机、钱包等财物，更没有可以指向他身份的任何物品。

现场的法医，有国家级法医专家肖雄，还有资深法医张伟、田露。自打包裹出井的那一刻起，他们即开始娴熟地做初步检验。尸体头颅上的马甲袋被层层剥离，露出一张惨白、高度腐败的脸，五官模糊。

对于杀人抛尸案来说，确定死者身份和死因至关重要，很多时候，它们就是破案的一把钥匙。正因如此，法医的检验非常仔细。虽然现场环境恶劣，冰冷的雨水几乎穿透了他们的后背，可几位法医浑然不觉，埋首于手上的工作中，心无旁骛。

与此同时，案件分析、勘验调查等工作也在展开。

"远抛近埋"，在命案侦查上有这样一种说法。凶手将被害人尸体包好、扔在井下，目的是"掩盖"，是避免被人发现，"这不是'抛'，是'埋'，是另一种形式的埋！"在激烈的讨论后，专案组得出了这个结论。也就是说，凶手可能就在附近，他和被害人认识的可能性很大。调查工作，将以这口井为原点，向周围扩散。

此时，法医们也有了初步结论。死者是中老年男性，身高168厘米，板寸头，杂有白发，死亡时间一个月左右。也就是说，在春节前后。

电缆井附近的监控录像也被迅速采集、保存：南北向，顾唐路、机口村、暮二村、华

东方利剑(六)

东路……东西向，高科东路……随着现场踏勘的深入，一张图像侦查的大网缓缓张开，它纵横交错、覆盖了案发现场周边。发案已有一个月，但愿还来得及，但愿那指向真相的关键图像还在。纵使它们隐藏得很深。

"死者头面部塌陷，曾遭到多次打击。颅骨粉碎，他是在相对固定的情况下，被锤类于正面击打多次。"半个小时后，致死原因也被初步揭开。

法医的鉴定结论，进一步印证了侦查员们的判断：凶手是死者熟悉的人。死者在相对固定的情况下遭到袭击，且没有反抗，正说明他对凶手毫无戒备，或者凶手是趁其不备。

绵密的冷雨中，现场勘查持续了近3个小时。专案组离开时，每个人的心头都蒙上了一团迷雾。天将入夜，日色渐迟，在一切将要沉入黑暗之前，所有人都想尽其所能、抓住最后那一线光。

因为命案侦破的要诀之一是：兵贵神速。

没有人是一座孤岛

然而，紧接着的调查，并没有太大收获。

"马甲袋"的一条线，犹如大海捞针，印着同样logo的袋子太多了，就算能找得到出处，毕竟过去一个月了，想靠它指向凶手，可能性并不大。

"睡衣"的品牌、型号已然确认，不是什么正规产品，只能在淘宝商城里排查了。希望同样渺茫。

现场周边的住户、商户，乃至保洁人员，全都走访、询问过了，可对于一个月前的某种异常，几乎所有人都摇头。看来，调查还需进一步加深。

图像侦查那边，迟迟没查到有价值的线索。几名经验丰富的侦查员，以一个月前的夜间监控图像为重点，一点点倒推、一点点筛查，可就是没有找到那个可疑的、带着大包裹的身影。凶手最有可能的抛尸时间，是夜晚；可他不可能是从天而降或遁地而来吧？继续！

通过梳理近期报失踪人员，比对出符合条件者9人，尚有待一一查证。需要时间。

当夜幕降临的时候，侦查工作不期然进入死角。究竟如何才能找到突破口、守得云开见月明呢？

夜色渐浓，正当所有路径似乎都走到穷尽之时，一个此前并未被寄予太大希望的切口悄然敞开。刑科所传来了一个好消息：被害人的生物信息鉴定结果出来了，比中了已存记录。实乃意外收获！

被害人叫王建国，63岁，本市浦东人。他的名字并不在那9名失踪人员里。如何比中的呢？原来，多年前，他也曾失踪过一回，是其妻子沈秀云报的案，可之后没多久，他便自行回家了。正是那一次，民警采集了他妻子、儿子的生物信息，也正因如此，才保留了关于他的记录。

被害人身份的确定，让整个专案组兴奋起来。待命已久的刑侦"三合一"平台，也迫不及待地启动侦查。

大案追踪

被害人的妻子会是最后一个见到他的人吗？当侦查员联系到沈秀云时，得到的回答让人有些意外。"我怎么知道他死哪去了？"他们一提到王建国，沈秀云便来气了。原来，早在3年前，王建国又一次失踪了，这一次，他再也没回来，沈秀云也没有报案。"他心里头没这个家，我便当他死了！"

居然又失踪了？这个男人身上，到底发生过什么呢？为何如今他真的失踪了、遇害了，却无人报案呢？

没有人是一座孤岛，王建国当然也不是。侦查员们刚刚在沈秀云处"碰壁"，"三合一"平台就传来了令人振奋的消息：王建国的暂住地址和手机号码都找到了。

要说这个"三合一"平台，可真不简单。它是"新鲜事物"，全称叫作："三合一"大数据作战平台，通过将科技元素融入现代刑侦理念之中，令侦查如虎添翼。当个体沉入人海之中时，"三合一"平台的加入，无异于展开一场"深海捕捞"。

与王建国的相关信息，就这样被"捕捞"出来。随即，两个重要的关系人浮出水面：刘晓华、顾美。

刘晓华，男，53岁，最后一个与王建国通话的人。

顾美，女，51岁，王建国的通话记录中，出现频率最高的人。

如果仅仅是这样，他们也只能叫作"关系人"，还谈不上"重要"。然而，进一步梳理三人之间的关系，让侦查员们越发觉得"纵横交错"：刘晓华和顾美，原是夫妻，后来离异；王建国与他们二人，本来没关系，后来他们的女儿嫁给了王建国的外甥，据说，王建国是介绍人；王建国和顾美，曾经在一起打工。更令人百思不得其解的是：这样三个人，居然住在一起。不仅如此，种种迹象还表明：王建国与顾美之间，有一层更为亲密的微妙关系。

不寻常，实在不寻常。

在每一种不寻常的背后，都可能滋生出不均衡、不稳定，这其中包含：欲望、怨怼、仇恨、不满足、求之不得……都是人世间滋生罪恶的根源。

于是，重要关系人成了重要嫌疑人。

谜一样的第三次"失踪"

"王建国死了？！"当侦查员联系到顾美后，她的反应让人有些始料不及。"他不是回家了吗？他不是回家了吗？……"带着一脸的难以置信，她不停地重复着这个问题，神情凄楚，说到最后，哭了起来。

侦查员们之前的判断没错，顾美和王建国的关系"不寻常"：他们已经相好多年，对外几乎以夫妻相称，去年年底，他们将这层关系向刘晓华挑明了。

而此时，王建国对于顾美，是一个失踪的人。没错，这是他第三次"失踪"了。

顾美说，今年1月25日清晨，她像往常一样出去上早班，等再回来，这个大活人就不见了，不只是人，就连他的箱子、睡过的被子、用过的衣物也全不见了。"早上我出门时，

东方利剑（六）

他还追出来给我送头盔呢。"对于那天早晨的事，顾美记得清清楚楚，讲起来，也特别伤心。那个前脚还追出来给自己送头盔的人，后脚就"人间蒸发"了。

刘晓华告诉顾美，王建国的老婆来了，把人给带走了。她当然心存疑惑，可不久，她收到了王建国的短信息，说："我走了，回到老婆身边了，你不要等我，和他好好过日子。"怎么可以说走就走？顾美当然不肯罢休，可之后，她再打王建国手机，十有八九打不通，就算通了，对方也不接。她还找过沈秀云。可沈秀云对她怎么会有好脸色？直接给了"闭门羹"。就这样，王建国对于顾美，可谓"活不见人、死不见尸"。而对于他的说走就走、音讯全无，顾美很介怀。

本来就是"露水"夫妻，是露水，总有一天会消散的。她渐渐有些心灰意懒了。

顾美收到那条短信的时候，王建国已经死了，那他怎么发短信呢？发短信的，当然是凶手。短信中所说的"他"是谁？刘晓华。

刘晓华心里，始终有一个结：自己的老婆，怎么就不跟自己了，还同另一个男人出双入对？当然，他和顾美离婚了。可那不就是一纸证书吗？老婆还是老婆！反正刘晓华这样想；而且他认为，他们老家的人都这样想。所以，当顾美让王建国住进"他们家"时，他心里有气；当顾美亲口对他说要"跟了王建国"时，他就更想不通了。

他要带顾美回老家，就他们两个人！否则，这日子没法过了。

顾美没有跟刘晓华回老家；确切地说，过年时回去了几天，之后便又回上海了。此时，正在向他老家赶的，是专案组的侦查员们。

在侦查员向顾美了解情况的同时，刘晓华已被确定为头号嫌疑人。他的行为，太可疑：不但是最后一个给王建国打电话的；而且打电话的时间，是王建国失踪后第三天凌晨2点59分。正常的人，谁会在这个时间打电话？不仅如此，王建国前脚失踪，他后脚便离沪，此后再没回来。更何况，跟"隔壁老王"住在同一屋檐下，他也是最有作案动机的人。

谁才是井下之人

对于自己的"抉择"，刘晓华显然心安理得。

自打回到老家，他的"小日子"便按部就班地过起来了。他没回魏湖村的家，而是在蚌埠固县城里租了一间商铺，筹备开水果店。店面不小，准备工作也很顺利，红红火火地开了起来。侦查员们是怎么知道的？因为刘晓华发了朋友圈。大概是想给顾美看，让她回心转意吧。对于这间颇为得意的水果店，他可没少在朋友圈晒。于是，侦查员不但知道了这间水果店，还知道了它的位置。

"我马上带人去蚌埠！"专案组负责人之一、分局刑侦支队重案队副队长曹志祥霍地起身、主动请缨，要连夜出差开展抓捕。他的想法，很快得到大家的支持。专案组里都是身经百战的老刑侦，他们深知：命案侦破，不仅是为抓住凶手，更为伸张正义、消除凶案的社会影响。刘晓华的水果店地处县中心，往来人员多，只有尽早抓捕，才能将影响降到最小。

大案追踪

众所周知,突击抓捕难度大,更何况是跨省的:侦查员对现场环境不熟;嫌疑人的习惯、行动轨迹等,也都是未知数。然而,此次抓捕,只能成功不能失败,一旦打草惊蛇,让对方有了心理建设,很可能让审理陷入被动。

在赶往蚌埠的路上,大家凝神思考着即将开始的"遭遇战",将每一个细节和可能发生的问题,在头脑里一遍遍地过。高速公路上,他们的车像无声的子弹,呼啸疾驰。400多公里路,天还没放亮,便开到了。

刘晓华水果店开门,至少得上午8点。还有好几个小时呢,去哪里休息一下?对于侦查员们来说,这不是问题,因为他们根本就没打算休息。每逢大战皆如此,大家早已心照不宣,尤其是这样的异地突袭,不明确的因素太多。他们把车停在水果店对面相对隐蔽的地方,关灯,开窗……夜色里,好几双眼睛悄无声息地锁定了水果店及其周边,一刻都不曾松懈。

时间一分一秒地过去,黑夜渐褪,日色一寸寸地展开,等快到日上三竿的时候,一个身影出现在水果店门口,他低下身、开锁、缓缓拉起卷帘门。刘晓华!

"上!"随着曹志祥低沉而果决的一声命令,侦查员们迅速打开车门、奔向水果店,还没等刘晓华反应过来,便把他牢牢控制住了。

"知道为什么抓你吗?"

刘晓华当场就蔫了——他还以为自己的罪行"神不知、鬼不觉"呢,愣了半晌,才颤巍巍地吐出来三个字:"……王建国。"

成了!

果然,之后的初审中,刘晓华全交代了。他说,自己与王建国积怨已久,他恨这个人,这人跟他老婆"轧姘头",虽说他跟顾美离婚了,可他还心心念念要与她白头到老呢,而王建国"一直不把我放在眼里,住在我家时还一直欺负我"……他趁王建国睡觉时下了手。

杀死王建国后,他很从容,收拾了王建国用过的被子、衣物,全部塞进行李箱,丢了出去。只有尸体,让他稍微头痛了一下,主要是担心顾美下班后看到。思来想去,他草草包裹后,骑电动车带了出去,走了没多远,看到一口井,便撬开井盖扔了下去。他抛尸时是大白天,难怪让图像侦查那边一顿好找。

作案之后,刘晓华拿走了王建国的手机。为了挽回顾美,他以王建国的口吻给顾美发了短信。没想到,事与愿违,顾美并未回心转意,自她回沪后,刘晓华彻底被激怒了,他给顾美下了最后通牒,一遍遍地给她发着这样的信息:"对不起我的人绝对没有好下场,生不如死,人间地狱,你从今以后一辈子都见不到他……"

人心,有光明的地方,也有黑暗的角落;黑暗之处,深不见底。如果任由自己陷进去,必然会越陷越深,以至于无法自拔。到底是谁,还在深井之下呢?■

(文中涉案当事人均是化名)

东方利剑〔六〕

撩开"虫草姑娘"的神秘面纱

■ 吴 迪　刘美婷

> 那一刻，我升起风马不为祈福，只为守候你的到来。
> 那一年，磕长头在山路不为觐见，只为贴着你的温柔。
> ——仓央嘉措

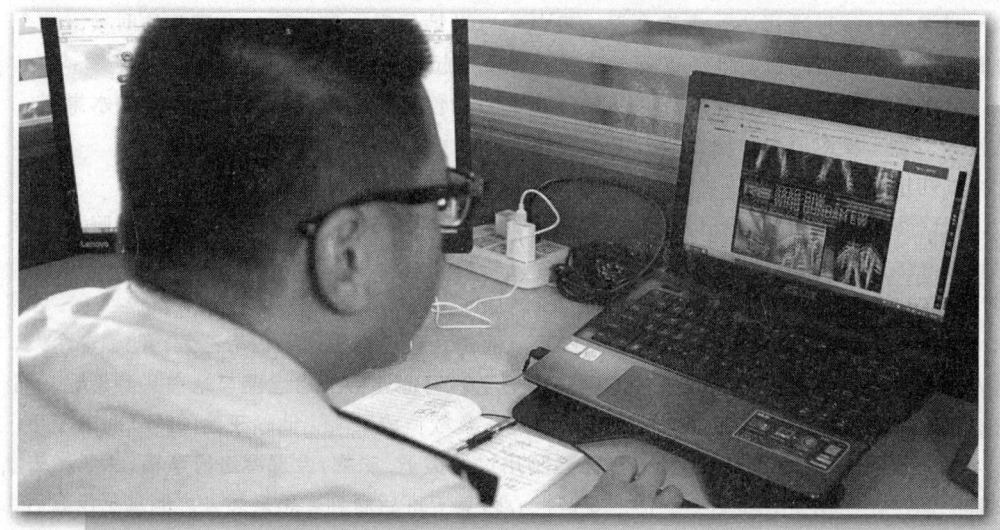

△ 民警紧盯着犯罪嫌疑人的动向

西藏在朝圣者眼中是通往天堂的路。每年无数信徒穿长袍、磕长头，风餐露宿、风雨无阻，只为看一眼心中的天堂。人们相信那里是人间最后的净土，朝圣者们虔诚地踏上赴藏之路，可能只是因为情牵一首诗、心圆一个梦，抑或是荡涤心中的信仰。

看着周围虔诚的信徒，洪跃捷的嘴角却露出一丝旁人不易察觉的冷笑。这个混迹社会多年，有点儿小聪明又自负的男人坚信：求佛不如求己！

大案追踪

一

蒋擎是在侦查一起平台诈骗案中,偶然发现这条线索的。

虽然从事执法办案工作只有一年多时间,然而缜密的心思、扎实的专业技能以及刑侦支队借调的经历,让蒋擎在打击诈骗案方面如鱼得水。在他眼里,梳理线索不是一份枯燥乏味的工作,而是与看不见的对手们一次次博弈,从中找到他们的弱点,然后各个击破。在分析这起平台诈骗案女嫌疑人的社会关系时,一名男子显得非常扎眼。两人不仅联系频繁,最重要的是,谈话记录里不时出现"开通银行卡"之类的内容。

有经验的办案民警都知道,细节往往就是突破口。

通过排摸,蒋擎发现这两人居然是姐弟关系。真叫不是一家人,不进一家门。根据以往的办案经验,一桩诈骗案逐渐在蒋擎眼里浮出水面,而这名男子正是主谋!

突如其来的"案中案"让蒋擎兴奋不已,因为根据初步调查的结果,这起案件的涉案金额为80万元至100万元。

窗外的天色渐渐泛白,通宵无眠的蒋擎却毫无睡意。

二

李峰最近常常感叹,人到中年,生活怎么这么艰难。房贷、车贷、孩子上学、赡养老人……每个月刚刚到手的工资转眼就所剩无几。原本和妻子两个人工作,家里虽不富裕,可日子过得还算温馨。但天有不测风云,人有旦夕祸福,谁能料想妻子突然查出得了恶疾,家里一下子瘫了。不仅经济来源减半,治病又是一笔巨额的开销,就像一只水桶,放水的龙头关小了,底下又多了一个大窟窿,家里的生活水平就像桶里的水位一样不断下降。生活的压力,让李峰时常感觉窒息。一有空隙,他便拿出手机,刷新朋友圈。只有沉浸在网络世界中时,他才能麻痹自己,让他暂时逃离生活中的一地鸡毛。"今天的天气真好,适合全家出游。""今晚要加班了,为了家人的幸福生活,苦点儿累点儿都值得。""儿子今年要高考了,希望他金榜题名。"一条条朋友圈,就是一个个人生的缩影。

"各位好心人,我从小父母双亡,叔叔婶婶把我带大,可是他们给我安排了婚约,如果没有钱赎身,我甚至要接受'一妻四夫'的命运,现在我已经逃到了广州,马上要被叔叔婶婶抓回去了,有没有好心人,买我手上的虫草,我想把聘礼退回去,还我自由身……"李峰已经想不起自己什么时候添加了这个姑娘为好友,但她发的这条朋友圈却让李峰感到一阵揪心。照片中,一个跟自己女儿年龄差不多的女孩儿,身穿具有民族特色的藏服,手掌心放着一根冬虫夏草,空洞又绝望的眼神让人生出"我见犹怜"的同情心。李峰想到自己家中虽生了变故,但还是有大人在撑着,女儿只管安心读书就好,而这个女孩儿的命运却如此多舛,李峰心里很不是滋味。接下来的半个多月,类似的内容在朋友圈中经常出现,每一个字都直抵他内心最深处的温柔。他想做点儿什么,却又不知道能做什么。

"叔叔,能陪我说会儿话吗?"有一天,女孩儿突然主动给李峰发来了消息。此后连着好几天，女孩儿每天都跟李峰聊天。每一次的聊天，都让李峰对女孩儿的身世有了更深入的了解，而他也会把心中的苦闷告诉对方。互诉衷肠间，令他萌生出一种"同是天涯沦落人"的感慨。如果一天没有女孩儿的消息，李峰就会有些魂不守舍。

这天，李峰的手机上突然收到了一条消息："叔叔，救救我吧，我不想嫁给他们。"李峰心里咯噔一下，几乎是秒回："我能做些什么？""如果可以的话，就从我这里买一点儿虫草吧，这样我就有了赎身钱。"李峰正在犹豫，姑娘又发来一条消息，"叔叔，我的虫草很好，您吃了可以补身体，我也有救了。"李峰的眼前出现了姑娘被几名壮汉强行拉扯的画面，单薄的身体像一张纸被肆意揉捏……鬼使神差般，他立刻给虫草姑娘转了500元钱，还跟姑娘解释："最近家里出了事情，我也缺钱，能帮你的暂时就这些了，等我缓过来，再多买些。"见对方收下转账后，李峰冷静下来，该怎么跟老婆解释突然少了500元钱？但转念一想，他觉得自己是在做善事，况且虫草给老婆吃了可以提高抵抗力，而自己行善积德或许会感动上天，保佑老婆身体痊愈……他为自己寻了各种理由，等收到虫草，便能和家里有个交代了。

然而一个月过去了，李峰并没有等来虫草。起初他也没有在意，只是想起那个姑娘也好久没跟自己联系了。他想问问姑娘是不是逃离了被迫嫁人的命运，不料消息刚发出，却发现自己已被对方拉黑了。李峰心里一凉，没想到自己活了50来年，居然让一个小丫头片子给耍了。他苦笑了一下，觉得自己真的愚蠢可笑，明明泥菩萨过江，还去帮他人，活该自己被骗。

李峰不知道的是，他并不是一个人，"她"也不是一个人。

三

时间退回到一年前，洪跃捷偶然知道有人通过朋友圈发虚构的故事来骗钱，觉得这是一条发财的捷径，只需用相同的剧本，不断地复制粘贴，既简单，又可以赚大钱。毕竟人人都有同情心，若故事的主人公是个貌美年轻的姑娘，再配上悲惨的身世，必然更容易让人生出"我见犹怜"的同情心。他决定把行骗对象定位为30至50岁的男人，因为这个年龄段的男人既有些经济基础，又容易产生油腻的同情心。男人嘛，总是更了解男人，知己知彼才能百战不殆。

没过多久，在江西省新余市繁华地段的太平洋商务写字楼里，"新余华创贸易公司"正式开业了。事实上，这是一家根本没有营业执照的"皮包公司"。但这一切，都被它华丽的表面掩盖了。正如老板洪跃捷身上那笔挺的西装，俨然一位年轻有为的成功人士，让所有前来应聘的人深信不疑。

兰青就是这个时候成为洪跃捷左膀右臂的。

洪跃捷与兰青年纪相仿，年轻人总是有很多共识，但是如果从一开始就选错了路，便注定无法回头，最终无路可走。两个臭味相投的人很快便沆瀣一气，兰青钦佩洪跃捷灵活的脑子，知道公司的实质后，他非但没有意识到这是违法行为，反而认可这的确是个简单

大案追踪

又来钱快的好营生。洪跃捷也很看重兰青，指派他去"学习"整套的诈骗手法。兰青是个"好学生"，一个月左右的时间，就带着洪跃捷的期盼"学成归来"。与此同时，洪跃捷找到了足够的启动资金，这个蓄谋已久的诈骗团伙正式成立了。

一个楚楚动人的女孩儿，穿着独具特色的藏族服饰，手心里放着一根冬虫夏草，水灵又无辜的双眼……一旁的摄影师不断调整着角度、引导女孩儿进入状态，摆出不同的姿势，咔咔咔，快门轻按，一张张藏族姑娘手持虫草的照片就这样拍摄成功了。洪跃捷看着照片，很满意，嘴角不自觉地露出狡黠的笑容，仿佛已经看到钱从四面八方流入他的口袋。

四

听完蒋擎的汇报，新泾派出所所长陈玮意识到，这是一个组织严密、分工明确的网络诈骗团伙。由于这个案子与蒋擎原本正在侦查的平台诈骗案有着千丝万缕的关系，所里决定正式立案并共同推进。1月10日，蒋擎和刑侦支队反侵财队队长赵屹铭登上了开往江西省新余市的高铁列车，为破获这个诈骗团伙打"前战"。"如果年前把这个案子破掉，大家就都可以过个安稳年了。"

新余是一个地级市，也是中国唯一的国家新能源科技城。虽然没有大上海的繁华，倒也古朴不失风韵。但在蒋擎眼里，看到的却是这座城市的某个角落正汩汩流淌着污浊不堪的欲望，以及骗子被铜臭泯灭的良知。

太平洋商务写字楼里出现了两个背着双肩包，像刚毕业来找工作的大学生。在18楼，一整层楼被分割成了一间间的单元分租给不同的公司，唯有这家在1802室的"新余华创贸易公司"从楼梯口一直到大门安装了好几个探头，显得颇为与众不同。

"你好，我们两个今年刚毕业，学的电子信息专业，请问你们招应届生吗？"趁着同事储骥和前台小姐攀谈的时候，"大学生"蒋擎不动声色地往里观察了一番，20多个人坐在电脑前，呈现出忙碌的景象，而电脑的另一端，或许就是一个个不明真相的受害人……

从写字楼里走出，蒋擎对储骥说："应该是这里没错了。而且看来这帮人警惕性挺高，我们小心点儿，别打草惊蛇。"

"那你还让我假扮大学生？"储骥有些不满地说，"你看那前台小姐看我时那怀疑的眼神，我差点就露馅儿了。"

"我不是想着你比我年轻嘛。"蒋擎全然忘了自己也不过刚刚大学毕业四年而已。

"警察工作催人老啊……"

五

通过蒋擎和储骥的现场侦查以及前期掌握的信息，案子的走向逐渐清晰。专案组经过研判，决定由新泾派出所办案队副队长崔伟带着60多名所里的民警和特保队员赶赴江西，为案子收网作准备。崔伟从工作开始就在执法办案队，经手的案子无数，但这次行动还是让一向稳重的他激动了一下，毕竟大规模的跨省抓捕行动是自己从警生涯中难得的一段经历。

风风火火的崔伟，顾不上舟车劳顿，到了驻地就开始部署工作。

"蒋擎，今天你再去看看咱们的鱼游得怎么样，明天咱们吃全鱼宴。"

"我就知道跟着您有肉吃。"蒋擎对崔伟是服气的。来到办案队一年多的时间，跟着崔伟，他进步很快。

为了确保抓捕行动万无一失，蒋擎和储骥特意再次前往太平洋商务写字楼18楼。因为担心被人认出是此前曾来"应聘"的"大学生"，所以这一次两人更加谨慎，躲在楼梯口远远地张望，只见1802室内灯火通明，这让蒋擎颇为兴奋，因为这个团伙在第一次作案成功后便消停了一段时间，让人摸不清楚葫芦里到底卖的什么药。看到今天这番场景，蒋擎推断应该是要复工的样子，估计想在过年前再大捞一笔。

蒋擎心定了，崔伟却显得有些心神不宁，坐在宾馆的房间里，一支烟接着一支烟地抽。

"老崔，你这个老猎手怎么这么紧张啊？"赵屹铭打趣道，这对老朋友，碰到一起就准没"好事"。是啊，只要出现大案子，必定离不开刑侦支队的全力支持。

"说实话，老赵，我是有点儿紧张。当警察这么多年，这种大场面也不常见，我把半个派出所的人都拉过来了，万一他们跑了怎么办？"

"放心，小蒋他们不是确认过了嘛，这帮人得到了好处，不会这么轻易收手的。明天早上给他们来个一锅端。你也早点儿去休息吧，我看你最近好像又胖了。"

"我这是'过劳肥'好不。"

六

心理学上有个名词，叫作"墨菲效应"，它的根本内容就是：如果事情有变坏的可能，不管这种可能性有多小，它总会发生。简言之，就是担心啥来啥。如果赵屹铭知道第二天会发生的事情，那么他断然不会取笑崔伟的焦虑。第二天下午1点半，当民警冲到1802室时，却意外地发现人去楼空：透过紧闭的玻璃门，屋子里一个人都没有，昨天还是灯火通明，现在却漆黑一片，如同赵屹铭的脸色一般。60多名行动队员面面相觑，大家都不敢说话，或者说不知道该说什么。蒋擎那个时候肠子都悔青了，他怨自己为什么昨天踩点回来后没有建议立刻行动，会不会自己暴露了行踪，引起了对方的警觉？

"这都不是煮熟的鸭子飞了，这分明是吃了一半的鸭子飞了，老赵，你说怎么这么窝囊啊？"崔伟打破了尴尬的气氛。

赵屹铭不想说话。这些年他亲手破获的网络电信诈骗案不计其数，虽然以"卖虫草"为骗点的案子这是第一次遇到，但所有的诈骗手法都是万变不离其宗。之前他们对这个犯罪团伙的作案手法、公司组织机构、被害人情况、汇款流向等都摸得一清二楚，明明是十拿九稳的事，怎么会出现这种情况？尽管十分窝火，赵屹铭还是立刻整理思路，向上海方面汇报。

投入了这么大的警力,精心布控撒网,却空手而归。坐在回上海的大巴上,大家都沉默着。天空飘起了细雨,赵屹铭望着窗外,细密的雨丝在玻璃上胡乱地交错流淌,一如他此刻纷繁复杂的内心……

七

这个春节赵屹铭和崔伟过得都不轻松。上次行动失利之后,两个人都憋着一口气。崔伟总觉得对不起跟着他一起扑空的战友,一连抓了好几个小蟊贼,周围的人都说崔队身上多了一份狠劲。而赵屹铭又把手头的材料重新梳理了一番,通过不断地扩充信息,他发现洪跃捷操控着四个利用"虫草姑娘"进行诈骗的团伙,如同滚雪球一般,办案民警核实出了这四家"公司"大部分员工的真实身份,入网的鱼越来越多了。更令他感到兴奋的是,新余方面反馈了一条线索,那天公司里的人其实是在发年终奖,拿了钱之后便各自回家过年了,准备年后再开工。这就意味着警方的行动没有暴露,意味着这场戏还没有"落幕",意味着所有的付出都没有白费!

2月26日晚,距离新泾所不远的西郊百联购物中心里人头攒动。而在所内的会议室里,一块白板上写着四个诈骗团伙的负责人名字,从为首的"洪跃捷"往下蔓延开,如同一棵毒草植在老百姓的钱包上,贪婪地汲取着原本不属于他们的财富。由于这四个团伙相互牵连,一旦其中一个东窗事发必定会打草惊蛇。专案组认为,不能再等了,箭在弦上,一触即发。

"陈所、赵队,是时候了,咱连夜赶过去吧,不在那儿守着我心里不踏实。"崔伟的椅子好像是一块滚烫的铁板烧,过几分钟他就站起来走几步,最后干脆站到了窗户旁。

时针慢慢地移动着,新的一天就要到来。

出击,就在零点!

当人们都已进入梦乡的时候,很多在家休息的新泾派出所民警却接到了紧急电话。

"一个小时内赶到所里,有行动!"蒋擎给每个人打电话时都说了几乎同样的话。挂断电话后还群发了消息,生怕大家睡眼惺忪分不清是梦境还是现实。

派出所的门卫有些糊涂了,他不知道为什么大半夜好多人都来上班,反复确认是不是自己的手表坏了。27日凌晨1点,在把行动方案布置到每个人后,崔伟和被紧急召到所里的50多名民警一起在会议室养精蓄锐,他们将乘坐早上5点第一班高铁赶往新余。与此同时,刑侦支队副支队长钱俊与赵屹铭等连夜驱车900多公里,当早上8点新余的街道刚刚开始繁忙起来的时候,他们已经驶入了新余市公安局的大门。前来会合的当地公安非常佩服上海同行的行动力。"一直说刘翔代表了上海的速度,我看那是他们不知道你们上海公安的速度。"

八

对于太平洋商务写字楼1802室里的20多个人来说,这本该又是忙碌的一天。每个人

东方利剑（六）

用老板洪跃捷给的话术本开始撒网寻找"猎物"。洪跃捷早在一年前就给每个员工配了一部手机，里面有事先花钱买好的微信号，微信头像均为女性，且年轻貌美，还通过购买的软件给每个微信号里加了400个好友，这个软件可以让对方在不知情的情况下被添加为好友。业务员按照洪跃捷精心准备的剧本行骗。朋友圈中姑娘姣好的面容、坎坷的身世、乐观的心态怎能不让网络另一端的男人们动恻隐之心？而此时恰到好处地消失几天，让对方牵挂的心悬在那里七上八下。当"虫草姑娘"朋友圈再次回归时，就是请君入瓮日，蒙在鼓里的人们纷纷慷慨解囊，钱就轻而易举地流入了网络另一端的骗子的腰包。当然，也有人问洪跃捷，"老板，我们这是不是在诈骗啊？"每每遇到这种"不开窍"的员工，洪跃捷便会拍着对方的肩膀说："这只是一种特别的营销手段。"不知道他是在说服他人，还是在说服自己。

兰青的眼皮从昨天就开始跳个不停，今天在办公室里也一直很躁，他一会儿看看小张的进度，一会儿看看小王手里马上就要上钩的鱼儿。

"大家伙都加把劲啊，男女搭配，干活不累，年后的第一单，咱们要新年开门红啊。"兰青不停地给业务员"洗脑"。

"小丽、小丽，快点儿，该你出场了，这个家伙疑心病太重，非要语音一下才肯打钱。"

"呜呜呜……哥哥，求求你多买些我的虫草吧，救救我吧，我真的不想嫁给四兄弟啊……"

别说是要语音，就是要视频，咱也有对策啊，所有的业务员都是男女搭配。想语音，随时切换女生哭得梨花带雨，想视频，更是早有准备，录好的视频，软件一键切换。网络另一端的你，如何能想到虫草是假的，姑娘是假的，真的只有你的同情心和转账金额。兰青这样想道。

"不许动！警察执法！"

"手全都抱在头上！"

"厕所里的快点出来，双手抱头！"

"洪跃捷呢？"崔伟吼道。

"老板今天没来，他在家里。地址是……"从入行的第一天开始，兰青就知道这一天迟早会到来。没有辩解，没有反抗，他知道大势已去。

至此，"虫草姑娘"终于现出了原形，而300余被害人直至警方通知协助调查才知道自己落入了陷阱。当"虫草姑娘"那层美丽而又神秘的面纱飘落时，不是一张楚楚动人的娇颜，有的只是隐匿在网络背后那令人生畏的贪欲…… ■

（除民警外，文中人物皆为化名）

警察手记

警察手记

中国的警歌《少年壮志不言愁》

■ 穆玉敏

△《少年壮志不言愁》作曲雷蕾
◁ 电视剧《便衣警察》海报

朋友在电话里急切地问我:《人民警察之歌》是不是刘欢唱的"几度风雨几度春秋"?我回答:说不是,也是。说是,也不是。

在弄清了朋友的孙女想报考警察学院,需要了解《人民警察之歌》后,我确切地告诉朋友,《人民警察之歌》与刘欢唱的《少年壮志不言愁》是两首不同的歌。

以警察为职业,《人民警察之歌》是我无比熟悉的。而《少年壮志不言愁》又实实在在是一首"警歌",我不仅熟悉,而且对这首歌的诞生过程也了解,我先后两次采访了其曲作者雷蕾。

第一次采访,是2000年春的一天,雷蕾和她的丈夫易茗,一起来到我所在的北京警察博物馆筹备办公室。得知我们正征集警察文物,雷蕾决定捐献电视剧《便衣警察》音乐创作手稿,我当即采访了她。

成卷的手稿层层包裹着,雷蕾捧出时,脸上流露着母亲般的爱怜。她小心地打开稿卷,一叠厚厚的五线谱手稿呈现在我面前。第一页就是《少年壮志不言愁》,片头主题曲,铅笔写的。雷蕾提醒:"别用手蹭,不然会不清楚的。"

东方利剑（六）

我用戴着手套的手慢慢翻动那珍贵的手稿，心里有些激动。那五线谱很普通，铅笔写的歌词也不光耀，然而它一经刘欢那孤独、忧伤、激昂的嗓音演绎，就变成了全体警察的心声，萦绕着岁月年轮，一直响到了现在，激情不减，魅力不减，英雄气概不减。把警察们无法说出却又不愿沉默的情愫展现得淋漓尽致。大概没有哪一首歌能像这首歌那样深入中国警察的心灵；没有哪一个警察不知道"几度风雨，几度春秋"；没有哪一个警察不会唱"金色盾牌热血铸就，危难之处显身手"。它激励着一代又一代警察"为了母亲的微笑，为了大地的丰收""风霜雪雨搏激流"。

灵感和泪水一起来

雷蕾回忆说，主题曲《少年壮志不言愁》是她第三稿才写成的。

1986年，海岩创作的电视剧《便衣警察》筹备拍摄时，导演林汝为请雷蕾为这部电视剧创作音乐，并提议她把主题曲写成一首男声合唱。雷蕾了解了这部电视剧讲述的是一名年轻警察忍辱负重的成长故事，背景是1976年"四五"天安门事件，以及粉碎"四人帮"等时代转折大事件。

试着写了两稿，她都不满意。其中一稿激昂、光明，虽然适合警察题材，但人文内涵不足。另一稿沉稳了不少，却又显得平淡。

后来，她接触了几个剧组演员，想从他们身上找灵感。这对她的创作起了至关重要的作用。在剧中饰演局长马三耀的要武，当时是北京市公安局东城分局刑警大队队长，他与雷蕾聊得最多，雷蕾从他那里受的启发也最多。要武对雷蕾说："执法刚正那仅是一方面，警察的内心世界也很丰富，也需要人们了解。"而剧中饰演男、女主角的胡亚捷和宋春丽也分别在清河劳改厂和东城公安局分局体验生活，他们对角色的认识和对警察职业的感受，也影响了雷蕾。她回去后，把创作的重心转向了人物的内心世界。

进入状态是在一个上午。那天，雷蕾的丈夫去大学讲课，她一个人坐在钢琴前，边反复咀嚼剧情，边仔细揣摩歌词，那句"历尽苦难痴心不改"，深深感染着她。20分钟后，一个遥远的、有些悲意又很有震撼力的旋律，在她脑海里贯通并生成，她赶快写了下来。边写，边弹钢琴，边唱。弹着唱着，唱着弹着，她落了泪。

丈夫回家后，她又弹唱给他听。弹着唱着，唱着弹着，她又感动得眼睛潮红。丈夫听后激动地一击掌："成了！"

雷蕾说："所有的作品里，我还是最喜欢这首主题曲，这种边创作边掉眼泪的状态很少有，以前没有，以后可能也不会太多。"

这首主题歌可以说是雷蕾与自己腹中的孩子一起孕育的。林导找到她时，35岁的她正享受腹中有子的沉甸，林导看出来了，雷蕾也担心因自己身体不便而误事儿。林导安慰她说："没关系，你生完孩子再写。"

儿子生下后，雷蕾立即投入了创作。在儿子4个月刚能坐起时，她的又一个"孩子"诞生了。《少年壮志不言愁》顺利完成，接下来是找一个好歌手。在当时，民族和美声唱法占主流，高亢的《敌营十八年》的主题歌正红火，《驼铃》主题歌的伤感离别更是家喻

警察手记

户晓。剧组的人自然就想到了蒋大为、杨洪基、关贵敏等当红歌唱家。

而此时雷蕾的脑海里已经保存了一个特别的嗓音，那声音是她在电台里偶然听到的，是电视剧《雪城》的配唱刘欢的歌喉发出的。雷蕾问副导演赵宝刚："能不能找到刘欢？"

"刘欢在哪儿？"赵宝刚问完，见雷蕾瞪着他不回答。马上改口说："你等着，我打听打听圈里人，看有没有知道他的。"

很快，信息反馈回来。刘欢，国际关系学院刚毕业，留校做团的工作。

雷蕾和丈夫马上坐出租车直奔位于海淀颐和园的国际关系学院。当年24岁的刘欢，住在学院一间能放一张单人床的小屋子里。见雷蕾夫妇找上门，刘欢很高兴，二话没说，接过谱子，抱着一把破吉他，跷起一条腿，像校园歌手一样自弹自唱起来。越唱越兴奋，越唱越动情。

主题歌用通俗唱法，这在当年多少有些冒险，但雷蕾决定试试。

正式录音是在1987年年底的一天，在这之前，林汝为导演还不知道是由刘欢来唱这首主题歌。那时还没有现如今先进的分轨录音法，都是同期进行。庞大的广播乐团管弦乐队，加上中央乐团合唱队，坐满了录音棚。坚持请新人刘欢担纲主题曲，自信的雷蕾，此时心里也难免有些紧张。

音乐响起来了，空旷的录音大厅顷刻被激昂流畅的旋律膨胀了。刘欢自信地走出来，这首让他动情的歌，顺着他动情的歌喉缓缓流淌出来，在录音棚里飘忽环绕，余音至远。唱到苦涩铿锵处，刘欢抽空灵腑一样忍悲地躬下身。雷蕾又湿了眼眶，微微抖动的手不禁抚住自己的胸口。而林汝为导演的脸上已挂满了泪水。

旋律终止。大厅戛然一片死寂。

不知过了多久，乐队有人带头有节奏地轻拍乐器。接着，有人呼应。再接着，整个乐队合鸣，大厅里响起了节奏鲜明的拍打乐器声。越拍节奏越清晰，越拍声音越激昂——这是乐队约定俗成的动作，遇到让他们满意的作品录音成功，他们都以这种方式庆贺。

雷蕾1982年毕业于沈阳音乐学院，被分配到长春电影制片厂专门从事作曲工作。她说她很荣幸，能连续三次和著名的林汝为导演合作。三次联袂，被人称道为"三连冠"。她们合作的第一部戏是《四世同堂》，主题歌是《重整河山待后生》。骆玉笙那浑厚苍凉的"千里刀光影……"曾撼动了民族历史的冷硬心肠。谁能想到这铿锵有力的歌竟然出自看上去有些柔弱的雷蕾之手？

雷蕾出手不凡，两个不凡的女人首次携手就珠联璧合，功成名就。1987年，林汝为导演准备拍《便衣警察》时，自然首先想起了她，结果又一炮而红。

她们合作的第三部戏就更有名了，那就是电视连续剧《渴望》。与讲述警察故事的《便衣警察》一样，这部讲述百姓故事的电视剧也是一夜爆红，万人空巷，两首主题曲《渴望》《好人一生平安》，唱暖十亿人心，火遍大江南北。

"三连冠"后，雷蕾又为电视剧《编辑部的故事》作曲，其中《投入地爱一次》也特别受人喜爱。

完成"三连冠"后，雷蕾又创作了"三部曲"——为电视剧《鲁迅和许广平》《澳门的故事》和《静静的叶尔羌河》作曲。

东方利剑(六)

警察公认的"警歌"

第二次采访雷蕾,是2001年5月下旬的一天。我告诉雷蕾:这月10日,国家近、现代一级文物鉴定专家组的5位专家,被请到北京警察博物馆,对我们遴选的一批文物进行了鉴评,您捐献的电视剧《便衣警察》音乐创作手稿被评定为国家近、现代二级文物。

雷蕾听后高兴地说:"是吗?太好了!"雷蕾回忆《便衣警察》开播后的情形时,依然很高兴。

《便衣警察》开播是1987年的事儿,与今天相比,那是物资匮乏、生活苦涩、电视剧很少的年代,虽然只有短短12集,却一下子吸引了全国的民众。主题曲《少年壮志不言愁》更是一夜风靡而起,从此和警察结下了不解之缘,全国的警察们都把这首歌看作介绍自己职业的歌。

那时我已有十多年警龄了,和大家一样迷恋这首歌,它能触发你对警察职业的感悟。每一个人都在生命的旅途赶路,尽头都有一座生命终结的坟,它等着我们或早或迟地到来。警察生命的路途较之他人要无常、沉重,不知哪一时哪一刻,哪个兄弟姐妹会突然倒下。所以,我们不能没有精神食粮,我们需要有一首歌,让我们能够边走边唱。《少年壮志不言愁》就是这样一首歌。

1996年在岗的北京警察,没齿难忘鹿宪洲持枪抢银行案。案件震惊了全国,让北京警察感到空前的重压。他们接到限时破案的命令后,做好了背水一战的准备,在逐级立下军令状后,大家默默站立,低声唱起了这首歌。

领头唱起这首歌的,是时任北京市公安局局长张良基。这位资深老刑警,基本没有文艺细胞,却酷爱唱《少年壮志不言愁》,保证不跑调,字正腔圆。高兴时爱唱,悲愤时也爱唱,一个人时爱唱,主持大会时也爱带头唱,唱得青筋暴起,唱得气高胆壮,唱得哽咽嘶哑,唱得清泪长流。悠悠从警路,他们要承受多少困顿挣扎,多少焦虑迷茫,多少哀伤悲怆,多少惊险危难!

张良基上任北京市公安局局长职务刚满一年,就发生了鹿宪洲持枪抢银行案。恶性案件远不止这一起。1996年,对北京警察来说都是没齿难忘的,这一年北京发生的刑事案件数量之多、影响之大,是中华人民共和国成立后罕见的。2月2日,全国人大副委员长李沛瑶在其家中遇害,在国内外引起了强烈的震动和反响。2月8日,鹿宪洲发生了这起大案,光天化日之下拦截运钞车,枪杀了2名武装押运员,抢劫人民币数百万元后驾车逃逸,在社会上产生了巨大影响。3月31日,又发生了白宝山袭击石景山区高井电厂武警战士,抢劫枪支案件,这才有了继1983年后,新中国历史上第二次声势浩大的1996年"严打"。而北京1996年"严打"的关键,就是侦破鹿宪洲案。

张良基和他的爱将们涌着泪吟唱时,却不知道这曲子早已被雷蕾的眼泪浸得湿漉漉的。但他们却真切地感应到,他们颤抖的嗓音把那有些凄清、有些悲怆的音符抖落在广场、长街时,溅起了周身汩汩热血。一首歌升华了沉重的忧郁,在它的旋律里,他们不能不把自己的灵魂置得那么高、那么悲壮。

警察手记

不久，鹿宪洲案告破。庆功会上，张良基又带头唱起了这首歌。所不同的是，他们发现，原来重压下高置的情怀，是与这悠远绵长的歌声一起攀升的。

自从有了《少年壮志不言愁》，在每一名牺牲的北京警察的追悼会上，都会响起这首歌的旋律。送走警察烈士崔大庆的余韵未了，年轻警察徐晋格又牺牲在北京街头。熟稔的曲调再度为徐晋格19岁的生命鸣响，它鼓动数万首都民警悲愤的胸臆，刺痛全国警察流血的心。

这首歌让警察们发现了什么？真正的激情并不在于你被有形的东西打动，而是发现了精神和性灵。这首歌成了那些年警察性灵中不可或缺的东西。难怪历届公安部春节晚会都将它作为主旋律，难怪雷蕾每次被邀请参加晚会，都会因自己熟悉的旋律被警察不断赋予新的神圣而感动。

采访雷蕾时她说，有一次她应邀到春节晚会，节目的最后让她心痛不已。在出自她手的旋律中，台上走出了一个年轻的警察妻子，她是代表丈夫来参加春节晚会的，因为丈夫在动身参加晚会的几个小时前，牺牲在岗位上，她临时代替丈夫登台……

所有警察都把雷蕾当自己人

全国警察把《少年壮志不言愁》当作警歌的前一年，公安部政治部和中国音乐家协会，正在联合开展征集警歌活动，由杨涌作词、吕远作曲的《人民警察之歌》胜出。随后，在公安机关举办庆典和重要会议、活动，入警宣誓、授予（晋升）警衔、立功授奖等重要仪式，以及民警训练、校阅、队列行进等场合使用。歌曲激昂雄浑，节奏流畅沉甸，歌词深入人心，我和同事们很快学会并喜爱上了它，"在繁华的城镇，在寂静的山谷，人民警察的身影陪着月落，陪着日出……"

有了《人民警察之歌》，全国的警察仍然喜爱《少年壮志不言愁》，并对写出一首好警歌的雷蕾心存感激。而住在北京的雷蕾，也把警察引为自己的朋友。雷蕾说，北京到处有她的警察朋友，有时她正等车，一辆警车停在她跟前，下来一个警察问："我看你特眼熟，你是不是写《便衣警察》的？"雷蕾点头。"走！我送你！"

雷蕾不喝酒，却对警察破例，她平生唯一的一次醉倒，就是在公安部"金盾奖"颁奖会后和警察们一起喝醉的。那是《便衣警察》播映的当年，《人民日报》举办了一次"十年金曲88新星"选举活动。选票就是当日的《人民日报》。大陆共有24首歌曲参评，其中不乏优秀歌曲，如《黄土高坡》《敢问路在何方》《血染的风采》等。雷蕾的《少年壮志不言愁》是参评作品中唯一的行业歌曲，却以225000张选票名列十年金曲榜首，比第二名整整高出了5000张选票。接着，《少年壮志不言愁》又获得公安部的"金盾奖"。这是"金盾奖"首次颁给音乐作品。

雷蕾经不住在场警官们的劝酒，醉了，周围的警察们更是喝得烂醉。醉酒的滋味不好受，那以后，雷蕾发誓，除警察外，她再也不和别人喝酒了。

其实那次就算不喝酒，雷蕾也会醉的。因为一曲《少年壮志不言愁》就已唱醉了满屋的人。警察们先唱，再请雷蕾唱。她唱一句，就有警察过来敬一杯酒，再唱一句，又有警察过来敬一杯酒。她不能不喝，因为那透明的汁液已不全是酒的成分了。

东方利剑(六)

音乐离不开民族命运

音乐是一门古老的艺术，是人们用来抒发、表现和寄托感情的。

在所有的艺术类型中，音乐是最抽象的艺术。然而，由于音乐的创作、表现和意义，都是在一定的文化和社会背景下产生的，而各种文化又都有其独特的音乐系统。所以，音乐又可以说是具象的。这就让我不难理解第二次采访雷蕾时她说的"我的歌有种悲意"了。

雷蕾1952年出生在北京，5岁时随父亲到了长春电影制片厂。她的父亲雷振邦是著名的电影音乐作曲家，1955年被调到长春电影制片厂任作曲后，谱写了百余首电影歌曲，包括《五朵金花》《刘三姐》《冰山上的来客》《景颇姑娘》《芦笙恋歌》等。"文化大革命"中，她父亲被点名批判，并关进牛棚。她当时12岁，与母亲和哥哥都被株连，心灵受到很大伤害。在低人一等的压迫下，她长到成年，下乡当了3年知青后，被抽调到一个煤矿当了6年工人，后又到另一家工厂做工。

不管命运多残酷，她一直守着音乐，或者说，音乐一直陪着她成长。耳濡目染，不学以能。音乐是从小就根植在她心里的。恢复高考那一年，在父亲的鼓励和帮助下，她考取了沈阳音乐学院。

雷蕾的第一个作品，是为《天安门广场诗抄》里的一首名为《花下诗》的诗谱曲。那年她大学还没毕业，《花下诗》的背景是1976年"四五"天安门事件，这让她的处女作充满了悲意。这年的1月8日，周恩来总理逝世，全国人民无比悲痛，广大群众以各种方式寄托自己的哀思。但是"四人帮"一伙竭力压制群众活动，人民群众忍无可忍，利用清明节缅怀革命先烈的传统风俗，从3月底开始，自发地集合到首都天安门广场，在人民英雄纪念碑前敬献花圈、花篮，张贴传单，朗诵诗词，发表演说，抒发对周总理的悼念之情，痛斥"四人帮"的倒行逆施。4月5日，"四人帮"对在天安门广场的群众进行残酷镇压，制造了天安门事件。

而电视剧《便衣警察》的背景也是"四五"天安门事件，《花下诗》的悲意在《少年壮志不言愁》里延续，也就很自然了。

说到悲意，雷蕾自然联想到她父亲年轻时代，曾把中国古曲《悲歌》改编成管弦乐的曲子，这是雷振邦公开演出的首部作品。我无缘欣赏大师的《悲歌》，但从曲名推想，《悲歌》里的悲意是不可或缺的。从《四世同堂》到《便衣警察》再到《渴望》，雷蕾作品里贯穿的悲意，应该与他父亲作品里的悲意同源。那悲意契合警察的职业特点，也与我们中华民族的苦难历史天然暗合。

雷蕾创作《少年壮志不言愁》是在1987年，由此上溯50年，是抗日战争全面爆发的日子；再由此上溯20年，第一次世界大战期间，中国向欧洲战场派出14万劳工，然而，一战结束，作为战胜国的中国仍被宰割。再由此上溯70年，是《南京条约》英国割占香港岛时期……

中国的历史就充斥着这样的悲意。表达悲意的最好方式之一是音乐，音乐的民族元素有时就是民族忧患。这样的音乐有冷然的清醒和超然的豁达，更有不变的激情和永恒的悲烈。这样的音乐飘忽缭绕于山河空间时，不会忘记脚下深厚而沉重的黄土地，以及黄土地上勤劳善良的人们。■

警察手记

> 哀叹纯洁美丽少女不幸遭遇，陡然顿悟，人生的一切福祸，都源于自己的魂魄贯通，一如春暖花开，云卷云舒。人世间风过水静，雨后天晴，福祸由心，你信不信？

祸福由心

■ 戴 民

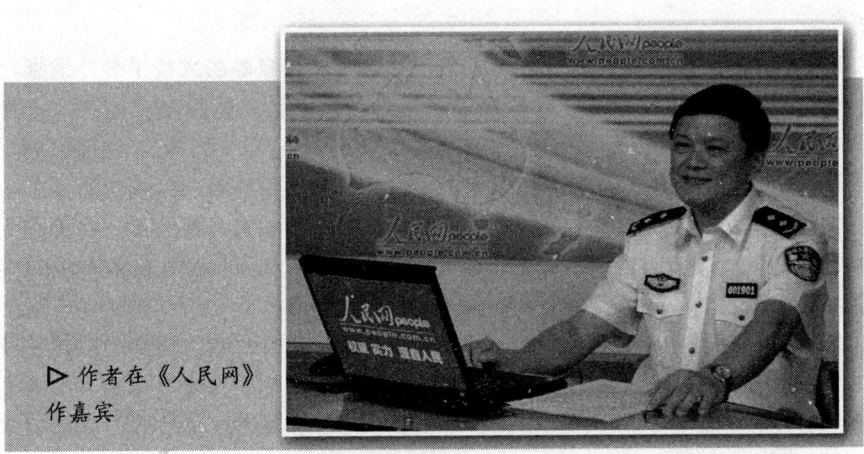

▶ 作者在《人民网》作嘉宾

一

除夕之夜，手机不停"叮咚"地鸣响，忙不迭浏览，那些制作精美的视频，或图文并茂的帖子，即便寥寥数语，皆来自亲朋好友预祝新年的祈福。围坐于除夕丰盛的家宴，心却一一遥寄至今还惦念你的人，我一直玩不来手机，只能随手编写同样祈福的字眼，忙于作礼节性的回复。此刻，内心别有一番感慨，唯有当下过年，才能缠绵于亲情，与好朋友互诉衷肠，祈福祝愿……

想想尔等还真有趣，生活多半坎坷不平，大凡过年不就图个吉利，讨个口彩，希冀将来年愿景托付于别人的一声祝福中？其实，别人的祈福即便填满了你的梦，而你的人生境遇也未必圆得了万般美好的祈福。可人就是执拗不化，假跨年良辰与当今互联网而"机"不可失，眯眼手翻，乐此不疲，互道吉祥。蓦然，想起20多年前的一个除夕，为了一个"倒霉"的新年祝愿，竟熬了一个晦气冲天的大年夜，不禁哑然苦笑。

那个除夕日，我将过不惑之年，在一个分局任刑侦支队支队长。早晨，支队办公楼人

东方利剑 (六)

声鼎沸，大家戎马倥偬，辛苦奔波了一年，难得聚在一块儿说逗趣笑。我照例巡视各个办公室，一来作单位节日安全检查，二来慰藉相濡以沫的麾下，午饭后，我索性将弟兄们"赶"回家，让他们早点儿回家与亲人团聚。留下几个值班的弟兄，我望着空荡荡的楼道，伴着零星的鞭炮声响，内心更显清寂与孤独。已然习惯于这样的年味，天命难违，总得有一行人以他们的方式守望过年。

公安机关素来是"清水衙门"，不像那些企事业单位，大过年的，各家多多少少都备些年货，犒劳员工大包小包欢欢喜喜地抱回家中，那是过年的一种风气。而刑侦人员忙碌一年，能够在除夕回家与亲人吃个团圆饭，就算是老天的"恩赐"了。支队领导们想着过年了，总得有个仪式感，别的单位发干货，我们就整个"精神抚慰"。赶上兴起BP机（数字信息机），上级机关为破案需要，特许给刑侦支队侦查员配备了BP机，支队领导酝酿好了，除夕一早特意打电话给信息服务站，请服务员万家团圆之时发一条祈福的信息，预祝大家新年快乐。

几近黄昏，别于腰际的信息机陡然发出一阵鸣叫，在寂静的大楼里分外清晰，本以为接警中心传来出现场指令，赶紧掌机翻看，指宽的屏幕上赫然跳出一行字，令我骇然失色——"除夕即将到来之际，提前祝您及家人新年不快乐！"我惊讶，继而愤懑，肚里一顿怒骂，捣什么鬼？这还了得？下意识朝前挥拳，浑身不由震颤。偏偏这时桌上电话铃声骤起，电话那头传来分局指挥中心指令，辖区浦东杜行某村有人报命案。仿佛劈头被人浇了一盆冷水，霎时盖过之前的恼怒，命案警情如山倒，不由分说，急忙带着一帮留守的弟兄，飞车赶赴现场。

驱车接警路上，回想那条"无厘头"的祝愿信息，内心不禁自嘲，"霉头"还真让人触到"南天门"，咒你"不快乐"还真的就来"不快乐"，大过年的，居然出命案，难道天命有数而鬼使神差？世间福祸莫辨，神鬼至幽，好端端的心绪，搅成乱麻，唉，这是过年吗？岂不是过坎吗？一番胡思乱想，转眼就到了现场。

一到现场，找来了报警人。那是个中年模样的男人，脸瘦面净，神色端庄，穿着一身哔叽绒中山装，操一口京腔，估摸有点身份，我便注意问话的语气："是谁遇害？现场在哪里？"那人倒也不急不躁，声色平稳地回话："事情是这样的，我的外甥女失踪一天了，我怀疑她遇害了，便报警了。"闻讯我不免来气："既然是人失踪，怎么就报警说凶杀？大过年的，开什么玩笑？"谁知那人并不愧疚，语气反而生硬："是的，恐怕你们扫兴，马上除夕了，担忧你们会心不在焉，索性把事情往重里说！"我正欲发作，站在一旁的村干部忙在我耳旁提醒，说这位是失踪少女的叔叔，在北京公安部消防局任职，刚回上海老家过年，他怀疑侄女遭人谋害，担心你们不重视，所以就直接报了凶杀案。这时，失踪少女父母和一群村里的邻里围上来，呜呜咽咽，呼天抢地，仿佛当真发生过不测之凶，我的心顿时软了下来。除夕将临，做父母的突然失去爱女，谁不心急如焚？亲人的心情可以理解，我也不便再指责，既来之，则安之，不妨弄清情由，搞明白再走也不迟。

现场位于浦东杜行公路南侧一个百十户人家的村庄。杜行公路不过几公里长，西靠黄浦江，东边直通济阳路，平日人烟稀少，唯有黄浦江杜行轮渡站人来客往，方使这条僻静公路有些许人气。举目四顾，田野茫茫，这里民风淳朴，大都族姓聚居，鲜有案件发生。

农家人注重除夕祭祖，家家户户正忙着操持一年中最重要的居家祭礼。这村里人家多半沾亲带故，村里忽传卫家豆蔻少女莹莹下落不明，老老少少闻讯都神情恍惚，没有心情再料理年夜饭，纷纷帮着探寻失踪的莹莹，但始终不见其身影。

二

暮色四合，暗淡的夕阳渐渐隐没于西边清朗的苍穹，空旷无际的田野阡陌上，影影绰绰晃动着心有不甘而匆忙寻找失踪者的身影，呼喊"莹莹"的声音此起彼伏，悲戚和不祥笼罩着经年平静的村落。

置身其中，悠然的心头渐渐沉重起来。此刻，恍若忽见自家宝贝女儿，正用一双嗔怪忧伤的眼望着我，常年不着家的我，很少对女儿用心牵挂。多年刑侦生涯，一家人聚少离多，家如同一座驿站，至多歇歇脚，鲜有父女之间亲情交流，好像职业特性浑然让我不屑儿女情长。须臾，女儿那双眼睛又溢出温润怜悯的泪花，仿佛哀声于我，虽然女儿对我的缺憾从无怨言，但身为人父理当明白，人世间的亲情正是所有除暴安良行善天下一类人的基因，而这不正是人类所有快乐的源泉吗？别人家丢失了女儿，作为一个为民请命的刑警，岂能坐视怠慢？我脑海里急速翻卷起思索的浪花，沉浸于现场勘查和探寻。

卫家村坐落于杜行公路南侧，夹在杜行公路与一条人工开挖的河渠之间，逶迤数百米，呈矩形状一字排开。一条两丈宽的水泥路与河渠并肩，连接家家户户。莹莹家在村的西头。村庄周围没有商家和娱乐场所，农家孩子除了上学念书，深居简出，对一个生长于此而文静腼腆的女孩子，村子里的大人们谁也想不出她会平白无故地悄然无踪。

万事总有源头，我决心将寻找失踪少女的事当一桩命案来办。调查从人们最后见到莹莹的那一刻开启。

同莹莹最后见面的是同村3个小伙伴，时间在小年夜午夜十一时。是夜，莹莹应邀去村东头姨家，约好与3个伙伴玩麻将。散局时，莹莹最后离开，小主人送走莹莹，插上门栓，少顷，闻得屋外一声惊叫，小主人胆怯，足有半晌才悄悄打开堂屋大门，朝夜幕中探头张望，只见一弯明月悬挂于夜空中，微弱的月光泻在自家菜园里，小主人不敢孤身往外，依着门轻声呼喊："莹莹姐！莹莹姐！"并未听到有人应答，未作深想，小主人以为莹莹早已沿着门前水泥路回西边家去，也未惊动家人，顾自回屋入睡。

莹莹的叔叔据此怀疑，莹莹说不定遭到早已潜伏此处的歹徒的袭击，那声惨叫便是明证。报警之前，他就对此处屋前屋后细致踏勘，并在屋前菜园垄沟旁觅得一枚纽扣，据莹莹母亲辨识，这像是过年为莹莹新制花袄而亲自缝上的一枚纽扣。

莹莹年方十五，面容姣好，又聪慧端庄，比同龄女孩儿早熟。莹莹叔叔把这粒纽扣交到我手上，口口声声对我说："村里人都知道小姑娘长得漂亮，如果小姑娘不被是坏人半路劫色，深更半夜还能去哪儿？你们可得当回事，怎么也得给一个交代啊！"

一个行止端庄的农家少女迷恋"雀牌"，居然还玩至深夜，我正犹疑，莹莹叔叔似乎看出我的疑惑，忙在一旁开释："平素，农家人夜晚鲜有娱乐，就爱聚在一处搓个麻将，小孩儿们灵性好奇，一看就会，时而凑个热闹，但平时上不了桌面，大人们管束着，生

东方利剑 (六)

怕他们玩物丧志。只是过年了，大人们想让孩子散散心，昨夜小年夜，大人便准许孩子们凑个局，玩了一晚上。"

我把另外3个孩子唤到现场屋内，详细询问昨夜玩牌的情景。

4个孩子玩的是"跌倒胡"，当地人俗称"垃圾胡"，一对子，四组合，每个组合三张牌须连接，13张牌启张，不管是筒、梭、万、字，契合完整14张即为赢家。当夜，孩子们桌旁还放着"分、角"钱币，村里人管这叫"小彩头"，吊吊玩牌者的趣味，孩子们好胜心尤强，遂玩得兴致勃勃。

我环视孩子们玩牌的那间堂屋，中间摆着一张八仙桌，桌子四周置有4张长条凳，房顶悬着一盏无灯罩的"赤膊"灯泡，那灯泡几近桌面，足有80瓦支光，4个孩子伏在这张八仙桌上，神情专注，整整"鏖战"了5个小时。

我随即跨出堂屋来到庭院，旁边整齐堆放着一人高的水泥预制板，显然那是主人为自家翻造新房所备。庭院的小路正对着村里那条水泥路和并行的河渠，水泥路旁栽有一排榆树，繁密的枝干遮盖于水泥路上方，这条东西向的水泥路是村里人的唯一通道，是莹莹回家的必经之路。

回过头来，我细细端详捡拾到可疑纽扣的那片菜园，菜田和垄沟觉察不到杂乱无章的脚印和厮打挣扎的痕迹，但在靠近堂屋那头预制板角上，我却发现了几根不起眼的毛发和微量的血迹。我脑海飞速盘桓起来，陡然，一个不祥的假设占据了我的思维。我努力克制自己的揣测，经验却不由自主地将我导向那个古怪而可怕的念头。

我将信将疑回头将目光转向屋前那条河渠，虽值寒冬，恰逢这两天天朗气清，夕阳下的河面宛如一面镜子，静谧安宁，那河渠宽约10米，系人工开挖，连通西边的黄浦江，河面离岸约3米高，因人工开挖，坡度既陡且斜，河岸与水泥路也不足3米远，竟然没设防护栏。我沿着堂屋小径，来到河渠岸边，蹲下身子，俯身查勘，心却怦怦直跳，那一刻，不希望我的假设是真的，但眼前的情景不得不令我唏嘘不已。果真我发现此处河渠斜坡上明显有一道擦滑痕迹，连同一片倒伏的青草，在黄昏下依然可辨。

回到庭院，众人都将目光转向我，我体味到莹莹亲友们此刻的心情，在这万家团圆、普天同庆的除夕佳节，多么希望能再见到那文静可爱的农家少女啊！

那一刻，我内心极度难受，便委婉说道："如果我判断没错的话，我想告诉你们，我已知道失踪者的下落！"众人皆以惊讶且狐疑的目光望着我，群情急切。

三

我随即请求分局指挥中心调度一艘水上警务巡逻艇前来支援，约半个时辰，巡逻艇便驶进现场河渠。潜水员按我的指点，缓缓下水摸索，才一支烟工夫，打捞起一具少女的尸体。我急忙趋近查验，女尸衣着完整，双目微闭，两拳紧攥，鼻腔四周、嘴角边附着不少硅藻和淤泥；右上额有一处不显眼的擦痕，此外，裸露的体肤并无外伤。初步判断，死者符合生前落水而亡的特征。我吩咐让家属前来辨认，确认失踪者是莹莹无疑。

亲人们围着莹莹的遗体号啕大哭，他们怎么也不能接受眼前的事实，缠着我讨要死因。

警察手记

慎重起见，我通知法医到现场，将尸体移到附近的杜行殡仪馆。

使命使然，大年夜，万家灯火之时，一头是亲人欢聚，推杯换盏，一头却幽灵相伴，形同槁木。我同几个弟兄不得不待在殡仪馆尸库内，陪同法医对莹莹做尸检，进一步佐证我之前的判断。

离开殡仪馆，已然傍晚。我重回现场，一心想安抚死者亲属伤痛的情绪，话由莹莹的死因谈起。

我娓娓道出之前的推断：小年夜的傍晚，孩子们早早围桌玩牌，一盏晃眼刺目的灯泡悬在4人面前，个个全神贯注，紧张酣战，事前家长一再叮嘱，不可玩得过晚，直至夜深人静，孩子们才依依不舍罢手散去。莹莹最后跨出门槛，屋外，玄月当空，万籁俱寂，乍从温暖屋内走进冰冷的户外，莹莹身子不禁打起寒战，加之打牌久坐，仓促起身，不免头重脚轻，不出几步就一个趔趄，右前额磕碰于庭院堆放的预制板角上，顿时，一阵晕眩袭来，那一刻，她神志突然模糊，但仍撑着身子往前走，努力辨识眼前那条回家的水泥路。是夜，夜空晴朗，庭院前水泥路旁一排榆树在月色下斜影斑斓，遮掩了原本清晰可鉴的水泥路，而那条河渠却宛如一面明镜，在月光下格外扎眼，意识恍惚的莹莹误将河渠当成水泥路，径直向前跨步，没走几步便跌落在河渠斜坡下，周身不由滑向河里。那时，她"喔呕"一声，拼命呼喊，但为时已晚，万般无奈而失去鲜活的生命。

听完我对莹莹死因的推理，死者的亲人仰天长叹："哎，小姑娘是让阎王爷勾了魂，死的作孽呀！"我顺水推舟，做一番科普解说道："是啊，姑娘生前那一刻确实已魂不守舍。欲知，一个小姑娘，长久坐在硬邦邦的条凳上，浑身血气下沉，双脚浮肿，而双眸长时间受高瓦数灯泡强光刺激，霎时起身，头部势必晕眩，而户外天气寒冷，反差加剧，姑娘体质天生羸弱，加之趔趄磕碰，导致瞬间意识空白。人皆有魂魄，魂是意识层面的，主导人的精神，魄是体质层面的，支撑人的意识，所谓魂兮魄所倚，魄兮魂所伏，想必姑娘当时已精力不济而魂飞魄散，她不幸的遭遇是玩牌太累所致，这是血的教训啊！"

安抚好死者家属的情绪后，我如释重负，正欲收队，突然，我腰际上的信息机骤然响起，我赶忙阅读信息，上面是一段道歉的文字：由于服务员的粗心，误发了信息，我们深表歉意，再次祝你们新年快乐！已是大年夜了，紧张忙碌至此，早已将那条"不快乐"的"咒语"抛在脑后。

是的，干刑警这行，回回遇到血淋淋的现场，每每皆是疑案重重，大年夜居然还是在阴气重重的殡仪馆度过的，那条误发的信息倒是说出了真情：长年累月，干我们这行，确实直面"不快乐"，我们就是在"不快乐"中寻找"快乐"，又在"快乐"之后投奔"不快乐"，又何必在乎别人"祝你不快乐"呢？安之若素可能比重重礼仪更接近内心，这是因为风霜雪雨、刀光剑影的刑警生涯看似"不快乐"，却袒示着镌刻于心的使命，这种使命直通广泛的生命，苍生安平、世道洁净、生机盎然、天下无贼，这便是刑警引以为豪的最大快乐。

哀叹纯洁美丽少女之不幸遭遇，联想来来回回那些祈福祝愿，陡然顿悟，人生的一切福祸，都源于自己的魂魄贯通，一如春暖花开，云卷云舒，为什么还要费那么多口舌、熬那么多言辞？人世间风过水静，雨后天晴，福祸由心，你信不信？■

▌东方利剑【六】

爱车失踪车主悲痛欲绝，菜鸟破案引出离奇故事；
孤老太焚烧锡箔火险重重，户籍警侠骨柔情善解难题。
世相百态听老警娓娓道来。

派出所万花筒
——老警手记之五

■ 陆伟斌

△ 作者在钱锺书故居前

新"官"上任

天桥里弄管段民警小吴患重病已请病假半年多了，什么时候能上班还是个未知数。天桥里弄实际上成了"空白段"（没有正式管段民警的里弄）。那时警力短缺，一个萝卜要填好几个坑，所以又产生了另一个名词"连管段"。举例说明：小王是Ａ里弄的管段民警，

B 或 C 里弄没有管段民警，所里要求小王在管好 A 的同时，"连管"一下 B 或 C，B 或 C 就叫"连管段"。这是当时警力不足的无奈之举。实际工作中，民警对主管和"连管"还是有"亲"有"疏"的，对自己主管里弄的事往往主动、周到，对于"连管"的，就有点儿应付救急了。尤其是基础工作这一块，"连管"的往往不会像自己主管的那样去用心经营。

所以，居委会当然都希望自己的里弄是正式管段民警而不是被"连管"的。

天桥里弄又有些特殊。严格地说，它不是"空白段"，因为他们这里有民警，只是民警休长病假，这又等同于"空白段"。要命的是天桥里弄支部书记张阿姨是区人大代表，社会关系广，活动能力强，为了"空白段"的事逮着机会就"呼吁"。虽然对她的"呼吁"我们并不反感，因为她反映的是要求解决基层警力不足的问题，也是我们的心声。问题是她一"呼吁"，就会引起各级领导的"关注"，"关注"点又对准派出所，于是批示、电话源源不断，让所里应接不暇。

看到所长、指导员疲于应对，我又突发奇想了。

我说，我去兼天桥里弄管段民警吧。

所长满脸狐疑，问我是不是对内勤工作厌倦了。我赌咒发誓绝对不是，说我是为所里"分忧解难"，同时为了锻炼自己……

其实，我之所以要自讨苦吃去"兼职"，除了冠冕堂皇的理由外，还有一个深埋于心底的秘密，那就是自己野心勃勃的"文学梦""作家梦"。为了这些梦想，我需要"深入生活"，积累素材。虽然作为情况内情，我可以坐在办公室里源源不断地获取"素材"，但是"纸上得来终觉浅"。我必须像老人家《在延安文艺座谈会上的讲话》中要求的那样"到唯一的最广大最丰富的源泉中去"。而我眼下的"源泉"，就是里弄。

在我作出保证内勤外勤"两不误"的承诺后，所长勉强同意我去"折腾"一下。

指导员送我去上任前，已跟张书记沟通过。他们安排了欢迎会，气氛还算热情。但在热情背后，隐隐透露出些许不满和隐忧。我感觉至少有两点。一是对我的"兼管"心存芥蒂，认为就是个"连管段"，换汤不换药。二是对我"白面书生"的外表，有颇多顾虑。一直说他们这里是棚户区，"捣蛋鬼""老结棍""老野蛮"的，怕我对付不了。不过最终他们还是鼓励我"大胆干"，有什么困难会帮助我的。

新"官"上任三把火。面对里弄干部对我的疑虑，第一把火烧什么？怎么烧？这成了我一直在思考的问题。这个问题一直到我上任后的第五天，化为一起案件，呈现在我的面前。

力破首案

这天是星期四，里弄的"卫生日"。按惯例，所有里弄干部要拿着扫把、夹钳、塑料袋去各条弄堂检查、打扫卫生。我新来乍到，需要熟悉里弄环境，需要在居民面前亮亮相提高知名度，需要与里弄干部相互协作密切关系……总之，有太多的理由要求我参加这类的社区活动。所以所里这天的晨会我就请假了，早早地来到居委会。

张书记看我一本正经要参加他们的"卫生日"，脸上绽放出灿烂的笑容：小陆，你们"忙来西"的,你忙自己的去吧,我们人手够的呀……她嘴上这么说,手上却把一把夹钳递给了我,显然她是很希望我参加活动的。其他里弄干部也附和着说了好多客套话。从她们的神情和言语中我感受到了所有人对我参与她们活动的喜悦。

出居委会,兵分三路,我跟着张书记。一路上大家说说笑笑,见有垃圾,钳起放进马甲袋。我眼尖手快,大多数情况下,发现的垃圾都被我"先下手为强",免去了她们弯腰捡拾之苦。

23支弄口,有只泔脚桶。一位老兄正在玩投"弹"。他站在离泔脚桶3米远的地方,将一盆西瓜皮一块一块往泔脚桶里"投"。可他的水平实在太臭,十块皮有八九块投在外面。张书记看不下去了,大声说:黑皮,你这是做啥?倒个西瓜皮都弄在外面。快都捡进去。黑皮这才发现张书记在他后面"观赏",便快步走到泔脚桶前,把剩下的瓜皮哗啦一下子倒入桶里,然后一面说捡啥捡,乡下人会扫的,一面扭身要走。张书记说:现在爱国卫生大家都很重视,连派出所民警都参加,你还敢破坏……黑皮听到"民警"两个字,又给他扣"破坏"的帽子,赶紧回头来看,正好与我眼神对上,立马转过身去,一面说捡就捡,有啥了不起的,一面弯腰把那些"脱靶"的"臭弹"捡进了泔脚桶。待黑皮走远,张书记说,这个黑皮40多岁,刚刚找了个外来妹结婚,还是一副无赖的样子。今天要不是你在,他才不会这么听话呢。

怪不得张书记她们对我参与今天活动这么高兴,原来我的这身制服能"不怒自威",给她们工作带来便利啊!

一路上,张书记不断与居民打招呼。家长里短、鸡零狗碎之余,张书记还卖力地不断把我介绍给大家:这是陆同志,新来的管段民警,以后有事你们找他呀……还真有好几个人"有事"要找我:报户口啊、分户啊、玻璃窗被砸坏了呀……我一一记录在案,告诉他们我会尽早与他们联系解决的。

23支弄18号门口停着一辆崭新的自行车,一个中年男子正在细心地擦拭。仔细看,凤凰13型,我忍不住"哇"了一声。20世纪80年代,大家平均工资40来块,这辆车要卖一百四五十块。而且不是有钱就能买到的,还要有"路"。所以谁能拥有一辆,绝对是很"扎台印"(有面子)的。

张书记冲着擦车男子叫了一声"阿三"说:你只知道擦车子,门口这堆破烂跟你讲了几次了叫你清理掉,就是不清理。天热了,要生蚊子了,你快清理掉……阿三头也不抬地"嗯"了一声。张书记又说:这位是陆同志,新来的民警,认识认识……阿三勉强抬起头来瞟了我一眼,说:好好。又埋头干他的活儿去了。很显然,"凤凰"比"陆同志"重要。

离开阿三,我跟着张书记又转了几条弄堂,"卫生日"的行程进入了尾声。我非常庆幸自己参加了这次活动,收获满满:不仅自己的垃圾袋胀鼓鼓的"战果辉煌",更重要的是,第一次在里弄亮相,一下子认识了好多人,了解了好多事,取得了一个非常不错的开端。

就在我为自己取得的"可喜成果"沾沾自喜时,突然听到背后有人呼叫"张书记"。回头看,原来是阿三。只见他满头大汗、气喘吁吁地追上来惊呼:不好了不好了,我的自行车不见了……就一眨眼的工夫,没有了,不见了……我的全部家当啊……阿三悲痛欲绝,如丧考妣。开始他是对着张书记哭诉,突然发现了我,赶紧回过身来抓住我的手说:警察

警察手记

同志，我要报案，我的车被盗了，要破案，要帮我把车子找回来……13型啊，锰钢的啊！

张书记在一旁嘀咕说：刚才我叫你跟陆同志认识一下，你"假痴假呆"，现在知道求人来啦……阿三听张书记如是说，先是愣了一下，然后抽了自己一记耳光说：陆同志不好意思，刚才我只顾擦车子怠慢了你，你千万不要往心里去噢。我赶紧说：没事的没事的。你冷静点儿，咱们一起进居委会慢慢说吧。

听起来是一起盗车案件。

这天是阿三的厂休。一大早，他把自行车扛到门外，开始他每周一次的例行保养。正干得不亦乐乎，忽听正读小学4年级的儿子在屋里叫"肚皮饿"，这才想起儿子还没吃早饭，赶紧进屋去张罗。

泡饭油条，儿子吃得津津有味。吃完一抹嘴，背起书包，拔腿就走。

送走捣蛋儿子，外面还有个宝贝"儿子"等着他呢。于是收拾好碗筷，阿三重新出来，顿时大惊失色：刚才还停在窗台下的"凤凰"此时不翼而飞！他第一反应是快去找回来、追回来，于是像无头苍蝇一样在自家周围弄堂乱窜乱转，但一无所获。他想起刚才急着给儿子弄早饭，忘了给自行车上锁：完了完了，肯定被偷了，失窃了！他绝望地来居委会报案。

一辆名牌自行车，价值150元左右。这在当时算一起不小的案件，我按规定给他做了报案笔录。不巧的是，前一天，其他街道发生一起凶杀案，刑队所有人马都扑在那里"全力以赴"。我打电话给对口这里的刑队侦查员老董，把情况给他介绍了一下，他说：这起案件应该是顺手牵羊，估计现场也不会有什么有价值的痕迹……我们都扑在凶杀案上，这几天是没空来的。你先走访调查吧。等忙过这阵，我们再一起来查……

老董的话对我来说既是坏消息，又是好消息。坏消息是，刑队不来，意味着这起案件侦破概率下降。而小区案件不能及时侦破，管段民警会承受巨大压力。好消息是，老董让我"先走访调查"，给了我独立破案的机会。如果我鸿运当头，真把案子破了，一炮打响，新"官"上任的第一把火就算烧旺了。

面对机遇和挑战，我压力山大，又跃跃欲试。

其实，我在接到阿三报案后的第一时间，就对现场乃至整条弄堂进行了搜索。正如老董所说，并没有发现任何有价值的痕迹线索。

案情很简单。也许因为过于简单，反而无从入手。现场没有收获，与本案相关的各种因果联系也没有找到，"抓手"全无。最后剩下的就只有一个"法宝"了：群众路线。

我以阿三家为中心，由近及远、由内而外地开始了一家一家的走访之旅。

第一家是阿三隔壁邻居，女主人拎着马桶正要出门，见警察堵在门口，便问有什么事。我先自我介绍，然后说最近小区发生一起盗窃案……我还没来得及说明发生在哪里、失窃物是啥，她就指着阿三的家劈头盖脸打断我说："肯定是隔壁这只赤佬做的……"我惊愕，问她有什么根据。她理直气壮地告诉我：早先他家造房子，她家全力支持。后来她家想搭个"灶披间"，这个赤佬硬是一次次跑街道"戳壁脚"给"戳"掉了。所以她认定阿三是世界上"最坏的人"，只要是坏事，当然也就非他莫属了。

与被害人有如此深的积怨，带着如此严重的偏见，能从她这里调查到什么呢？我沮丧

东方利剑 [六]

地退了出来。

走访第二家，进得门去，但见屋内香烟缭绕，烛光摇曳，一位女子正襟危坐，手敲木鱼，口中念念有词，显然是位虔诚的佛教徒。我向她说明来意，她一脸惊慌，说自己是信佛的，且有心脏病，坏事连想都不敢想岂敢做？见她误会，我赶紧解释，问她有什么线索可以提供。她依然战战兢兢的，说没见到的事怎么能瞎说人家……罪过啊！最后还嘱咐我以后千万不要再去找她，称她只行善不作恶，弄得我哭笑不得。

第三家遇到个戴着一副深度近视镜的老先生，对我这个不速之客非常热情，又是递烟又是"看茶"，然后把我请到他家靠窗的两张藤椅旁，两人相对而坐。我暗暗庆幸自己总算遇到了个对警察上门超级热情的老同志。交谈中，老先生对我的自我介绍和来意说明听得非常专注，还不时地"你说""你说"地鼓励我。在我觉得该说的已说完之后，老先生意犹未尽，不断地向我提问，甚至"阿三"伤心吗、老婆骂他吗都问出来了。我觉得不对劲，明明是我来走访调查，怎么变成他来向我了解情况了？我不得不婉转地打断他，直接问他是否看到或者听到过可疑的事或人……老先生呷口茶，若有所思地从那天早上5点钟他去公园打太极拳说起……被他耗去四五十分钟时间，我总算明白了，老先生孤身独居寂寞无聊，我主动上门跟他"嘎讪胡"被他逮个正着……赶紧找借口脱身。到了室外，老先生还在后面追着招呼：常来啊，我等你啊，有事找我啊……我落荒而逃。

"群众路线"过时啦。我无精打采地对所长说。所长大骇，正色道："胡说！"我不服，把今天的遭遇诉说一通。所长听后缓缓地说：这只能说明我们群众工作做得不细不深啊，还要讲究方式和方法……这是一门艺术，要好好琢磨研究。又说，不要以偏概全，不能因为个别群众不配合，就否定整体……最后，他还分享了自己当户籍警时开展群众工作的一些往事。

牢骚归牢骚，走访工作还得继续。第二天走访的几户人家，其中一户遇到位姑娘，敲门进去她正在埋头读书，散落在四周的都是琼瑶的书。哦，原来是个"琼瑶迷"！我突然想起所长教我的"艺术"：从拉家常开始，从对方感兴趣的事说起……好在警校培训时闲得无聊读过几本"琼瑶"，便以此为题，跟她胡侃起来。我先肯定琼瑶的书"蛮好看"，后又指出它的套路：靓女会哭，俊男能吼，诗样男女，反派原配……我的一番"高深""精辟"的议论还真的把她给"唬"住了，她又是让座，又是冲咖啡，两人谈得颇为投机。谈到"火候"，我很"艺术"地把话题转到此行的目的上。她皱皱眉头说，这个真不知道。不过没关系，我替你打听，你等我回音。我以为她这是客套话，随便说的。不料第二天她来派出所找我，说弄口摆鱼摊的阿发知道这事。他说他亲眼看到的，但不肯说出是谁："你想办法让他开口就真相大白了。"她最后说。

"阿发，我是这里的民警，认得吗？"

正在吭哧吭哧刮鱼鳞的阿发抬头看了我一眼说："不认得。要认得你干吗？"

我被他冲得一时语塞，平静一下，又说："有事要找你谈谈。"

"没空。"阿发干脆利落。

"那我晚上找你。"

警察手记

"帮帮忙,我一大清早要去进货,晚上不要困觉啊?"

我牙齿咬得咯吱咯吱响。

回到居委会,我给休病假在家的小吴打电话,把自己的遭遇告诉他。小吴说,这小子,你得抓住他把柄,否则不会把你放在眼里的。然后他如此这般地给我出主意。

按照小吴的指点,我花了整整一天的时间,找"扁头""憨驴""狗屁"谈话。第二天阿发果然捧着一盒麻将牌来"自首"了。我先不接待他,说这要耽误他的"生意"。他哭丧着脸说自己"猪头山",叫我不要跟他一般见识,求我无论如何"放只码头跳跳"。我说"放码头"我不懂,坦白从宽,将功赎罪是我们的政策,就看你自己的态度了。然后问他,阿三的自行车是怎么回事?

这个呀……阿发见我绕这么大的弯子是为了问这个问题,一下子轻松得意起来:这个问我,算你问对人了。除了我,恐怕没有第二个人知道,说起来真是奇了。哈哈……阿发得意忘形地放浪狂笑起来。

阿发终于揭开了自行车失踪真相。这个困扰了我好几天的"斯芬克斯"之谜一经揭开,令我大失所望!

我垂头丧气地来到××小学,阿三儿子的班主任看上去像个高中女生,但一开口,却一下子杀了我的威风:"你是个实习警察吧?你一个警察这么冒冒失失找一个孩子谈这种事,难道不知道会伤害他吗?你以为……你以为……"看来这个班主任是个语文老师,又是反问句又是排比句,把我说得一愣一愣的。不过最后她答应帮我找阿三的儿子"谈心",把结果电告我。

当天下午,班主任来电话了,口气听起来很得意:"我说我的学生素质不会这么差吧,他根本不是为了销赃换钱。他只是想骑着玩玩,后来不小心撞坏了,他怕……所以扔进了苏州河……当然,我已经教育他了,保证今后不干了。"我真是哭笑不得,听她那口气,好像很为自己有这么一个不为换钱而"偷"车的学生自豪。

尽管我知道阿三不会喜欢这个结果,但我还是向他报告了"此案已破"的"喜讯"。

小赤佬……小赤佬……阿三讷讷自语了好一阵,之后就愣愣地看着我。显然他脑子受到了难以承受的强烈刺激,需要时间慢慢调整。

其实,我的感受不比阿三好到哪儿去。好不容易破的"从警第一案",结果却是个乌龙。从阿三家出来,在这绵长而狭窄的弄堂里转悠,我不知道该高兴还是该难过。

锡箔难题

虽然天桥里弄夹杂着一些石库门房子,但主体是棚户区,好多都是用木板、油毛毡搭建的。在棚户区做过的民警都知道,消防的担子很重。

来天桥里弄前,所长就提醒过我,说棚户区的消防是个难点、重点,你要花点儿力气。所以从一开始,我就一直关注这里的消防状况。通过一段时间的走访、排摸,我对这里的火险隐患有了大致了解。

东方利剑（六）

火险隐患不少，最让我头痛的，是16号里的陈妈妈。

陈妈妈年近七旬。我刚来时，她老伴张老伯还健在，我去过她家几次，与张老伯相识。他们有一个儿子，30多岁，从年龄推算，应该是中年得子。儿子快要结婚的时候，突然被外区公安局带走，后因犯走私罪被判刑。张老伯一怒一急高血压发作撒手人寰；已经领了结婚证尚未正式过门的媳妇也愤然离去。现在陈妈妈一个人孤零零地住在那间破落的棚里。

儿子不争气，好好的一家子，如今"家破人亡"。鉴于她家的特殊情况，我路过这里，总要上门去关心一下。

陈妈妈家的煤炉放在房间边用油毛毡搭出的一个"灶披间"里，边上堆放着生火用的纸、柴和煤球。一个动作迟缓的老人，在这样的环境里烧饭、炒菜已经够让我操心的了，而据邻居反映，她还常常一个人躲在家里烧锡箔、烧香、点蜡烛。

关于"灶披间"的安全问题，我去附近工地要了几块旧铁皮，把煤炉与边上的易燃易烧物分隔开来，大大降低了火灾风险。让我大伤脑筋的倒是烧锡箔的问题。

我来到陈妈妈家里，瞥了一眼面盆里没有倒净的锡箔灰烬，说："陈妈妈，烧锡箔啦？"我尽量使自己的语调平和些，但她还是有点儿惊慌，立即说："没……没有……锡箔不好烧的……迷信……我不烧的……"看她一副可怜巴巴的样子，我不忍心拆穿她，便说："这东西没意思，浪费钱，还很危险。"她不住地点头，连说"是的是的"。但后来邻居告诉我，以前，她做这些事，仅仅把门虚掩着，窗帘也不拉；现在好了，干脆把门关死，窗帘拉得严严实实。那腾越的火光映在窗帘上一闪一闪的，让人看了揪心。

我暗暗叫苦，这比以前更危险了！我多次上门做她的工作，每次她都答应得很好："不烧的不烧的。"但过后还是不断地烧。

那个年代，烧锡箔的人还不多。有，一般也就是在冬至、清明或者逝者的忌日烧一点。陈妈妈就不一样了。冬至、清明烧，平时也频繁地烧，无规律可言。如果换一个人，我或许会狠狠地训斥，可以想出许多办法来"治"她。但对于这样一个孤寡老人，我实在束手无策。我有时想，一个没有文化，接连遭受丧夫离子打击的老人，能够这么孤零零地坚持生活着，或许正是靠着这几页锡箔、几炷香烛支撑着呢。这样，我便愈感到这个问题的棘手。

我对她隔壁邻居说：你们帮忙照看着点儿，再发现她烧，就通知我，我来处理。

这天周末，我刚脱下制服准备下班，座机响了。陈妈妈的邻居向我告急，说陈妈妈门窗紧闭，烟雾不断地从门窗的缝隙往外冒……我赶紧重新穿上制服，借了辆"老坦克"飞驰而去。

"陈妈妈、陈妈妈！"我一面拍打陈妈妈家的薄板门，一面焦急地呼唤，"我是派出所的陆同志，你快开门。"随着我的呼叫，里面突然传出器物的碰撞声、椅子的翻倒声……显然陈妈妈因我的到来在"毁尸灭迹""破坏现场"。大约半分钟的样子，听到陈妈妈回应"来了来了"，然后房门打开，烟雾扑面而来。陈妈妈头发凌乱，满脸眼泪鼻涕。不知是伤心，还是被烟熏的。

"陈妈妈，你怎么又烧啦？这多危险呀……"我一面抱怨，一面搜寻她那只专门烧锡箔的搪瓷脸盆，但没找到。问她，开始她还想掩饰，在我的追问下，才指指床底下。顺着

警察手记

她手指的方向，果然有缕缕青烟在弥漫。我赶紧找了块擦布，撩起床单把脸盆拖了出来。盆里已浇过水，冒着黑烟，看上去火已熄灭，但拨开灰烬，下面仍有点点星火。

"你看，下面还有火星……要是死灰复燃，烧着床板，再蔓延开来，你的房子也保不住了啊。不仅你的房子，邻居家都要遭殃啊！"

也许我的话说得重了点儿，态度有点儿生硬，陈妈妈在一旁悄悄地抹眼泪。她一哭，我不知所措了，赶紧说：好了好了，也没出什么大事，以后注意点儿就是了。

我怕有火星飘落在哪个角落留下隐患，便彻彻底底搜寻一遍，顺便帮她把房间收拾干净。

一切停当，我也冷静下来。我想，今天有惊无险，逃过一劫，那明天、后天呢？反思自己原来的做法，一直是"堵"，想方设法制止她的行为，实践证明是失败的。那我能不能变"堵"为"疏"，想一个既能照顾她的精神需求，于我又安全可控的办法呢？

改变一下思路，调换一个想法，我豁然开朗。对，就这么做！

我跟陈妈妈说："你也别难过了，要烧就烧吧。这东西灵不灵的，反正也是你的一片心意，用不着瞒着我。"听了这话，她枯井似的眼睛里冒出了水，凹瘪的嘴角抽动了半天，说："你真好……真好……"

我又说："不过有一个条件，以后烧的时候，一定要先告诉我，我跟陈伯伯相熟，我跟你一起烧，他一定会开心的。"她愣了愣，抹着眼睛连连说："开心的、开心的，他一定很开心。"

从此，我担负起了帮陈妈妈烧锡箔的义务。

我只让她象征性地放几只"元宝"（锡纸折的）到火堆里，其他事全由我包了。即使这样，她也从来不肯坐着，伫立在那里，默默地注视着丈夫的遗像，像一座雕塑。跳跃的火光在她苍老的脸上涂上一层奇异的光彩，焕发出一种平时见不到的生命活力。我便想，或许，她在为儿子祈祷，盼他早日归来，母子团聚；或许，她在与老伴对话，向他诉说自己的哀伤和忧愁……这些都是很神圣的。我便也不知不觉地肃穆起来。

我帮陈妈妈烧了两年锡箔，她儿子刑满释放了。我把他从监狱里接回来，帮他找了一份工作，然后把烧锡箔的任务郑重地交给了他，嘱他好好工作、生活，好好侍候老人。他赌咒发誓说："一定，一定！"

本来，我不必再烧锡箔了，但遇到一些"大"节，比如清明节，陈妈妈逼着儿子来找我，一定要我去。为了不让她失望，我又帮她烧过几次。一直到我调离派出所，断了联系，我才彻底"金盆洗手"。■

东方利剑（六）

探访贾平凹的书房

■ 陈 晨

万事因缘，我信。

如果不是由于特殊的因缘际会，我不会来到贾平凹老师这个传说中的书房。之前，我从未奢望过要去拜访贾老师，我甚至已经订好了回程的票，但在接连几次误操作之后，原定的行程不得不延后。这个多出来的下午，犹如天赐。

贾老师的书房里很少见到书的踪影，最多的是各式佛像，瓷的、陶土的、铜的，半身的、全身的，把三个房间摆得满满当当。

贾老师的书桌，就安放在各式佛像的围绕之中。大大的书桌上，仅有一小块地方是空白的，容贾老师伏案写作。在佛祖的注视下，贾老师心地澄澈，抓笔有痕，每天坚持写2000字以上。就在这张书桌上，贾老师近期完成了50万字的《山本》。

我们饶有兴致地坐在这张写出了很多著作的书桌前，说要拍照留念。贾老师笑吟吟地说道："好嘛好嘛。"还指导拍照的伙伴选取合适的角度："你就这样子拍，左右留两尊佛像。"

日日端坐在佛像中间，贾老师身上也散发出佛性的气息，低眉垂目，宽厚慈悲，虽是功成名就的文学大师，却没有一点儿架子，平易得就像家中的长辈。

他跟我们握手，几位曾经见过的朋友他一下子就叫出了名字："见过的，见过的。"

我跟贾老师自我介绍："我是来自上海的女警。"他微笑着说："我看你不像女警嘛。"

我跟他合影，问他，照片好不好看？他笑，说，跟我合影你肯定好看嘛。

他招呼大家吃苹果："吃嘛吃嘛，这是我老家的苹果。"我拿起一个红红的苹果，咔嚓咔嚓地咬着，爽脆、甘甜，像咀嚼着陕南的阳光。

他招呼大家喝茶，茶碗很大，是过去家里用的饭碗，家常，随意。一时间，就像置身于陕南的某个农村小院，宾朋满座，满室春风。

▷ 作者（左）与
  贾平凹合影

他讲自己外出开会的情形，说穿西装就像穿着朝服，拘束，不自在。大家笑问他会不会扎领带，他笑："不会嘛。"

我们团团围坐在贾老师的周围，头顶上方，挂着一面贾老师亲自书写的匾幅，"耸瞻震旦"四个大字苍劲老到，是踮起脚尖追赶太阳的意思。面前，是一方木桌，木桌正中置一黑色巨砚，古朴端方。

这天，贾老师心情很好，主动提出给我们写字。

楼上，有一张铺着毡子的大书桌，是贾老师泼墨挥毫的地方。顷刻间，"无碍""三年学琴，精神寂寞""明月入怀""抱朴含真"等大字从贾老师的笔下缓缓流出。

轮到给我写时，我想都没想，脑子里立马闪过"一静出尘"四个字。我安静地看着这四个字一个一个从贾老师的笔端生长出来，拙朴，有力量。恍惚间，似乎这些字不是我自己主动想要的，而是来自某种神秘的谕示。

同行的伙伴捧着字，个个欢喜赞叹，每个人得到的字都是当下的心情，当下的感悟，当下的造化。

房间里这么多佛一定看见我们了。我想。

传说中，贾老师的书房因为摆放着很多佛像，来的人如果因缘未足会镇不住，心思邪佞之人会坐立不安，心胸狭窄之人会露出本性。但可能仅仅是传说而已。

东方利剑（六）

我拿到"一静出尘"四个字后，欣喜地拍给一个好朋友看，他是贾老师的同乡，也是得到过贾老师精心扶持的实力作家。有一年，贾老师来上海，两人曾联床夜话，聊到凌晨一点。那次长聊，他从贾老师身上汲取了丰厚的精神力量，从此更加发奋努力，写出了很多优秀的作品。看到贾老师在给我们写字，他说自己的书房刚刚装修好，能不能求贾老师题个书房名？

我答应试试。我把朋友拟好的"善书房""养善房"让贾老师帮忙选一个，贾老师说："就叫'养善房'吧。"提笔刚要写，又搁下，说："等他下回回来我给他写吧。"我只好跟朋友说："贾老师说等你回来帮你写。"朋友也坦然，说："好吧好吧，难为你了。"

遗憾间，贾老师已经替最后一个朋友写好了字。正要收笔，又招呼我："来嘛，那个谁的书房名我给他写吧。"

几分钟里，心情一路颠簸，从小心试探，到欣然同意后的窃喜，到被拒后的尴尬，到旁人指责后的窘迫，又到要求满足后的意外。当"养善房"三个遒劲有力的大字拿在手里时，我有些想落泪。

传闻贾老师从不赠字，今日得赠，已属难得，又代朋友求赠，更加不妥。但这位朋友幼年丧母，少年失兄，一路跌跌撞撞，从贫困的陕南乡村走出，辗转来到上海，不知饱尝过多少人的白眼。自从与他结识，我敬佩他的才华和毅力，待之如兄长，只要他求助，我从来不曾拒绝，总是尽我所能帮助他，我愿意作他在异乡的亲人和助力。

此刻，也如是。

我和朋友都不是物欲强烈之人，也许在旁人眼中，贾老师的字就是真金白银，但在我和朋友眼中，这是贾老师给予我们的点拨和加持。要涵养一颗善良的心，要在安静中超越凡俗生智长技。"善"与"静"其实一直都是长在我们心里的。

大概我这个朋友也是因缘俱足之人，所以贾老师才会又一次转念，满足了我的不情之请。

我上前拥抱贾老师，掩饰差点儿流下的泪。贾老师拍拍我，他是如此宽厚的长者，世事洞明，慈悲温和。

带着满满的收获和感动，我们起身告辞，看到书房门口有一行小字："我家主人在写书，勿扰。"小字憨态可掬，让人欢喜。贾老师最怕打扰，但我们又在不知不觉中浪费了他两个小时。

贾老师送我们到电梯口，那是他一直笑言的"村口"。电梯门缓缓关上时，看见贾老师仍在电梯口挥手。

回去的路上，我一直在想，此行最大的收获并非只是得到了贾老师的墨宝，而是悟到了要修一颗温柔坚定的心，俯仰无愧天地，行止无惧神佛审视。■

警察手记

在公安基层工作的日子

■ 江 雨

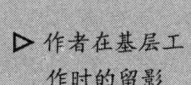
▷ 作者在基层工作时的留影

  在我的履历表上，1997年至2007年这段时间，我在河南最西部的一个七八线小城从事交警工作，担任的最高职务是副股职。当我以这样的身份随在部队工作的丈夫调往上海时，一位女同志当着我的面，一脸不屑地冲她的同事说："我们什么时候开始从外地调人了！"
  我是一个反应迟钝的人，当年对这句话的内涵我根本没在意，以为一个人从一个城市调往另一个城市，纯粹是嫁夫随夫不得已的行为。于是，到了新单位之后还跟我在基层出事故现场一样，主场意识很强，又开始了风风火火的工作。好在新同事和领导对我都还不错，没有歧视我这个乡下人，使我顺顺当当地在一个全国发行的公安文学杂志干了13年编辑，结识了很多良师益友，也学到了在基层永远学不到的一些新知识。
  14年后的今天，我才明白，当年那位女同志说那句话的潜台词也许是让我知道，我占了大便宜！
  不错，从多数人的眼光看，从小城市到大城市，人往高处走，这的确是个"便宜"。可有谁知道一个离开家乡的人有多少情不得已？谁又愿意人到中年连根拔起，开拔到一个没有任何根基的陌生城市？如果今天让我重新选择，我一定会回到小城再做一名随警作战的现场警察。
  回顾自己近30年的从警生涯，最怀念的还是二三十岁时在基层交警大队出现场的那些日子，那是一份真正能体现警察价值的工作。
  1997年，由于全国公安报刊整顿，我所在的三门峡公安报社停刊解散，我被调到了陕县交警大队办公室工作。当时作为队里唯一一个扛录像机、照相机的人，随警作战，一直是我的一项重头工作。为了做好这项工作，我很快学会了开车，拿到了驾照。
  1997年冬天，也就是我调到交警队的第一年，豫西地区连续下了一周的暴雪，造成了310国道陕县段60多公里路面12昼夜大拥堵，当年还上了央视新闻。
  在这12天里，我们交警大队除留几个女同志在队里值班备勤外，其余男同志全警出动，上路疏导。因为我的工作性质，必须与男同志并肩作战。在零下20摄氏度严寒下，我克服生理期的种种不适，在冰天雪地里坚守了12天12夜，摄录下了很多珍贵的感人镜头，并在通车后立即与市电视台联系，在电视台和市局宣传科的帮助下，连夜制作出了交警队第一部

东方利剑 (六)

专题片——《为了国道的畅通》,第二天就在省、市电视台播出了。因了这项工作,陕县交警队当年被评为"全省公安系统宣传工作先进单位",我也受到了省厅的表彰嘉奖。

自从扛上了录像机、照相机,最让我感到不适的是出事故现场。

1999年7月31日中午,310国道陕县东段发生一起特大交通事故,一辆中巴客车与一辆大客车迎头相撞,造成11人死亡、22人受伤。

这是我第一次到现场拍摄死伤这么多人的交通事故。现场的惨烈程度远远超出了我的想象。中巴车上9人当场死亡,有5人从车里飞了出去,身首相离。一个6岁的小男孩,身体挂在一棵树上,而头却在离树十几米远的国道上,那稚嫩惊恐的表情我至今记忆犹新。当时在现场,有几个新入警的民警负责清理尸体,他们吓得腿都软了,不敢靠近,被刑警出身的大队长连吼带骂加拳脚齐上,算是被逼出了士气,一个个冲了上去,最后血水和汗水把他们的警服都浸透了。我用录像机和照相机记录下了这些新警勇敢面对惊悚场面的过程。

可是,当9具尸体盖上白布排成一排摆在我面前,让我掀开白布依次拍录下他们最后的遗容时,对我的挑战来了,我有种共产党人奔赴刑场的感觉。作为一名女警,说不害怕是假的,为了不让自己被吓倒,当时我调好录像机,取下了我的近视眼镜,我用这种自我保护的方式完成了现场任务。处理完这起事故很长一段时间,我都会做噩梦,甚至出现了惊恐发作的症状。

后来拍摄的事故多了,才慢慢地走出来。

2000年夏天的一天凌晨,在209国道陕县段发生一起特大交通事故,一辆小面包车追尾一辆货车,造成面包车上夫妻和小舅子三人当场死亡。事故原因主要是凌晨视线不好,面包车超速行驶。当时先期出警的事故股和中队民警已从老百姓那儿找来草席将3具尸体盖了起来。因为死者面目狰狞,同事怕我受刺激,在我拍摄之前,让我深呼吸,做好准备以后再掀开草席。我淡定地说:"没事,经历了1999年那场事故后,再拍摄这样的事故已经不害怕了。"这起事故拍了很多近景照片,后来还制作了专题片和宣传版面,老百姓看后无不为之震撼。之后每年,我都会把重特大事故制作成宣传版面,在农村有大的集会时下乡进行展览,发挥了一定的警示和宣传教育作用。

还有一起让我特别心痛的事故,如今想起来仍旧很难过。

2001年春节前夕,一个住在娘家快要临产的孕妇,坐着一辆跑乡道的小中巴客车回婆家,没想到在一处山路转弯处,车辆因刹车失灵翻入了40多米深的沟里,孕妇头部受了重伤,昏迷不醒。因为事发地点在山路上,救援车辆根本进不去,我们只好找来担架把孕妇从沟里一步步往上抬,最后抬到了路面的救护车上。遗憾的是,送到医院不久,孕妇和胎儿就停止了心跳。第二天早上我去事故现场录像时,山里云雾缭绕,如仙境般美丽,谁能想到昨天晚上这里刚发生一起一尸两命的事故。后来,每当我看到相机里这个孕妇在冷冻室的照片时,就心痛不已,我一直在想,如果我们当初救援能再快一点儿,也许能保住一条命吧。

还有一起发生在2002年冬天的事故,也常常在我脑中挥之不去。在310国道陕县石壕村(杜甫《石壕吏》中所描述的那个村)路段,一辆拉沥青的车因下一陡坡时刹车片断裂,司机只好打方向盘将车冲向了国道旁的麦地里,可能卡车的冲击力过大,车里的热沥青流出来后把从驾驶室摔出来的3个人活活烧死了。我赶到现场时,刚开始大家只找到2个人,后来发现还有一个人,他被沥青冲到了麦田旁边的河沟里。当时三人的身体完全被沥青包裹住,

警察手记

烧得面目全非，惨不忍睹。死者为大，我们当时能做的就是把死者送到医院，给他们清洗一下，在家属到来前，让他们看到一个稍微好些的遗容。

为什么会有这么多的交通事故？因为我们管辖的310国道秦岭余脉60多公里的山路坡陡弯急，路面又窄，加之当时没有高速路，这一路段又是通往大西北的必经之地，日均车流量达两万余台次，遇到冰天雪地，由于坡太陡，车辆装上防滑链也走不了，只能待在原地硬等，因此一堵车就是几天几夜，直到冰化雪融了才能走，更别说交通事故了。每次值夜班，大家总会说一句："今天老天爷保佑，不要出人命事故！"

可人命事故几乎每隔一两周都会有一起，有的交通事故肇事逃逸案一时破不了，家属还会带领全村人把尸体抬到国道上，堵路收费，给我们施加压力。而且这种有组织的行为发生过多次。为了治理当地的这些恶习，局领导让我穿上便衣以电视台记者身份进行现场取证，以便为后期抓捕提供证据。2002年夏天，我在一次现场录像中，被一村民识破身份，遭到村民围攻。为了保护录像资料，我假装肚子疼，弯腰将录像机扔给了便衣同事，同事抱着录像机飞速冲进了车里，开车就跑。我在现场掏出警官证，告诉村民："对于你们亲人遭遇的不幸，我也很难过，现在交警队正在全力破案，你们采取这样的过激方式逼迫警方是很不应该的……"

可是现场太混乱了，我完全听不到自己的声音，衣服也被他们扯破了。好在救援的民警张新峰及时赶到现场，他冲进人群硬是把我拉出了重围，而他警服的一只袖子却被扯掉了……

小张后来调到张汴派出所工作了，我心里一直对他充满感激。有一年下乡办事，还特地找小张向他表达感激之情，他还请我吃了顿饭。我和他也算是难兄难弟了一场，有机会很想再跟他见见面。

我这样的经历大多数在基层工作的女警都会感同身受。我想说的是，不是我们要强，而是自己担负的那份责任，无法放下不管。这时候就像打仗，由于警力的严重不足，无法让女警走开。作为一名女警，是不能把自己等同于一个普通女人的，甚至比一般男人要刚强，才能去胜任一线艰苦的工作。有时面对交通事故现场，看着幸存家属号哭的情景，没有时间去安慰，只能硬起心肠，收起眼角的泪水，处理事故现场，先抓紧时间把分内事干完。不管当事人多痛苦，都要尽快做笔录，调查事故原因，迅速清理现场，确保交通畅通无阻后，再去做家属的安抚工作。等忙完这些，回到家里，整个人就像散了架，可内心却在流泪，无法排解心中的感伤。

当年在基层工作时，是真的忙，忙得8年里没看过一场电影，没看过一部完整的电视剧，甚至没看过什么文学作品。每天的生活都跟打仗一样，战友之间亲如兄弟姐妹，感觉累并快乐着。

2007年，当我将要离开这座小城时，领导送给我一个特别的礼物，就是让市局警航队的直升机在空中巡逻时捎上我，让我在家乡的上空最后再看一眼母亲河和这个我生活了10年的城市。最后，局长还用他的专车让司机将我送上了飞往上海的飞机。

感恩感谢领导和同事们对我的深情厚谊！每次看到母亲河，我都会想念他们。

2017年9月的一个周末，我休假来到了已成为三门峡市一个区的陕县，与我们原交警队的老领导和老同事们喝了一场大酒，大家都非常怀念那段激情燃烧的岁月，感慨当年如果有高速公路，就不会死伤这么多人……

我为家乡有了高速公路而高兴，为老百姓能平安出行而欣慰。■

第一次出警

■ 李伟江

◁ 作者刚入警营

把"1·10"定为中国人民警察节,是对人民警察使命、担当和风雨历程的最好诠释。

风雨春秋几十载,在退休警察的脑海里,一提到"警察"这个词,就想到从警生涯的第一次出警——还没有"110"的日子。

1979年春,离开军队褪下军装,很不情愿地穿上警服,来到长宁公安分局。

在三区(长宁、静安、普陀)交界的沪西曹家渡地区的一个居民区任户籍民警。

清晰地记得复退办那个"老干部口音",年过半百戴着紫薯色罗宋帽,架着一副白边眼镜的女"领导"面无表情地训导:"组织需要你进公安当警察,去是必需的,若不服从回家歇着……"言下之意,不管你是否同意,这是唯一的路。

警察手记

虽然不是"吓"大的,但服从命令听指挥的"戒规"还是有的!

那个年代拨乱反正百废待兴伊始,曾经被砸烂的公检法机构正在恢复重建,警察的威信亟待建立。

一方面警察队伍大量缺员;另一方面响应者寥寥,警察这行当并不吃香,路人皆知工资只有 3600 个"小角子",没有其他的福利待遇,还有严苛的政审条件。

退伍兵正巧可以补上这个人员缺口,因此我进入了公安局。

阔别上海十年重又返回魂牵梦萦的故土,欣喜之情与新的梦想相互交织,开始了新的人生。

从山沟里来到既熟悉又陌生的大上海,看那些社会上流行的服装:喇叭形的裤腿、超短的裙子以及风靡的流行音乐,实在是搞不懂。明显感到了落伍,青年壮志总想干出一番事业。

那时全区人口四十万余,公安分局包括勤杂人员全部加起来约 500 警员。

一辆老旧的美式道奇吉普车,两辆侧三轮摩托车,两辆国产幸福牌二轮摩托车,手摇电话保持通信联络,这就是大城市公安分局的"现代"装备,硬撑社会治安的天下。

单警装备等于零,只有一身警服,浑身是胆雄赳赳。

若能配备一辆新自行车走马上阵,绝对风光无限——那是梦想!

当年就是这个条件。

转眼到了暮春的一个傍晚,华灯初上,派出所接到曹家渡商圈联防队的告急电话:23 路无轨电车被人为阻挡,人群聚集造成交通阻塞。

警情就是命令,容不得我多想,立即和值班民警骑上破旧的自行车心急如焚地赶往事发现场。

曹家渡本来就是商业中心,平常就热闹非凡,此刻是一片混乱。整条环岛马路人山人海,密密匝匝的人流挤得水泄不通。嘈杂的人群中夹杂着小贩的喊叫、妇女的尖叫,混浊的声浪在耳旁嗡嗡作响,一场不可预估的治安灾害事故瞬间就立体地呈现在眼前,一片无序状态。

从警不久从未见过如此场面的我,心立即悬起来;一同出警的比我还年少的女警也被眼前的场景惊呆了。赤手空拳,势单力薄,着急啊!

既要考虑自身的安全,又要以最快速度、最大程度地控制住事态。

城墙般的人群见到警察的到来没有让路的意思,当你是空气;表情各异,袖手旁观,不出钱看白戏和瞎起哄,唯恐天下不乱的大有人在。

反而是我们"求爷爷告奶奶"地口口声声"师傅、爷叔、帮帮忙好吗……",一边求助呐喊一边往人群中挤,也没人教你怎么办。

不合身的宽大的警服口袋中正好有一副手铐,这是唯一的警具。急中生智的我,掏出手铐用足力气大吼"闪开",手铐在我手中哗哗作响,拼命往人缝中挤,女警跟在我的后面……不知用了多长时间,终于挤到最前面。

原来是一个膀大腰圆的"醉鬼"酒后滋事全然不顾公共安全,拉脱电车辫子,躺卧在电车底下,人为造成交通阻塞。

面对警察的到来,全然没有畏惧感,嘴里依然叽叽哇哇地叫嚷:"我喝酒犯法吗……"

东方利剑（六）

还醉眼惺忪地诘问，"警察算什么，管我的闲事？"手中依然挥舞着酒瓶，非但不听劝说，反而翻身跃起上来抓我的警服，触发新的事端。

与醉汉打交道还是第一次，我感到无语。当机立断上前铐住他的手腕，醉汉身上滑腻腻的，加之反抗的蛮力，另一端怎么也铐不上。

钳制的过程中，双方在坚硬的柏油路面上来回翻滚，急火攻心、章法全无的我没学过擒拿术，只有年轻的始动力，彰显双方力量的比拼。此时此刻，多么渴望围观群众能助我一臂之力呵！

几个回合胶着反复耗尽我全身力气。为防止醉汉挣脱，在同行女警竭尽全力的帮助下将另一头铐上我自己的手腕，终于将其制服。

人群中爆发出异口同声的呼叫声，也许是对转危为安的赞叹，也许是对警察处置的欢呼。

书到用时方恨少，事非经过不知难。此刻我才发觉警帽早已不翼而飞，浑身上下被汗水湿透。

铐他的时候呕吐物弄得我满身都是，发出一股难闻的酸臭气。

看着自己就像从水里捞出来一样，浑身虚脱，骨头就像散了架，累极了。

押着醉汉返所时，围观群众自觉地闪开一条道，这时候走出几个热心群众帮忙维持秩序。路过的公交司机主动停车招呼我们上车，直驰派出所。

事后听说，人群散尽后地上的散落物到处都是，救护车都到了现场。

幸亏处置及时，否则后果不堪设想，小惩大诫于萌芽，处置突发事件就要强调一个"快"，杜绝衍生事件发生。

被我上手铐的小子不"服帖"，上告分局政治处。

此事非但没被表扬，还受到了批评，曰："手铐先发制人，下手过早，用错了对象……"

哦，口服心不服。

特殊时期过后，处在一个极端过渡期，治安手段软不拉叽，我这个年轻气盛不知天高地厚的青涩民警只能闭嘴，除非不想混了！

这件事对我的教育，影响深远、受益匪浅。

自此以后岗位几经变换，从户籍警、治安警、刑警、侦查员到社区警，工作中再也没有出现闪失。

吃了不少苦，受了不少难，走过不少坎坷，遇到不少挫折，从一个青涩警官步入圆满之日平安着陆，始终忠诚履职无私奉献，充满着对未来美好生活的憧憬。

老了、奔七啦，江河万古流，笑看长江后浪推前浪！

值此警察节之际，撷取一朵浪花，追忆过去的岁月。■

剑胆琴心

> 母亲那一代人都是在中华人民共和国成立之前，在战火纷飞的年代，冒着生命危险加入的共产党。我现在才真正理解他们那代人对党的忠诚为什么如此深入血液和骨髓，那是前辈为之奋斗的信仰，是他们的精神家园。

弥留之际的嘱托

■ 李 动

▷ 作者与母亲在嘉兴南湖红船前合影

一

2021年1月15日周五晚8时许，刚准备看热播的电视连续剧《跨过鸭绿江》的我，不放心地先给老妈打个电话，问她身体怎样。她声音微弱地说："不好，想喝水，但爬不起来。"

我放下手机，拿起保温杯迅即赶往疗养院。进门扶起老妈，给她喝了一大口水。她缓过劲来，吃力地说："看来我不行了，我走后把我的骨灰撒在大海里，还有，不要忘了给我交党费。"我安慰她说："老妈，你不会走的，你只是喉咙被感染，先吃些抗菌药，等星期一送你去住院。"

星期六清晨，尚未起床，姐姐来电告知："老妈拉稀，拉得被子、床单和裤子上都是。"我要赶去，姐姐说："别来了，有事给你打电话。"傍晚姐姐临走时，见老妈又拉稀了，便让医务室徐医生开了药。

星期天一大早，我匆匆赶到疗养院，听说老妈昨晚上厕所时摔倒了爬不起来，坐在厕所里一个多小时，艰难地打了铃，值班护工才赶来搀扶她上床。

东方利剑（六）

我叫来了主管小于，对她说："你们不是报评先进吗？材料上光说些套话怎么评得上？我妈是烈属，你们好好照顾她，这就是典型材料，到时我来给你们修改事迹材料。"小于听了很高兴，允诺今后一定特殊照顾老妈，这下我才放心。

老妈吃不下饭，中午只喝了一杯牛奶，便昏睡过去。傍晚临别时，我不放心，想让姐姐住下来陪老妈，但老妈坚决地说："违反这里的规定，还是回去吧。"临别时检查了一下老妈的裤子，又拉了一裤子。我与姐姐为老妈穿上了尿不湿，关照护工晚上多巡视，便与姐姐离去，晚上因担心老妈一夜未眠，随时准备冲向疗养院。

当晚，给九院郭医生发信息，问他医院周一是否有床位。郭医生很快回复，需要持7天内核酸检测才能住院。

星期一起个大早，与姐姐送老妈去就近的医院做核酸检测，午饭后急急赶到医院取了检测报告，直接送到九院。姐姐办住院手续时，老妈问东问西，我不耐烦地说："老妈，你就别操心了，跟着我住进医院就可以了。"

住进病房，我感慨地说："住院犹如蜀道难，难于上青天。"我对老妈说："这下你安心治病吧！"

翌日下午，我与哥来到医院探望老妈，见她话特别多，又嘱咐哥帮她交党费，哥一口允诺。回家途中，哥说："到这个时候了还惦念着交党费，这才是真正的初心。"我补充说："现在的年轻人没有经历过那个年代，很难理解他们的信仰和痴情。"

第二天晚8时，电视连续剧刚开始，突然接到姐姐电话，她哭喊道："不好了，妈妈大出血！"我嗖地站起来冲出门外，赶到医院大门前，接到病房赵医生的电话，他说："老人已经不行了，我们正在全力抢救。"

来到重症监护室，哥嫂与姐姐已在电梯口，赵医生解释说："心脏停止跳动，按照医学惯例，一般抢救15分钟如果没有恢复心跳，就宣布死亡，但我们医院是按压半小时，现在已按压了20分钟，是否还需要抢救？"我们坚定地答："抢救！"

赵医生进去后又出来告知："老人被按压了25分钟后，已恢复心跳和血压。"听罢，我们长长吁了口气。不久，郭医生从家里赶来，他进去后出来告知："病人出血1500cc，大脑缺氧40分钟，就是恢复心跳和血压，以后也可能成为植物人。"姐姐坚定地说："植物人我来照顾，恳求你们尽力抢救。"

一会儿，我儿子和外甥也赶来了，等到深夜10点多，哥让姐姐回病房休息，随时准备签字，又让我们先回去，他自己守在监护室。

二

回家躺在床上，想起母亲艰难坎坷的一生，禁不住泪如泉涌。母亲从小就失去了父亲，受了不少苦。外公是山东长清县鲁西南八路军扩军办主任，1940年夏夜悄悄回家办丧事，因汉奸出卖，不幸被日本鬼子抓获。鬼子将外公吊起来鞭刑，他坚决不吐露部队驻地，当夜被鬼子枪杀。

29岁的外婆得知噩耗后，顾不及悲伤，蹒跚地迈着小脚，抱着1岁大的阿姨，携8岁

剑胆琴心

▷ 外公的烈士
  证明书

的舅舅和7岁的妈妈逃亡他乡，沿路乞讨。母亲告诉我："饿得实在没办法，就到田里拔萝卜充饥。最后流落到徐州那个叫鹿湾村的河边草房里安顿下来，外婆给人打工来养家糊口。"

一年多后，闻听老家四台山上的鬼子撤走了，他们才回到了故里。外婆靠给八路军做鞋子、缝制军衣养家糊口，并送舅舅和妈妈进了八路军子弟学校读书。1945年春，外婆又送13岁的舅舅参加了八路军。妈妈读书毕业后，当了小学教员，并入了党。

1950年，在北京当兵的舅舅托外公的战友房伯伯介绍母亲进入了中国人民银行，不久，新政府成立了五大银行，毛主席的亲家张文秋出任中国银行人事室负责人，她见母亲年轻有文化，又是党员，便动员母亲随她去中国银行，母亲欣然同意。她见母亲年轻好学，星期天经常拉着母亲去她家石老娘胡同35号四合院里做客，并热情地留她吃饭，母亲便主动帮其做点儿家务。

1952年冬，银行开始了"打老虎"运动，被抓出来的"老虎"关在行里反省写交代，晚上轮到母亲值班，她坐在取暖炉前看材料，不知不觉睡着了。睡梦中身子一倒，撞到了身边的取暖炉，结果手被炉子烫伤，晕了过去。

那天张文秋也值班，她听到一声巨响后，进门发现母亲昏倒了，赶紧叫了值班的小车送母亲到医院治疗，故此，母亲手上留下了一块疤痕。看到疤痕，母亲就会想起远在北京的老领导张文秋。几十年后，母亲在电视里见到记者采访张文秋时，禁不住感叹："她这么老了！"我问她是怎么认识毛主席亲家的，她便向我讲起了这段往事。

1953年，母亲调入中国银行上海分行任团委副书记，后随父亲调入化工厂办公室。1958年，母亲在党小组会上给领导提意见，被批评者不顾母亲正怀有身孕，对其打击报复。每晚加班写没完没了的情况汇报。母亲心情压抑，寝食难安，对小生命的生长颇为不利。好在母亲从小吃过苦，磨砺了坚强的性格，为了我的安全出生，她强忍着悲痛，每餐坚持吃饱饭，最后受到了组织处理，调入树脂厂从事化验工作。

有一天，母亲见天原化工厂党委书记老史正在树脂厂内的草地上除草，便好奇地问："史书记，你怎么在这里除草？"史书记唉声叹气地诉说了自己给上级领导提意见，结果被免去党委书记，并被贬到树脂厂监督劳动。他诉完苦后，操着山东话大骂整他的上级领导。

母亲曾在中国银行担任过机要秘书，见过许多被整的人给更高的领导写申诉信，经领导批示后，通过重新调查，推翻了原来错误的结论，平反昭雪。母亲建议他说："你骂娘

东方利剑(六)

没用,还可能引来更多的麻烦,你不妨给市委柯书记写申诉信,只要领导批示,就有希望平反。"史书记受到启发后,拉着母亲来到饭堂的角落,与母亲商量如何写申诉信。一个多月后,他见到母亲后眉开眼笑地说:"房慧敏同志,你的建议果然有作用,昨天化工局组织处处长找我谈话了,撤销对我的错误处理决定,重新任命我到吴泾化工厂任党委书记。"史书记是13级高干,活了100多岁,还与母亲通电话联系问好。母亲在《解放日报》上看到他去世的讣告后,向我提起了这段往事,这是后话。

母亲为别人重获新生感到欣慰,但她自己的党籍问题却悬而未决,心情郁闷,她坚信自己是被冤枉的,委曲求全,以积极表现来争取组织的信任。1965年,母亲被评为上海市五好职工。

◁ 1965年母亲被评为上海市五好职工

母亲每天早起赶去菜场买菜,回家抓紧做好三个孩子的午饭,将米饭放在草窝里,上面盖上棉袄,荤素搭配的菜放在碗里盖好,再匆匆赶去上班。下班后疾步赶回家,赶紧做晚饭,吃罢晚饭又冲洗一大摞碗筷,起早贪黑,几十年如一日,像一台不知疲倦的机器。

我那时真不懂事,不知道为母亲分担家务,还不时惹些小祸,让母亲操心。有一次,与6号楼的小伙伴玩弹弓游戏,互射子弹,我刚打开他家厨房间后门,突然被子弹射中左眼,顿时眼冒金星,天旋地转,眼睛肿了起来。母亲接到电话后,立马从厂里急切地赶回来。马上带我到就近的天山医院治疗,医生检查后说:"眼白里有血块,好在眼睛不会瞎掉。"医生包扎后,配了眼药膏,母亲悬着的心才坠地。

1966年的一个秋夜,天上的星星闪着寒光,楼下门房间那盏昏黄的灯也闪着寒光。母亲熄灯躲在窗帘后,惊恐地注视着挨批斗的父亲,她眼不错珠地盯着造反派手上的军用皮带。只见父亲挂着大牌子低头站着,单位里的造反派用手指点着父亲的鼻子厉声责问,遭到反抗后,便声嘶力竭地用宽厚的武装带猛抽,父亲却像一头犟牛,木然不动。

母亲忍不住推开阳台门,冲到阳台上,对着楼下大声疾呼:"不许打人!"然而,这声音是那样微弱,是那样苍白无力。母亲匆匆穿上衣服,赶到市委告状,在那个发了疯的年代,市委领导也自身难保,谁会去听一个"反革命"家属的呼唤?

深夜,父亲接受完造反派的"革命行动"后,拖着疲惫受伤的身躯和受伤的心灵回到家,母亲边急切地掀开他的衣服查看伤情,边埋怨父亲:"他们问啥你就承认啥,好汉不吃眼前亏，干吗死顶？"父亲却用山东粗话骂娘。母亲知道父亲的犟脾气，不再数落。当她掀起父亲的裤管，发现膝盖因长久跪地而又青又紫时，便心疼地将自己御冬的棉袄拆开，拉出里面的棉花，在昏黄的台灯下，花了大半夜时间缝出了两个厚厚的护膝套。早晨给父亲戴上时，深情地说："戴上这个，以后跪地就好受些了。"父亲默然泪目。

母爱恩情，深重如山。我一岁多时，发烧至39摄氏度，母亲来不及请假，急忙送我到华东医院就诊。医院诊断为麻疹，下了病危通知书。斯时，父亲正在南京出差，母亲守在床边顾不上吃喝睡觉。翌晨，医生查房时，见她头发凌乱，一问才知她一天都没有进食。这位医生赶紧拿出饭票，让护士买来了两个馒头。母亲啃着馒头，泪流满面。

读小学三年级的那年冬天，母亲下班回家准备做饭，我告知她上课时脚冷。她关了煤气炉立马带我到天山一条街买了一双棉鞋，她告诉我："小时候逃难时，大冬天光脚穿着外婆做的小布鞋，冷得受不了。"

在部队当兵时，母亲想我了，特意请假到徐州机场来看我，给我带了什锦糖、奶粉、麦乳精等许多好吃的东西。为了练习英语听力和口语，我向老妈提出要一台收音机，她马上托人到第一百货，花了69元买了一台最好的红灯牌三波段收音机。我见战友买了一台三洋录音机，又向老妈提出买录音机，她及时寄来了250元。20世纪70年代末，这可谓一笔巨款，那时每月10元钱就够一人的开支。回上海探亲时，见老妈上下班两站多路，都舍不得坐公交车，而是来回走路，我才明白自己开口随便要钱，太不懂事了。我复员回到上海，母亲得知我已加入中国共产党，欣喜不已。

三

1980年，母亲朝思暮想的党籍问题终于得以恢复，从此，她犹如大病初愈，获得新生。母亲调入化工研究所办公室工作后，雍书记找她谈话，准备提拔母亲，她却为难地说："我的儿子还在安徽农场，想提前退休让我儿子顶替。"雍书记非常理解母亲的心愿，同意让儿子顶替。母亲怕夜长梦多，马上托人买了长途汽车票，连夜赶往大山深处。请假时，雍书记一再关照："山里有狼出没，千万小心！"母亲在山路上坐了十几个小时的车，饿了就啃冷馒头。终于来到安徽歙县，见哥哥骨瘦如柴，不忍心坐他骑的自行车，上坡时坚持下车走路。哥哥进入化工研究所时，连化学周期表都不懂。母亲鼓励他自学考大学，哥哥果然争气，通过苦学，一年后考上业余大学数学系。我复员三个月后，也考上电视大学中文系。我们在楼后底层单元里各自读书，每到午饭和晚饭时间，母亲便在厨房间，探出头来对着楼后，操着山东口音大声喊叫我俩的乳名："吃饭啦！"

母亲每天变着花样做好菜给我们补营养，恢复和强健了我们的体质，使我们哥俩昼夜苦读顺利地完成了学业。关键时刻，又是母亲出面找人，帮助我俩调整工作学以致用，发挥所长。哥调入中国银行上海分行信托公司后，专门从事信贷工作；我调入市公安局政治部从事宣传工作后，母亲反复关照我俩："千万不能收不义之财，不能辱没了你外公的英名。"我与哥为别人雪中送炭后，多次收到重金酬谢，我们商量后，都果断地退了回去。说句大实话，谁不需要钱，但君子爱财，取之有道。这都是母亲的深深教诲。

东方利剑(六)

母亲退休后,积极参加居委会党组织活动,以志愿者的身份做了许多琐事杂事。我结婚后,回家探望父母,她经常取出照相册、毛巾和笔记本之类的纪念品,说是被评上街道先进党员、"十佳"好妈妈发的,她虽然不在乎这些小东西,但看得出母亲很自豪。

◁ 1999 年母亲被评为"十佳"好妈妈

2019 年,母亲听说他从小带大的孙子也入了党,满脸的皱纹开成了花,欣喜地说:"这孩子是我看着长大的,也入党了,有出息了。让他好好工作,不要怕吃苦,要与大家处好关系。"

母亲住进养老院后,每次都委托姐姐替她交党费,户口迁到哥哥住处后,又不断提醒哥哥及时交党费。母亲还向我要党徽,我没当一回事,每次去探望,她反问我党徽带了没有。我不在乎地说:"你现在主要是养好身体,已经八十多岁了,戴不戴党徽无所谓。"在母亲的多次催促下,我终于找出了党徽给母亲送去。她凝视着小小的党徽,深情地说:"第一次戴上党徽才十几岁,那时入党不是为了发财升官,而是像你外公一样冒着杀头的危险入党。"

2021 年 1 月 21 日下午 2 时,母亲撒手西去,享年 88 岁。在告别母亲的仪式上,母亲身上覆盖着党旗,我想这一定是母亲的心愿。

我去医院探望 93 岁高龄的老父时,见他穿的蓝白条病号服上别着党徽。以前全家团聚吃饭时,我们议论有些干部的腐败和过去的一些失误教训,发几句牢骚,父亲便指责我们以偏概全,甚至大动肝火痛骂我们。母亲特别爱干净,吃饭前都要用开水烫碗筷,到餐厅用餐要用酒精棉球给碗碟消毒,天天洗澡,勤换衣服,似乎有点儿洁癖。她对党亦如此,特别反感有人厉骂共产党。我当时不理解父母为什么对党如此忠诚和痴情。

母亲突然故去后,我似乎一下子理解了他们这代人对党的真挚情感。外公 20 世纪 30 年代入党,为国捐躯;舅舅 13 岁参加八路军,15 岁入党;父亲 13 岁参加抗日,17 岁入党;母亲 16 岁入党;我是 21 岁入的党。说老实话,我是在和平年代入的党,入党的动机掺杂着复员后回上海找个好一点儿的单位,更利于今后的发展。而祖辈和父辈都是在中华人民共和国成立之前,在战火纷飞的年代,冒着生命危险加入的共产党。我现在才真正理解他们那代人对党的忠诚为什么如此深入血液和骨髓,那是前辈为之奋斗的信仰,是他们的精神家园。∎

去吕梁，见英雄

■ 许 平

△ 作家许平

一

念小学五年级时，躲在被窝里打着手电筒看《吕梁英雄传》。书是用两粒"大白兔"跟同学借的，只借一个晚上，第二天得还。现在说起，那本《吕梁英雄传》还在眼前：没有封面，书脊斑驳，内页也缺损了好多。

雄关险隘、旷古烽火、英雄辈出的故事就这么植入我心。向往从那时开始：去吕梁，见英雄。

这个庚子秋，参加"我们向着小康走——中国作家山西行"采风，吕梁，我来了。

二

　　是什么时候知道写《吕梁英雄传》的人叫马烽？

　　小小少年那会儿肯定不知道，少了封面又模糊了书脊，还因为仗"打"得惊心动魄，少年的我压根儿就没顾得上看作者是谁！

　　这天去马烽纪念馆拜见马烽先生。

　　四合院，马烽曾经的家，他的手稿、照片、奖状在那儿，还有窑洞他的炕上，他用的水杯在炕桌上等他端起……

　　马烽先生却坐在院子里的高背藤椅里跟人讲英雄的故事。他右臂靠着扶手，左臂抬于胸前，嘴边露着笑意。这天阳光很足，他微微眯缝着眼，我打开阳伞为他遮阳，直听到雷石柱、武得民、孟二愣、康明理把胜利的捷报传……

　　纪念馆的垂花门上有副楹联：历武从文谱就《吕梁英雄传》，怀乡恋土唱响山西好风光。一部《吕梁英雄传》将吕梁精神传扬，好一位英雄的作家。

三

　　蔡家崖，吕梁兴县的一个小山村，小得或许在地图上都找不到她。可就是这么一小块土地，却处处印着英雄的足迹。

　　当年晋绥军区司令部就在蔡家崖的一处院子里。毛主席1948年春天从陕北到西柏坡的路上，在这儿住了9天。毛主席住的窑洞里，一张床一对沙发一把摇椅，一张桌子一盏灯一支笔，都还在。这天我站在伟人的桌前，想象他伏案的身姿，不禁感慨万分。在这儿，毛主席写下了著名的《在晋绥干部会议上的讲话》，我是很多年后在《毛泽东选集》第四卷里看到的。还有《对晋绥日报编辑人员的谈话》，从事新闻工作的我，这天才知道，"我们的报纸也要靠大家来办，靠全体人民群众来办，靠全党来办，而不能只靠少数人关起门来办"，原来就诞生在这个院子里。毛主席后来再没回过这儿，却让《晋绥日报》名扬天下，诞生了常芝青、甘惜分、纪希晨等一批著名的新闻人。他的"党的新闻事业的使命任务是什么""如何在宣传工作中贯彻群众路线""如何改进报道策略和方法"等问题，已经过去70多年了，可是对今天的新闻舆论工作来说，仍然闪耀着光彩。

　　贺龙司令的窑洞紧挨着毛主席的。院子里的六角亭都说是贺司令所建，那么边上的六棵柳树也是他栽的吧？几年前，一位耄耋老人坐着轮椅进来，看到院里的柳树，激动得大声叫了起来："它还在，它还在呀！"老人曾是晋绥军区司令部的警卫员，从四川来，这天他满是褶皱的手摸着裂痕斑斑的树皮，泪流满面……

　　老人肯定记得，无数个黄昏时，贺司令会点根香烟在这坐上一会儿。老人在汉白玉石雕像前久久注目，战马上的贺司令威风赫赫，可是不见他的烟斗。他的烟斗去哪了呢？

　　贺司令在蔡家崖北坡村住的时间长，有12年。北坡村是晋绥分局机关旧址，关向应和晋绥边区干部也都住在这个村。院落整洁。不是我之前从资料图片上看到的那般简陋而零碎,想来近些年来时常有人整修和打理。院子里有枣树,枣儿红了一树,在秋风里摇呀摇。大红枣儿甜又香。影视剧和文学作品里,那会儿革命者在窑洞里商讨大事时,常有一个细节:笑得满脸菊花开的大娘,哗地一簸箕,将大红枣儿倒在炕上,吃吧吃吧孩子们……这么想着,耳边就有了金戈铁马声,就有了英雄凯旋的笑声。

坡上几棵酸枣树枣儿掉得满地红。坡下就是蔚汾河。蔚汾河绵延流淌着,很想问问它,70多年前饮马蔚汾河的英雄,今可安在?

晋绥边区革命纪念馆将这段历史展现,文字翔实,图片珍贵。晋绥军民以鲜血和生命铺筑共和国诞生之路的艰难和牺牲,很多是我不知道的。以至于我几次停步驻足,不仅感动,还有震撼。我看到英雄向我走来。天苍苍野茫茫,风吹草低见牛羊;白日登山望烽火,黄昏饮马傍交河……所有的故事都催我泪目,无论读还是看,心里都有悲壮感。此刻写到这儿,依然觉得悲壮。古来青史谁不见?70多年过去了,吕梁的英雄们,因了这些文字和图片而永在。

四

到碛口,已过下午5点。夕阳橙色,古道很老,满是皱纹。

感慨大自然的鬼斧神工,黄河在这刀劈变窄,挟大量砂石使其成"碛",凭黄河水运成为我国北方的商贸重镇。三百年的繁华载入明清史册,她有多富裕?有至今流传的民谣为证:"碛口柳林子,遍地是银子。一家没银子,旮旯里扫得几盆子。"

碛口跨晋陕、通蒙宁,自古为兵事要冲。到抗日战争,日军暴行,碛口惨案,英雄血洒碛口,为延安共产党八路军筑起一道屏障;解放战争期间,碛口人民建军工厂、衣被厂,为边区经济提供了许多军需物资!

1948年3月,毛主席、周恩来、任弼时等中央领导率领中央机关,由陕西省吴堡县川口村乘船东渡黄河,路居碛口,而后从碛口古道走出,经兴县、岢岚、繁峙,走向西柏坡。在西柏坡,毛主席指挥了决定中国前途命运的辽沈战役、淮海战役、平津战役,一年后他登上天安门城楼,高呼"人民万岁"!

碛口就此铭刻在了中国革命英雄史册上。到如今,在碛口的窑洞前,"毛主席东渡黄河纪念碑"下,多少后来人在那儿敬仰……

这天碛口天地之间一抹红色时,我们遇到了"黄土人"张旭峰。这位上过央视的画家和碛口古道不一样,年轻,酷而帅。我们惊叹他作品的寓意,无论木雕、石雕,还是油画,碛口的蓝天、高山、老房子、土狗、断壁颓垣、日升月沉,都在其中,每笔每画都刻录着一个故事。他说,在外闯荡了十几年,最终还是回到了碛口,黄土高原的文化才是他艺术细胞的根源,他要用艺术的方式,让古镇哪怕历经风雨洗礼,依旧可以闪烁出别样的永恒的光芒。好一个"黄土人",沐浴着黄河的风儿碛口的阳光,守望着一种文化精神,传承与责任,担当与士气,难道不是和平年代新时代青年的一种英雄之气概吗?

不觉中，夕阳下月亮升。夜下碛口卧听黄河的低诉，月亮阅读烽火英雄事……

当年毛主席走的是哪条古道呢？很想去走走。

五

蹚出一条小康路。车刚进吕梁界的时候，我就看到这条口号。便一路琢磨：为什么是蹚，而不是走，走出一条小康路呢？

在晋绥革命纪念馆面对吕梁英雄那一张张照片时，我思量，他们的后人过得好吗？

少年时的记忆，吕梁和沟壑纵横、土地贫瘠连在一起。来吕梁之前，古颜而苍凉是我对她的想象。却不料，高楼鳞次栉比，道路宽阔整洁，公园美丽宜人……目之所及，是一幅天蓝、水清、地绿、宜居的画卷。

这才知道，改革开放特别是党的十八届三中全会以后，吕梁人民扬英雄浩气，这些年，立产业兴教育，开山架桥建机场，易地搬迁助拔穷根，护工培训提高技能，生态扶贫增绿增收……吕梁发生了翻天覆地的变化。

吕梁是红色的。"革命战争年代，吕梁儿女用鲜血和生命铸就了伟大的吕梁精神。我们要把这种精神用在当今时代，继续为老百姓过上幸福生活、为中华民族伟大复兴而奋斗。"习近平总书记视察晋绥边区革命纪念馆以来，吕梁的红色旅游出现井喷式态势，全国各地的人们跟随领袖的足迹来到这儿。

晋绥边区革命纪念馆、"四八"烈士纪念馆、抗日和平医院旧址……太多的红色旅游经典景区，让吕梁的乡乡村村有了民宿，有了农家乐，有了列车，也有了笑声，更有了精气神儿；新建的医院可大可大了，湿地公园可漂亮可漂亮了；挣钱了，住上新房子了，买了私家轿车了，孩子得到更好的教育了……红色旅游扶贫，英雄的土地，继续着英雄的故事。

这天站在红色一条街上，看到几辆大巴驶来，顷刻间，来自五湖四海的游客让大大小小的商铺变得热闹又繁忙起来。

不禁感慨：蹚过河流，蹚过泥淖，蹚过贫穷，走上小康路。一个"蹚"字，用得何等妙啊！秋阳下，吕梁层林尽染，绚烂缤纷。吕梁人民的英雄史，过去的，现在的，葱葱郁郁，斑斓地描绘着吕梁大地。马烽先生若在，他会不会写下《吕梁英雄新传》呢？■

在红船旁宣誓

■ 戴 民

△ 作者在南湖烟雨楼前留影

1976年元旦,一列载着上千名热血青年学生的闷罐子货车缓缓驶出上海北站,我在居中一节车皮里,紧挨着车厢缝隙往外窥视瞬间掠过的景物。蓦然,发现一处熟悉的地方,那是我时常出没的莘庄道口,列车无疑正往南方行驶。我们这些穿着一身崭新戎装的新兵席地而坐,既不准向带兵首长打听将往何处去,也不敢交头接耳,但脸上都洋溢着兴奋,仿佛每个人都在想:前方,除了未知,就是希望。

东方利剑(六)

  约莫过了两个时辰，列车停了下来，我们这节车皮里有二十多名新兵被召唤下车列队点名。我挺起胸膛，抬头瞅见车站棚檐下悬挂"嘉兴"二字的站牌，心头霎时跃出一幅熟悉的画面：入伍前夕，瞻仰兴业路中国共产党"一大"会址时，里面有一幅嘉兴南湖的旧照，那是一大党代表辗转此处续会宣告正式建党的地方。呵，难道我们将在中国革命"启航"党的诞生地开始崭新的人生？我不禁心潮涌动，脚底生风，随队大踏步迈向嘉兴一座军营。

  三个月紧张的新兵训练营生活转眼结束了，部队首长给新兵放了一天假。清早，我就徒步赶赴数公里外的南湖，急切地想去探寻心仪已久的南湖胜景。

  三月春早，南湖沐浴在金黄色晨曦下，微风徜徉湖面，波光潋滟，旭日已然唤醒湖中一方瀛洲，烟雨楼身披朝霞，敞襟抒怀，堤岸边一排垂柳舒袖曼舞，像极了这儿的主人正在热情招呼慕名而来的客人。

  乘渡船抵达瀛洲小岛，拾阶而上，兴冲冲寻找那艘曾经承载中国前途与命运的"红船"。此刻，眼帘中的"红船"，静静依偎于南湖岸边，成排柳枝难遮春光，缕缕阳光洒向"红船"弧棚，留下一片醉人的斑斓，"红船"依湖水微微荡漾，仿佛缓缓叙说着传奇般的经历……

  当年的"红船"虽经仿制，但在人们心目中，依旧神似原貌。

  仰望"红船"许久，抬头极目南湖，心灵须臾便穿越时空，在另一片烟波浩渺的湖面上，一艘看似悠闲的游船上，有一拨雄心万丈的年轻人，在船中激扬文字，指点江山，成就了一桩开天辟地的建党伟业。

  当兵入党是那个年代青年人向往的"镀金生涯"，而我正欲踏上这条阳光大道上，内心圣洁且顶礼膜拜，自然神往南湖这块"红色圣地"。入伍前夜，父亲作为一名老党员，曾语重心长再三嘱咐："儿啊，部队是座革命的大熔炉，你得听首长的话，好好磨掉你身上的骄浮之气，父母希望早日听到你的好消息！"我明白，父亲说的好消息，当然指的是他的儿子能早日成为一名共产党员。

  南湖归来，夜不能寐，尚处懵懂的我，怀揣世俗意念，恭恭敬敬地写了一份入党申请书，虔诚与渴望溢于字里行间，满心一切都该顺风顺水。

  军旅生活远不像舞文弄墨那般潇洒浪漫，一日作息，从起床、叠被、早操、洗漱到一日三餐、熄灯入眠，事事刻板严谨，连牙刷水杯如何摆置都得调教规范。军事训练更为紧张严苛，丝毫不容怠慢。军旅生活铁律一般，让一个惯常散漫躁动不安的年轻人多半失望而沮丧，日复一日，形同木偶，难道这就是我要的希望？

  部队像大家庭，一个战士举止萎靡，当然逃不过上级的眼睛，指导员找我"开小灶"谈心，先给我脸上"抹须膏"，肯定我率先向党组织表白向往进步的表现，然后不留情面地"刮胡子"，罗列了我身上几多臭毛病，讲了一大堆道理，唯有一句话刺痛了我的软肋："当兵，连部队最平常的规矩都受不了，你写的那些大话顶啥用？"是的，军人日常操守与点滴养成，蕴含着人民军队光荣历史，是鲜血与战火凝铸的规范，若自恃清高而不屑磨砺，何以融入这支队伍？指导员最后动情地对我讲："一个共产党员更是我们队伍中的一面旗帜，想成为其中一员，光凭热情是远远不够的！"

  躬身自省：自以为来自大城市，多少有些文化素养，对身边大多来自农村的战友生性冷淡，语辄呛人，厌多喜少。当新兵都想进步，农村来的战友表现直白，眼疾手快争做好事，最拿手的"项目"是"抢扫把"。部队那时还没餐桌，一班人围在一处，蹲地而食，做好事的生怕别人抢先，一番狼吞虎咽，接着舞起扫把，扬尘四起，细嚼慢咽的我，讥讽那些人只会撒"胡椒粉"，场面弄得十分尴尬。凡此，惹得战友另眼相看，背地里都称我是"学生兵"。

说实话，"学生兵"留给人的是聪敏伶俐的印象，但更多的是另一面：傲慢、圆滑、自私、怕苦，负面感观不一而足。而农村来的战友骨子里储有坚毅、率直、忍耐与刚强的天性，浑然是块军人的"料子"。较真比对，自愧不已。

反思使我顿悟：一个人适应环境容易，难的是自强自立，让环境成为自己生长的土壤，将命运牢牢掌握在自己手中。我体味到父亲作为一名老党员，送我进部队这座大熔炉让我好生磨砺的用心和深意。

"随风潜入夜，润物细无声。"四年多的部队锻炼生涯，渐渐磨掉了我身上骄躁的性子，说话办事也谦和沉稳多了，战友们料想我不会去"抢扫把"，却惊讶于我同他们"抢粪桶"——连里有几亩用来改善伙食的菜地，好几次都叫我率先拿到"粪桶"。我掏粪不嫌脏，浇灌不喊累，虽然熏得一身臭，却换来心里几多甜。每年我随部队下农场两次，酷暑天埋头插秧，顾不上蚂蟥缠足；寒冬里猫腰开渠，浑不觉寒风刺骨。尺短寸长，作为侦察兵，开展军事训练，"学生兵"的底子使我如虎添翼，勤学苦练加巧干，不到一年我就拿到两级技术能手。站在队伍里，无人再拿我当"学生兵"，俨然成为战友心目中一名合格的战士。

连首长都将信任的目光落到我的身上，任命我当连队文书，管百十号人的日常勤务。在此岗位上，我眼界开阔了，思维也活跃了，以为环境改变了，机会更多了，争取入党的愿望更为强烈。

同寝一室的指导员王金明看穿了我的心思，直言不讳道："入党可不是图光鲜，拿它做人生铺垫更不可取。你知道一个共产党员最重要的使命吗？"我一时语塞，没认真思考过，竟答不上来。"你慢慢会懂的！"王指导员怔怔望着我，欲言又止。

王指导员那个问题成为我心中的谜团，我一系列的表现还不够一个共产党员的标准吗？一次偶然的变故，使我豁然开朗。

那时部队正在郎溪野外训练，连里其他干部分别有事，只剩连长坐镇指挥，屋漏偏逢连夜雨，连长这时突然病倒，急送医院治疗。连部只剩下我和通讯员两个"小鬼"当家。下午，接到团部紧急命令，黄昏前，务必在一处山包上开掘一所掩体，作为团部前沿指挥所。军令如山，我临时召集各班排现场布置任务。一位老班长告诉我，此山头泥石混杂，土方量大，三个时辰欲靠人力挖掘根本完不成任务，办法倒是有一个，但必须爆破作业。使用炸药非同儿戏，连队没有这方面经历，我拿不定主意，万一有伤亡怎么办？完不成任务怎么办？我这小小文书怎么扛得了？大伙都眼睁睁地瞅着我，时间紧迫，也不知哪来的勇气，当即，由我斗胆定夺，实施爆破作业！话一出口，我有些后悔，感到肩上的担子沉甸甸的，便也上阵甩膀挥锹，拼命掘土，不慎掀翻了右拇指盖，钻心似的痛，但已顾不得包扎，直到顺利完成任务，团首长满意，悬着的心才放了下来。

东方利剑（六）

经历这回遭遇，解开了心中那个谜团，我觉得答案似乎就在其中：成就任何一项事业，得有人扛起责任，而那种舍我其谁的担当，彰显出个人无私无欲的襟怀，情愿付出乃至牺牲个人生命，最终才能将自我融入大我的格局之中，这难道不是一个共产党员的光荣使命？

1979年2月，对越自卫还击战打响后，我部奉命夺取老山。团部召开战前动员会，每个连队挑选4名战士上前线作战。会后，我口头向连长报名参战。连长李宏斌低声唬我："想清楚了吗？你可是家中独生子，打仗是要死人的！我和指导员商量过了，挑那个家里有几个男孩儿的兵去。"那晚，我翻来覆去想着，当兵打仗，天经地义，如果仅仅为了"镀金"前程，人岂不猥琐和耻辱？我翻身而起，扯了一大半床单，咬破右手食指，血书"请战上前线，接受党的考验！"并认真落下自己姓名。翌日，团首长闻讯感叹："这个上海兵还真不容易！"

连队宣布命令前，指导员郑重找我谈话："连队党支部决定，出征名单中没有你，但同意你的入党申请，批准你为中国共产党党员！"我既愧又喜，我一辈子都记得，1979年2月19日那个血色黄昏。

入党宣誓安排在南湖"红船"旁，在鲜红的党旗下，我庄严地举起自己的右臂，攥紧拳头。那一刻，灵魂再一次穿越时空，仿佛聆听到远处传来久违的清音：我们是一群这样的人，我们将从这里出发，意愿付出生命的代价，投身于崇高而壮丽的事业，最终找回我们自己。■

剑胆琴心

一个光脚穿布鞋的农村娃，能走进中国最大城市上海三甲医院，成长为一名医学博士专家，并走上主任岗位，其背后的原因是什么？是家乡临沂革命老区红嫂的精神传承，是共产党员的信仰支撑。

杏林春暖郭善医

■ 李 涵

△ 杏林善医郭善禹

一

郭善医者，郭善禹也。他是上海第九人民医院普外科副主任、主任医师，是20世纪90年代初上海第二医科大学毕业的研究生，两年后又考上医学博士生。一般的博士生大多是大城市里的学习尖子，然而郭善禹却是个来自山东的农村孩子。一个光脚穿土布鞋在田间长大的农村娃，能走进中国最大城市上海三甲医院，又走上主任的岗位，其智力和情商一定超群。

我带着好奇心采访了百忙之中的郭主任。脱下白大褂，郭主任身着白色衬衣，外套深

东方利剑（六）

灰色羊绒衫，可谓是帅哥，大眼、高鼻、国字脸，其面相与其名相符，面善；气质亦好，缘于长期读书修为。

郭善禹属马，20世纪60年代生人。山东临沂人，那是革命老区所在地。当年这里出过一个红嫂，她用自己的乳汁挽救了一位生命垂危的八路军战士，但临沂更多的老百姓是为八路军捐献大枣和小米，以及布衣和鞋子，甚至送儿子当兵去前线打鬼子和伪军，仅这个地区父母送儿去参军的就有十多万人。淮海战役胜利后，陈毅元帅感慨地说："我们共产党部队的胜利是老百姓用小车推出来的！"

革命老区临沂的老百姓是全国老百姓支持共产党救国的杰出代表，郭善禹的爷爷就是其中之一。他是沂南县革命老区的第一批党员，任党支部宣传委员。当年书写"打土豪、分田地""打倒日本帝国主义"等标语并到处张贴，而且积极参加斗恶霸地主，故此，地主的儿子向国民党军告密，爷爷等一批地下党员被偷袭抓进大牢。解放军部队解放临沂时，其爷爷等一批游击队员被及时救出，为了报答救命之恩，爷爷率全家和众乡亲冒着生命危险推着小车，将省下的口粮送往淮海战役前线支援解放军，为解放全中国立下了汗马功劳，确切地说，是血马功劳。

郭善禹天资聪颖，从小读书出众，加上性格和善，被选为班长。读小学三年级时，有天下午，老师开会去了，同学们在教室里自学。郭善禹抬头发现乌云密布，感觉将要下大雨，他果断地带头冲出教室，带领全班同学抢收晒在操场上的麦子。同学们来回跑了十几趟，把麦子堆满了老师的办公室，其间突然下起了瓢泼大雨，郭善禹的衣服被淋得湿透，第二天他发起了高烧。几天后，校长在大会上对郭善禹的行为给予了高度表扬，并宣布他为少先队中队长，请他上台领队举手向少先队旗宣誓。

郭善禹10岁就能自觉地做出如此举动，是潜移默化中受到了爷爷的教育和熏陶。爷爷从小给他讲红嫂和抗日，以及带领村民支前打仗的故事。在他幼小的心灵里埋下了爱党爱国，关爱布衣的种子。

爷爷多次叹息自己只是游击队，因年龄关系没有成为真正的军人，故此，郭善禹对军人有种深深的情结。

农村的教育水平远不如大城市，郭善禹之所以能考进医大本科，他比城里的孩子吃了更多的苦。他读书时不但没有课外辅导和书籍，20世纪70年代末至80年代初，山东老区还非常贫困，晚上做作业连电灯都没有，坐着硬板凳，趴在吃饭的桌子上，靠煤油灯如豆微光苦读。虽没有头悬梁、锥刺股，但凿壁借光、雪夜读书的情况时有发生。他坚持闻鸡读书，勤奋加天资，使他学习成绩在班里名列前茅。

1983年参加高考时，郭善禹填写的志愿是军医大学。向往军校是爷爷埋下的种子，那他为什么又报考医学呢？这与外公是个中医不无关系。郭善禹从小经常到外公的药房里去玩耍，见外公给患者开药，然后称各种奇奇怪怪的中草药，有时患者身无分文，外公就免费配药。他经常见到那些拿到免费配药和被治愈人的前来道谢，打躬作揖，甚至跪地感恩。外公悬壶济世的本领，受到了全村和四周邻村百姓的敬重，郭善禹为此非常自豪。

报考军医大学的分数线虽已过了，名额却莫名其妙地被换了，阴差阳错地被青岛医学院录取了。第一次放暑假回老家时，外公已是91岁高龄，他见外孙读医科大学，学的虽是西医，但他感到中医是祖国的瑰宝，应该传承下去，发扬光大。于是乎，他将自己摸索了一辈子的中医知识和经验毫无保留地传给了外孙。

二

1988年秋天，郭善禹医学本科毕业，被分配至临沂市中医院外科。倘若他安心在老家最好的医院给人看病，娶个好媳妇，生个娃，老婆孩子热炕头，一辈子不愁吃穿。但郭善禹有着更高志向，他不安心靠本科学历就如此混一辈子，故此，他白天工作，晚上复习，身边不断有人给他介绍对象，他一概婉拒，心无旁骛，潜心读书。1991年春，他"好高骛远"地报考了上海第二医科大学，即现在的交通大学医学院。老天不负有心人。三年寒窗苦读，苦尽甘来，如愿以偿。

梅花香自苦寒来。1994年秋，郭善禹研究生毕业，那时研究生可谓凤毛麟角，非常稀缺，医院与他一起毕业的研究生只有20人，除了口腔科10人外，只剩下10人，根本不用托人找工作，大医院都抢着要研究生，郭善禹被分配到上海市第九人民医院普外科。

刚上班不久，一天郭善禹值中班，深夜下班准备换衣服回去，突然听到走廊里传来妇女的号啕声，他冲出去看见是一位少妇正抱着昏厥的孩子在哭。年轻的母亲哭诉："刚打了青霉素。"郭医生马上反应过来是青霉素过敏，赶紧让护士给孩子打了一针解药，须臾，孩子"哇"的一声哭了出来，郭医生兴奋地说："好了，没事了！"年轻的妈妈抱着孩子不断地向他鞠躬叩谢。

1995年春天，一天下午2时许，郭医生正在急症室值班，几位工友扶着一位40来岁的中年工人闯了进来，说这位男子喉咙被一块金属片卡住了，随时有窒息的可能，危在旦夕，分秒必争。郭医生来不及戴上手套，拿起手术刀果断地切开了伤者的气管，及时解除了患者窒息的危险，挽救了一条鲜活的生命，也挽救了一个家庭。

救人一命，胜造七级浮屠。郭医生对于救死扶伤，有着深切的体验。他的家乡有条宽宽的河，名叫沂河。读小学时，有一年夏天，他独自一人下水游泳，河水湍急，没有及时抓住河边的柳树，他一下子被冲出100多米外，正感到绝望之时，突然有个大手抓住了他的头发，他拉着郭善禹的头发游到岸边，把他推上岸。郭善禹这时才看清救人者是小学退休老师。倘若没有这位老师出手相救，他早就夭折了，这不仅是他个人的悲剧，也是他家庭的悲剧，故此，郭善禹感到挽救人命是世界上第一等大事，什么事都没有救人一命重要。

三

救人性命，仅有良好的愿望是远远不够的，关键是提高自己的医术，有了更高的医术，才能挽救更多的生命，为此，郭善禹开始向博士进军。他边工作，边复习，1996年又报考了第二医科大学，老天总是垂青那些努力向上的人，他一考中举，金榜题名。读博士期间，郭医生加入了中共党员，从那一刻起，他发誓尽力挽救每一个生命。

三年后，郭善禹又回到原来的岗位，有了高深理论知识，加上长期实践，他成为九院

东方利剑 (六)

治疗乳腺癌的首屈一指的专家。他除了做手术外，每周两次看专家门诊，可谓门庭若市。

乳腺癌的治疗需要切除乳房，这对女性患者来说，要承受身体上、心理上的双重打击。众所周知，上海第九人民医院拥有全国顶尖的整形美容外科，郭善禹医生博士毕业后，学习和借鉴整形外科的先进技术，积极推进乳腺癌切除后的一期乳房再造，显著减轻了患者的心理压力，得到了患者的热情赞扬。而当时国外已经开始开展乳腺癌的保乳治疗，手术只切除一部分乳房，术后进行积极的放疗和化疗等，效果等同于乳房切除手术。郭善禹医生没有照搬国外的经验，而是根据中国人的特点，率先推出乳腺癌保乳切除联合一期乳房修复成形手术，取得了非常满意的效果，得到了同行的积极肯定和赞扬。

现在各大三甲医院普遍存在着供不应求的现象，专家少，患者多，每次求诊者鱼贯而入，医生连喝口水的时间都有限，患者焦急等待，医生不敢多喝水，怕上厕所耽误时间。故此，出现了医生几分钟草草打发患者的现象，也滋生了看病必须托人找专家的怪现象，只有托人，专家才会耐心解释和热心医治。

郭善禹记住了外公的嘱咐，有医术有医德的人，才能成为一名好医生。他感悟到治愈乳腺癌不仅要靠高超的医术，还需要靠心理抚慰。古人云：良言一句三春暖，恶语伤人六月寒。郭善禹看病很有耐心，不但对症开药，还注重心理安慰。专家的一句抚慰的话，对患者的心理有着良性暗示，有时医生的一句良言疗效胜过吃药。

郭医生看了成百上千例乳腺癌患者后，发现乳腺癌患者百分之九十以上有心理问题。因乳腺癌与内分泌失调有关，大脑垂体、人的情绪影响女性内分泌，导致中医说的肝气郁结，气滞血瘀，最终患上乳腺癌，而内分泌失调紊乱多是由心理问题引起的。为此，郭医生决定深入研究心理问题，他利用每个周末，自费一万多元进修了心理学，为的是给患者治病的同时，亦给予心理治疗，只有吃药治疗和心理治疗双管齐下，治疗才能达到最佳效果。当一些同行利用周末给人看病赚钱时，郭医生却花了两年时间进修，2017年至2018年自学心理学，考取了心理咨询师证书。有了更全面的医术，才能更好地救治更多的患者。

郭医生已是五十挂五之人，科室的同事都叫他郭老，离解甲归田时日不远。若是靠吃老本混日子赚点儿外快，日子可以过得更潇洒一点儿，他为何还要如此专研医学，自讨苦吃呢？

这就涉及行医观念问题。有了高超医术，没有医德，对于平民百姓的死活冷漠无视，这样的专家令人心寒，不会受到患者真正的感佩。

郭善禹敬畏生命，悲悯患者，对于每个乳腺癌患者都尽心尽力治疗，这缘于他对一个母亲深切的大爱。他认为挽救一个母亲的生命是重中之重。一个人失去了母亲是最大的悲痛，一个孩子失去了母亲更是一个家庭的悲剧。在老家考高中那年，郭善禹去参加县里的考试，要走十几里路。天蒙蒙亮，他顾不上吃早饭就匆匆赶考。考试刚结束，有位老师进来大声呼叫他的名字，告诉他："你妈妈在校门外等你呢，她说你没有来得及吃早饭就出来参加考试，特意给你送早饭来了。"郭善禹跑到门口，妈妈看到儿子后赶紧掀开小棉袄，取出里面热乎乎的煎饼，并从一层层毛巾里面取出水杯，煎饼和水还是热的。他望着母亲枯瘦的手拿着破旧的小棉袄，眼里起了雾。家离考场有十几里路，母亲走了这么多路就是为了让自己吃上一口热饭，喝上一口热水，母亲的爱深深地嵌入他的心底。

几十年后，郭善禹成了专治乳腺癌的专家，故此，他对于普天下的母亲，有一种特殊的感情。为了挽救母亲的生命，他不断地钻研治愈乳腺癌的医术，尽自己最大努力拯救一个个不幸身患绝症的母亲，使她们脸上重新绽放出天使般的笑靥。

有位红色史馆的女副馆长，不幸患了乳腺癌，她先到某肿瘤医院看病，医生提出先化疗再手术，但患者认为自己是过敏体质，不愿意化疗，便又改看中医吃了三年中药，病情没有得到控制，结果肿瘤长到了20厘米。患者八十多岁的父母陪着女儿来到九院看郭医生专家门诊。郭医生非常理解患者的痛苦和老人的心情，他明白患者已经处于癌症晚期，可以建议去内科治疗，但为了减轻患者的痛苦，改善其来日不多的生活质量，他决定冒险为其手术。先挖去两个巨大的肿瘤，并为其植皮，明显地缓解了患者的病情。郭医生术后又耐心地为她做心理辅导，耐心地解释化疗的利大于弊，晓以利害，动员其化疗。患者终于下决心化疗，效果甚好，改善了生活质量。她与病魔抗争了两年，因已是晚期患者，最后癌细胞转移至肺和骨里，还是走了，馆长受其家属委托送来了感谢信。

还有一位浙江女企业家患者，生意兴旺，家庭美满，孩子尚小，检查出乳腺癌后，她不相信眼前的现实，六神无主，精神崩溃。郭医生举了许多治好的病例，让其树立了信心。经过手术和化疗后，病情稳定，为了防止复发，郭医生又给予了心理治疗。他了解到这位企业家的父母对儿子特别疼爱，患者从小心里委屈。了解其病因后，对其做了心理疏导，分析每个父母都疼爱自己的孩子，可能对最小的男孩儿有点偏爱，这是中国重男轻女落后的传统观念，社会进步了许多，相信会慢慢改变的。患者的心理问题解决后感叹道："过去自己很要强，不服输，其实自己很软弱，生了大病才真正悟到任何事不要太较真，要随遇而安，顺其自然。"

从医数十年的经验，郭医生认为乳腺癌的发生尽管原因比较复杂，但情绪因素起着举足轻重的作用。现代心理学研究也认为，长期情绪不良会导致免疫功能下降。而祖国传统医学早就认识到情志导致疾病的道理，七情变化是重要的致病因素，而且有几千年丰富的诊疗经验。多年前，郭医生接到母亲病重的电话后，匆匆赶回老家，见母亲躺在床上呼吸困难，便扶起母亲，用手臂托着，见母亲难受的样儿，他恨自己学医几十年却对自己最亲的人回天无力，最后母亲在他的怀里永远地闭上了眼睛。郭医生返回上海后，决心钻研中医，他悟到中西医合璧，效果更佳。因为从小受到外公的影响，郭医生对中医有着很深的情结。他又报名参加中医班学习，坚持每天晚上学至12点，通过多年的自学和两年多系统的辅导班学习，2019年郭医生取得了中医药大学颁发的从医资格证书。

传统的乳腺外科技术、现代微创外科技术、整形美容技术、心理学、传统中医学……郭医生在医学这个广阔的海洋里不断汲取营养，不断地融会贯通，不断奉献给他所真心呵护的患者，奉献给他所钟爱的、不懈追求的、无比高尚的事业。

从小学到博士课堂读书固然重要，但要成为行家，还要靠长期的实践探索；要成为专家，更要靠长期的自学。有位学者说，一个人的成才都是靠8小时以外的业余学习；要成为大家，那就要靠天赋了。郭医生虽不是大家，但他已是位真正的专家了。活到了，学到老，是郭善禹的座右铭，也是一切科学和艺术的成功秘诀。■

人生最美少年时

（往事拾零之二）

■ 徐 麟

脚踏车

　　上海话把自行车叫作"脚踏车"，这种叫法似乎比普通话更加严谨、更加形象，此车非"自行"，脚"踏"也。

　　早年，上海滩的脚踏车主要有几种品牌：本地的凤凰、永久；天津的飞鸽；英国的蓝翎。这类车，坊间传说是用锰钢做的，很结实，能骑这类车的，一定是小少爷、老克勒什么的。脚踏车按个头的大小，分为28寸男式车、26寸女式车、加重车、跑车等。加重车主要是农民伯伯用的：挂上拖车，送菜到市区；挂上铁桶，拉泔脚水到乡下……它的一个显著特点是书包架长得特别大、特别壮。女式车的车铃小巧玲珑，声音相当柔和；男式车、加重车的车铃就显得比较粗犷。也怪，那时候偷脚踏车的人不多，偷脚踏车铃盖的人倒不少，所以，很多车主都会在车铃上装一个不锈钢的防盗架。

　　那年月，脚踏车算得上是一件奢侈品，谁家如果能有一辆，那可是太有面子了。年轻人结婚时的"三转一响"，自行车就是其中排行第一的那一"转"。人们很珍爱自己的脚踏车，比如，会用布条、纸条、塑料条为三脚架做件衣裳；会三天两头地替爱车擦身洗澡。上小学时，有个姓胡的美术老师，他兼任校乒乓球队的掌门，同时掌管着乒乓球房的门，经常地，我们要替他把那辆半新不旧的脚踏车擦干净，才能拿得到球房的钥匙。

　　学踏脚踏车，是小男孩儿很刺激、很开心的一种游戏。最初，因为个子小，坐上座垫后够不着脚蹬，只得踏"三角车"——右脚穿过三脚架踩踏脚蹬的一种骑行方式。自学成"才"后的一段时间里，踏脚踏车的瘾特别大。我差不多每天都会在楼下等着父亲下班拿车，父亲总会在交车的时候唠叨几句："别摔着，别到马路上去……"嘻嘻，前一句，绝对是心疼车，后一句才轮到心疼我。不过，车在手，父命有所不受，经常地，三四辆脚踏车会沿天山路经遵义路、玉屏南路、娄山关路一圈一圈地风驰电掣……晚上八九点钟结束撒野后，要开启一小截痛苦的旅程：把重重的脚踏车扛上三楼、安顿在走廊里。

　　服役时间，节假日的逛街、办事，常常会向家在驻地的战友借用脚踏车。一次，我向一个济南籍战友借了辆他才买不久的飞鸽去火车站接人,在一条没有路灯的土石路上,撞到了一块不小的石头,结果把车子的前叉给弄骨折了。多年后遇到这个战友,我还心存内疚地再表歉意。

有段时间,我特别想买一辆专属于自己的"产权"车,曾多次去附近的农村赶集"打样",最终,因为那些车全都是假凤凰、"土"飞鸽,才没有出手。在上海军校念书时,父亲托关系弄了张票子,买了一辆全链罩的永久车。每逢周六下午放学后,从五角场一路骑到天山路,相当拉风哦!转业后,这辆车天天载着我上班下班。有那么一段时间,我是推着它跑步上班,下班后才坐"骑"……

1990年后,鸟枪换炮了,我有照有车了,脚踏车才慢慢地淡出我的生活。

绿皮火车

早些年,绿皮火车是国民出行的主要交通工具,我每年都要坐好几回。

绿皮火车大概有慢车、快车、特别快车等几种;再早些年,还有棚车。棚车就是用货运车厢装载旅客的列车,它长得黑漆漆的,像个大铁盒子,因为只有五六个透气口,北方语系中也把它叫作"闷罐车",我们当兵离开上海的时候坐的就是这种列车。绿皮火车d席位有硬座、软座、硬卧、软卧。软卧只有某个级别以上的官员才能够享受,我的档次是可以混进硬卧车厢的那种。硬卧车厢有六个铺位,相向分三层,下铺的价格最高;卧具很简单,只有一条化纤毛毯、两块床单和一个瘦瘦小小的枕头。

绿皮火车超员是常有的事,特别是春节前后,票不像现在这么难买,可上车就难了——车厢的过道、门廊甚至厕所里都是人贴人地挤在一起,很多时候,上下车是要从车窗爬进爬出的。进到硬座车厢后,有块巴掌大的地方能站着,就是很幸运的了;能在车厢连接处的过道坐着或者蹲着,那简直就是一种幸福了……

坐绿皮火车最开心的是在站台上扫"吃货"。差不多所有的站台,都有车站员工、小贩叫卖当地的土特产品,当然是吃的货为主。那些年,我坐得最多的是京沪线、胶济线,这些线路上有德州扒鸡、符离集烧鸡、无锡肉骨、苏州豆干,还有烟台苹果、莱阳梨、山东大枣、酱牛肉、卤猪爪、煮花生、葵瓜子……靠站后,站台上一溜的手推货车,吱吱啦啦地向车窗涌来,叫卖声此起彼伏……当列车再次开动后,小桌上摆满了各种名特优的"吃货"……那些出差的老手们,还会拿出小酒瓶,吱溜吱溜地喝上几口。每个大站,还有一排水喉,那是给旅客洗漱用的,清晨,列车靠站后,一定会出现这样的场景:睡眼惺忪的旅行者,熙熙攘攘地挤在水喉前,刷牙、洗脸、涮手巾。赶得及的,还顺手把早点买了。

绿皮火车还有一节小饭馆模样的车厢叫餐车,这里,大约是拥挤不堪的列车中的世外桃源,铺着洁白餐布的桌子,穿着洁白工作衣的服务员,还有催生人们口水的饭菜香味……不过,摊在盘子里那些可怜兮兮的菜肴,实在是又贵又不好吃。非饭点时段,旅客们是可以进到餐车小坐一会儿的,座席短暂的使用权,是用一杯同样又贵又不好喝的茶水换来的。

坐在绿皮火车上,一路景色看过去,倒也解闷解乏,不管是刻意地品,还是不经意地瞥,

东方利剑 (六)

冬雪春花、日出晚霞、农舍麦浪、山野河谷、大漠草原……都有看点、都有美感。那年,第一次去青岛,列车从四方站开出后不久,我人生第一次见到了海!那心情,直到现在也找不到哪个贴切的词儿来描绘!在大西北某军事基地的窄轨绿皮火车上,窗外是寸草不生的大沙漠,一望无际,这次,倒是找到了一个形容词,叫"震撼"!每次回上海,列车只要进到交通路,我同样会激动一把,因为三五分钟后,它就要停靠上海老北站——到家了!

这些年,高铁、动车我都坐过,的确舒适快捷;那些新建、改建的车站也气势恢弘,可我还是觉得缺了点儿什么,到底缺了什么,当时没想起来。就在写这篇短文的时候,我蓦然发现,原来,缺的是绿皮车厢里的汗臭味儿、老式站台上的叫卖声,还有餐车里的那盘西红柿炒鸡蛋……

国营菜场

早先,城里人买菜只能去菜场。体制上,菜场属于集体所有制单位,换个说法就叫作国营菜场。上海第一家国营菜场的名字叫三角地菜场,位于虹口区,它从版图上消失的时候,引来了老上海们的一片唏嘘。

我们家最早是住在延安西路天山路头上,最近的菜场在法华镇路上。后来搬到了天山四村居住,附近有两家菜场,一家叫天山菜场,在遵义路上;另一家叫玉屏菜场,在玉屏南路上。现如今,它们已谢世多年,偶尔路过"遗址",我还是会生出些许念想。

尽管是计划经济,可国营菜场里卖的菜品还是比较齐全的。蔬菜、猪肉、海产品、鸡鸭、河鱼河虾、豆制品、禽蛋、腌腊制品……菜场里有许多用水泥或铁木制作的柜台,那是用来陈列、堆放、售卖各种菜品的。体量蛮大的青菜是放在铁丝筐里卖的、白菜是堆在地上卖的、猪肉是用铁钩挂着卖的、豆腐是装在木质格子里卖的……每天早上五点钟或五点半,菜场开始营业,俗称"开秤",这个词,大约是开始称菜的意思吧。那时是没有电子秤的,连带一个圆圆托盘的台秤都不多见,基本上都是用杆秤。称猪肉是用带钩的秤,直接钩在肉上称量;称蔬菜什么的是用带秤盘的秤,秤盘用三根细绳固定在秤钩上,有时也会用这三股绳子捆住白菜之类的来称量。蔬菜、豆制品柜的营业员多半是阿姨大妈,她们的手臂上会戴着一副深色袖套,好像个个都挺泼辣的;卖肉的、卖鱼的一般都是男人,大多都比较年长,他们的胸前会挂着一个人造革的黑色"饭单"。小孩子中学毕业后如果被分配进了国营菜场,那可是整个家族的荣耀,道理很简单,这是端着铁饭碗的一个营生,还可以超计划购买各种紧俏副食品。那个年月,很多东西是凭票按计划供应的,肉票、鱼票、蛋票、豆制品票,连买地瓜都要出示购粮证。根据户籍人口的多少,以5口人为线分大户、小户,每个季度发粮票的时候,这些票子也跟着跑进了千家万户。不像粮票、油票有严格的监管,菜场里使用的所有票证,是不去或者说没法去精确统计回收的,只是按约定的数量,往废报纸上一贴上交就可以了,所以,营业员都有"放水"的权利和机会,特别是卖肉的。

去菜场买菜,像现在空着双手是不行的,一般要带上一两个竹篮子,或者,裤兜里掖着尼龙网线袋——一种用塑料绳编织的网状袋子。菜篮子除了装菜的功能外,还有一个特别的作用,那就是替人排队,这也是买一次菜要带两三个篮子的缘故。两三个长队,只要亲力亲为地排一个就行了,其他的就交给菜篮子。有时,一块板砖甚至一截粗粗的草绳也是排队人的替身。那时,人们都挺实在的,前面要是有篮子或砖块,他会老老实实帮着往前挪,直到主人急匆匆地赶到。去菜场买菜,对小孩子来说,是一件很好玩的事情,特别是临近春节的那几次去菜场,还会遇到不少同学。尽管四五点钟就要起床,尽管要在熙熙攘攘的人堆里站立一两个小时,可拎着菜篮子,跟着大人屁颠屁颠回家的成就感是大大的。当然,有时候,沮丧也是大大的:排了好半天的队,快轮到自己时,东西卖光了……

△ 上海曾经的国营菜场

葱姜大蒜不是在菜场里面卖的,门口一般有一两个"专卖"摊,守摊的或是老妪,或是翁叟,他们悠然地一边剥着葱皮,一边给买主找回个三分两分的。还有一两个代刮鱼鳞的小摊,基本上是以刮带鱼鱼鳞为主,当然是不收钱的——有一个坊间传说,说是带鱼鱼鳞回收后是用来造钢笔的。

早先的国营菜场,已被星罗棋布的农贸市场、超市替代,随着一起消失的,还有男女老少混搭竹篮、板砖、草绳组成的怪模怪样的买菜长队和七角八分一斤的猪肉、三角四分一斤的带鱼、三分五分一斤的青菜、一分钱几根的香葱……当然,一同消失的一定还有我们这些小屁孩儿在人堆、菜堆里寻来的大大小小的乐子。■

桑榆感悟

■ 李 力

△ 作者在朱自清故居前

公交车上邂逅老市长

几千年的文化熏染，国民有种官本位的潜意识。你是否注意过，聚餐排座位，或敬酒时，有主人不把科学家、教授、文人放在眼里，总习惯让领导坐主席，或先给领导敬酒。衡量一个人成功与否，也多喜欢以官位衡量。但前一时期，在公交车上邂逅一位老市长坐公交车的小事，让我颇为感慨。

那天，我坐927路公交车回家，在某一站，突然上来两位年逾八旬的老人。有人发现面孔比较熟悉，便惊讶地喊了一声："谢市长！"与此同时，有几位乘客站起来给他们让座。我回头望过去，只见原副市长谢丽娟和她的爱人笑容可掬，再三谦让。由于公交车很颠簸，让座者坚持说："我比你们年轻，即使你不是市长，我也应该让座。"谢丽娟夫妇才安心坐下。

谢丽娟谦和可亲地与让座者交谈，气氛相当融洽。

我坐在旁边突然有一种惊奇和惭愧。我仔细端详着谢丽娟：她身着浅黑色上装，头发完全花白，面目苍老，但还是那么精神矍铄。可以想象，她在市长岗位上日理万机，现在还这么健康真是不易。

20世纪80年代，谢丽娟是上海市主管卫生系统的副市长。她连续担任几届副市长，在上海改革开放30年里，谢丽娟可算是资历很深的高级干部。

记得那年上海甲肝流行时，我才30出头，当时，我因感冒发烧去医院检查，差点儿被隔离。经历过那个年代的上海人都知道，对传染病的恐惧，就像后来北京的"非典"一样。

时隔不久，上海市领导换届，我和很多人一样，有一种问责的要求，希望谢丽娟引咎辞职，给社会一个交代。谢丽娟是卫生系统选拔出来的干部，她应该懂得传染病的防范和危害。

后来，好几位副市长都更换了，可谢丽娟却稳稳地连任了副市长。

还有一年，我在中国银行信托公司投资部工作期间，有人介绍一位贷款客户，这位客户贷款的理由和风险有待进一步去实地调查。这时，他突然自称有谢市长的关系，我听了马上就放弃了这笔业务。理由很简单：有领导背景的贷款风险最大，因为放款如果遇到任何风险，银行里所有的保理措施都形同虚设。想起这些，我真有点儿错怪了好人。

刚巧，在某车站谢丽娟夫妇和我同时下车。我对她们莞尔一笑，表示敬意。过了马路，我不时地回眸，看着他俩那矫健的身影慢慢地消失在大街的拐角处。

不知为什么，我总想起谢丽娟坐公交车这件小事，但小事不小，它折射出共产党干部的形象和党风问题。按说国家给部级领导的待遇，她完全有条件坐小轿车进出。可她晚年和爱人出门像普通市民那样自由自在，没有一点儿架子。但愿我们的制度建设更加完美，不管高级干部是还一般干部，都应该像谢丽娟那样平易近人，给人们一个廉洁自律的良好身影，更给人们一个官民平等的意识。

不妨与疾病交个朋友

人过六十，难免有些疾病开始找上门来。我患高血压已近十年了，当时心里有点儿郁闷，有点儿不信。去医院治疗，医生说高血压帽子戴上了，就要终身服药。回来后除了无奈又有点儿沮丧。起初，我有点儿不服，时常还参加剧烈的运动，照常喝酒、抽烟。在治疗中，血压高就吃药，不高就不吃，弄得血压很不稳定。

前些日子，我看史铁生的《病隙碎笔》，史铁生说，他的职业是生病，写作才是业余。他认为，"生病也是生活体验之一种，甚或算得上一项别开生面的游历"。这种心态给我的启迪深刻。当疾病已经降临你的身上，无论你是否喜欢，它都存在，何不换个心情与疾病和谐相处？

疾病，这位不速之客，你要静下心来了解他的脾气、性格、好恶，以便知道怎样相处；

东方利剑 (六)

你要判断他是属于送君千里能有一别的朋友，还是那种终身相伴白头到老的君子，以选择如何与它交往。

比如高血压，他不喜过度运动、不喜情绪激动，我就做事慢条斯理，平时散散步、打打太极拳，遇事平稳，忌怒疏怨；饮食，他爱清淡食品，我就戒重油多盐的菜肴；他怕累，我就多休息；他惧寒，我外出就戴帽、围巾，多添衣服；他要天天服药，我就在早晨血压最高时将药送去。几年下来，这位君子教我懂得了不少高血压的医疗保健常识，我的心里、脾气慢慢也接受了这位"患难之交"，我的血压长年控制得比较稳定。如果千里送君，能有一别，我为健康感到喜悦；如果朋友要终身相伴，形影不离，那也认了，我们就白头到老吧。

疾病有时像一位老友培育你做人的素养。一次我的车被人撞了，我下车后得理不饶人，发火争吵。回来后，头晕眼花血压升高，事后想想有失君子风度，后悔莫及。人们从火葬场追悼会回来后，人生观经过洗礼，很多事看得淡，平时的计较、脾气都得到改善。但几天后就完全忘却，照样我行我素。但疾病常常提醒你：名利、钱财是身外之物，要知道什么是生命的本质。当然我不是一味赞扬疾病使人高尚，但患病至少让你重新审视人生，提炼处世为人的思想。既然患病了，自己的人生态度总有一段改造清洗的过程。

很多人视疾病如仇敌，发现自己患上疾病，精神先垮了，接着就是过度治疗。他不了解疾病和自己的身体状况，一味强求手术、化疗等强硬手段来消灭疾病。现在医患关系很微妙，你得病，盲目要求手术等快速彻底的疗法，你的这种态度会影响医生的正确决断。正确的态度是尊重医生，尊重科学，谦虚听听医生的意见，有疑点可以多去几家医院，听听不同医生的建议。对待疾病不要胆怯、不要粗糙，既来之，则安之。

我妻子是中医，她专门医治面瘫疾病。有些病人患病时间过长，又经过各种方法治疗无效，错过了治疗最佳期，可能留下后遗症。有天，一位女患者处于面瘫后期，左眼紧闭，口角歪到腮部，真有点儿惨不忍睹。但她一进门就莞尔一笑，而且是从心底发出的笑，她说找到窦医师就找到了信心，她每次来医治都非常高兴，感觉也非常舒服。窦医师说："你这种心态治疗面瘫，说不定会产生奇迹的。"果然不出所料，她的面瘫最终痊愈了。

我姥姥在90岁高龄时不小心摔倒，臀股骨头断裂，躺在床上奄奄一息，我去看望她老人家，心想这一关姥姥可能迈不过去。她见到我说："一定得站起来，我不能给后辈生活添乱。"她的自信居然使她挺过来了，几个月后她还能站起来下地走路。她这种在疾病面前非常自信的精神，是产生奇迹的根本原因。我姨夫阿姨和她一起生活，每次讲起这事来都充满神奇和敬佩。

史铁生说得好："先哲有言，科学需要证明，信仰则不需要。事实上，我们的前途一向都隐藏在神秘中，但我们从不放弃，不因为科学注定的局限而沮丧。也就是说，科学并非我们唯一的依赖，甚至不是根本的依赖。"

我相信，你如果能把疾病当成朋友，说明你的人生态度有信仰、有信心。这信仰、信心是生命最本质的东西。有了它，生命才是最坚强、最鲜活的，任何疾病都不能轻易战胜它。比如史铁生先生，他在40年的患病中，感悟生命，书写生命，塑造生命，犹如他姓名的含义：

疾病的磨炼使他产生铁一般顽强的生命。

写张纸条弥补遗忘

　　过60岁，记忆力便明显衰退。人到了这个年龄段大多是不肯服老的，尽管脑力不行，很多事瞬间遗忘，但他们总是时时提醒自己，不要忘记，不能忘记，甚至不敢忘记。

　　现在到公园景点去玩，售票窗口上赫然写着"60岁以上的老人门票五折优惠"。我买了对折的门票很划算，但心里总是不服，60岁就算老人了，要是科学家和医生的话，60岁还排在后面呢；倘若官至部级，60岁是年轻干部，仕途无限。

　　光阴似箭，转眼我已过花甲。国家法定的退休年龄也是60岁。看来，我已步入老人的队伍。今后的生活安排是否一定有所变化？对这一切我尚未准备好，至少在心理上我还没步入老年时代。

　　近来在公共场合，年轻人管我叫大叔或大爷，特别是小孩儿都叫我爷爷，听了心里有些诧异，不太习惯，我喜欢年轻人称呼我老大哥。除了外貌上，生理上是否老了呢？最近仔细观察了一下：60岁和50岁大不一样。比如我家住在高层，每个月一楼电梯口总有一张煤气公司贴的表，要求每家每户把煤气数字填上。我每次乘电梯就记住这件事。等下来就忘得干干净净。这张表共张贴七天，我几乎每天看见这张表，但每次下楼时就忘记。至最后一天，我进屋先把煤气表数字写在一张小纸上，以为这样就不会忘记了。那天是下雨天，我又是拿伞又是拿包，结果还是给忘了。这种事在50岁时绝对不可能发生。

　　有一天，我去刘老师家，刘老师是作家，年过古稀。离开时，我发现他家门背后贴着一张纸，上面写着"别忘记：1. 钥匙，老花眼镜；2. 交通卡；3. 手机。"我问刘老师："这是什么意思？"刘老师说："年纪大了，出门常常忘记带这些东西，贴在门后可提醒自己。"是的，70岁的人常常把熟人的名字、看过的书堵在嘴边却说不出来，看来古稀之年的特征是记忆力更惨。

　　那80岁呢，记得有人说起，一位年到80的老爷爷住在老公房六楼没电梯，老人家身子骨硬朗，坚持每天下楼散步。他经常在三楼停下来歇歇，然后再继续走楼梯。老人说，经常会在三楼忘记这回是继续上楼还是下楼。听起来有点儿好笑，但人到80确实每天会发生类似的失忆现象。

　　老丈人生前过了80岁时，有一回，他从厨房走进客厅想拿什么东西，却忘记进来要找什么。他自言自语说，刚才要拿什么？忘记了再重来，回到厨房再回忆。听他讲："50年前发生的事总是记忆犹新，滔滔不绝，可在一两分钟内发生的事，他却忘记得一干二净。"人的记忆力好像是越远的事记得越清，越近的事反而忘得越快。

　　再说说90岁。我年轻的时候，在北京经常到朋友戴兄家玩。他外婆90多岁，每次去时，他外婆总问我是哪里的？戴兄对她说了谁家的外孙，她记住了，就问我，你外婆好吗？跟我说些家常话，临走的时候，她请我转达对我外婆的问候。过了几天再去，她又问我这些问题，照例向她重复一番，又是聊天问好。后来我又去，她还是不记得我。

东方利剑(六)

前些日子，嘉兴的姑父查出癌症已是晚期，父亲得知后，不顾已是90岁高龄，想见他最后一面。那天，天气尚好，我开车送老父去嘉兴探望姑父。探望毕，次日上午，我们离开宾馆返回上海，车出行半小时，父亲突然想起他的手杖遗忘在宾馆里，我马上掉头回宾馆去取手杖。来到宾馆大堂，服务员非常热情，四处帮我们查找，最后，她无奈地说没找到手杖。

我又去服务总台说明情况，总台服务人员将我们住过的房间钥匙递给我，我上电梯进房间到处觅寻，从厕所到衣柜，从桌前到床底，就是不见父亲那根红木手杖。

最后，我安慰父亲："再帮您买一根更好的手杖。"

父亲不悦，感觉这世道变了，忘了东西转身就不见踪影。

上车后，父亲蓦地在他的座位旁边发现了那根红木手杖，原来根本没丢。

人老了，总感觉自己好忘事。有时，他们习惯把那些没发生的事情当成忘记了，这种"不忘而记"的现象，真让人啼笑皆非。

我外婆过了90高龄，记忆力还算可以。但腿脚不便，不能下楼了。她整天坐在沙发上听收音机，经常回忆老家的如烟往事。

我每次去看外婆，她都很高兴。她60来岁患上高血压，那时是阿姨服侍她。后来姨夫和阿姨年龄都到古稀了，有点儿力不从心。但外婆不喜欢请保姆。她平时也不吃药了，尽管她是烈属，医药费可以报销。她说："活那么大年纪给晚辈添麻烦，就自然走吧。上医院、吃药就免了。"外婆年至百岁才去世。她临走前几天，我去看她。外婆神志不清，听说我来看她，大白天嚷嚷要开灯。瓜熟蒂落，人老至熟透了才去世，这是自然规律，亦是幸事。

我国已进入老年社会，各个部门应更多地关心老年人。很多高血压、糖尿病患者，他们需要服药，却常常不是忘了，就是重服两次。有天早上，我站在厨房里发愁，忘了今天的高血压药是否服过。如果再服就会使血压过低，不服又会引起高血压。瞬间的事就是记不住，还不敢忘记。现在很多制药公司考虑到老人的情况，其包装一盒药七片，正好一周。每天服药只要核对星期几就能记住。我国已进入老年社会，有关失忆的故事可谓千奇百怪。希望政府、社会给老年人多一点儿关怀，使不敢忘记变成不会忘记。■

享受夕阳红

■ 叶振环

△ 作者在扬州个园

镜头里看世界

从年轻时起我就喜欢吹拉弹唱、舞文弄墨，还喜欢去大自然中看远山那翁翁郁郁、莽莽苍苍的背影，闻各式各样花草的香气，在雨、雪飘飞的窗前吟小诗、撰散文。按女儿的话说："老爸骨子里具有浪漫的小资情调。"

作为文艺兵，在从军的十几年里基本上与军营文化工作搭界。离开部队转业从警后，虽然大部分时间干着又苦又累的机关文案工作，或者穿梭于忙碌的警务调研与烦琐的家务事儿之间，抑或在退休后当寓公，我从没有停止对快乐生活的追求和热爱。特别是多年前在朋友的引领下接触了摄影，从那一刻起，我从镜头的那一端仿佛看到了一个新奇的世界。多么生动的细节、精彩的瞬间通过取景框收于眼底，极大地感染着我、激发着我，让我在劳作之余、假期之间、旅游途中不断地去探寻生活之美、生命之美！

暖暖的春日，我迫不及待地推开窗子，看燕子是否归巢，杨柳是否吐绿。我会举着相

东方利剑 (六)

机耐心地守候一朵花儿的绽放，甚至一颗小小的露珠都那么让人着迷。春雨沥沥的午后，地面渐湿，新生的草儿如同调高了饱和度一般亮丽，连干渴的泥土都散发出润泽的芬芳，不禁使人肾上腺素升高，心情陡然愉悦。漫步于公园小径，在镜头里品味新春的味道，闭上眼睛仿佛置身于家乡江堤岸边的水杉林中，耳边传来江浪拍岸的潺潺水声和岛上人家独特的吴侬软语……

炎炎盛夏，我绝不会躲在空调房里度过假期，这样会浪费飞快流逝的时间，哪怕是一点儿。那就和同样是摄影发烧友的战友一起去赏荷吧！在城市深处，闹中取静的荷塘，低垂的柳丝在清风中摇曳，优雅的荷仙在绿水碧叶间婀娜，金色的蜻蜓与含苞待放的小荷窃窃私语。为了拍摄一朵最美的花，我会耐心地不停搜寻目标、调整角度，一不小心就会成为别人镜头里的风景。身旁既有稚嫩可爱的孩子、相依相偎的情侣，也不乏鹤发童颜的老者，他们摄影时是如此专注，又是如此快乐，哪怕汗流浃背也来不及擦、顾不上抹……

秋风萧瑟的季节，我会远途跋涉前往北方，钟情于寒外草原如童话般绚丽的胡杨林，那金黄色的叶片如同飘逸的蝴蝶在风中轻舞，用相机记录下这美丽的景色，甚至觉得秋季变成了第二个春天，每片树叶成了灿烂的花朵。傍晚时分，漫步于林间，夏日里遮天蔽日、郁郁葱葱的叶子已经所剩无几，树的枝干无奈地向叶子们告别，寂寞地守望着它们离去。而叶子们却很坦然，丝毫不为生命的消逝遗憾。经历了春的萌发、夏的生长和秋的成熟，它把最美的瞬间留给了人们，在寒冬来临前选择离开，回归到泥土，回归到自然，虽是短暂的一生，却活得倍加精彩。清晨，站在千里之外的白玉山上，和昔日的老战友们一起等待旭日东升、朝霞满天，静静倾听身边的快门声、赞叹声……

白雪纷飞的寒冬，每次去首都北京，我喜欢登上陡峭的长城，那漫天的飞雪，飘飘洒洒，纷纷扬扬，无声地亲吻、拥抱着起伏的山峦，把逶迤的雄关漫道装扮成一条银装素裹的玉龙。此时此景，使人忘却了世间的纷争和人生的烦恼，心灵顿时感到无比纯净。站在茫茫雪中，我们共同感受岁月的沧海桑田，感悟伟人宽阔博大的胸怀，在古老残破的墙垣间遥想它昔日的雄浑与悲壮！

细数那些有摄影陪伴的日子，我深深体会到生活从来不缺少美，而是缺少发现；而摄影恰恰就是寻找美、发现美的过程。每当透过小小的取景框，从容地欣赏四季变幻，感悟喜乐悲欢的时候，岁月变迁、情绪转换都在按下快门的一刻留下鲜明的印记。只是我用镜头放大美好与快乐，缩小丑恶与忧伤，把幸福与温暖拉近，将痛苦与寒冷推远，聚焦、提取生活中最美丽、最感人的画面，从更多角度、更多层面观察世界、品味人生……

听 琴

本性好丝桐，尘机闻即空；
一声来耳里，万事离心中；
清畅堪销疾，恬和好养蒙；
尤宜听三乐，安慰白头翁。

剑胆琴心

这首《好听琴》是唐代大诗人白居易的作品。全诗叙述了作者生性喜好古琴，每当琴声传来，人世间的烦心事就会离我而去。心情愉悦可以减少疾病，和谐的音乐可以修身养性，益寿延年。这就是诗人的境界。

是啊！明快的琴曲通过节奏与旋律可以振奋精神，节奏轻缓的琴曲则能愉悦心情。琴曲节奏与旋律的变化会影响人体相应的脏腑，从而产生情志的波动，也就会达到怡情养性的效果。

学过琴的人想必都知道，比起弹琴，更难的是听琴。因为弹琴注重的是手指、眼睛和大脑的配合，最多再加入一些心灵的感受，那样便是很了不起的演奏家了。而听琴，不仅靠耳朵，还要靠心灵去感受。当你在什么也不知道的情况下，猛然流淌出一首曲子，你便能从中听出曲调的内容和演奏者此刻的心境，那你便是大家了。

一个安静的午后，漫步于大兴街，随意拐进了幽静的茶馆，刚刚落座，尚未饮茶，一阵优美而低沉的古琴声从附近的书画院中传出。提到古琴，或许只有在热播的宫廷剧中才能见到。但就在这一天，古琴这个相对陌生的古典乐器就这样悄无声息地走进了我的世界。于是，我特地到音乐书店购买了介绍古琴的书籍和碟片，反复看、反复听，居然对古琴有了些许感性和理性上的理解。

弹奏古琴的人，由内而外散发着一种优雅的气质。他们坐在古琴旁边用心弹奏，他们弹奏的不仅是琴音，还是一种心绪。古琴的琴声低沉而悠扬，将我带到了大漠孤烟的战场，我隐约可见一个富有韵味的女子在纱帐内弹奏哀曲，似乎在盼望着自己的丈夫能够早些从战场上凯旋……想着想着，我又被一阵喧闹的声音拉回到现实之中。

音乐可以养生古已有之，不仅如此，奶牛、母鸡听音乐可以多产牛奶和鸡蛋的报道也曾屡见报端。前不久，我回故乡拜访20世纪60年代曾一起在文艺小分队玩乐器的老友，他深有体会地给我描述了用音乐培育水果的实验，即用一台四喇叭收录机放在种植西红柿和西瓜的地里，天天播放悠扬动听的音乐，结果与邻近人家种植的同样品种的水果相比，个大味甜，水分充足，且生长期短，四邻八舍的农友见之均目瞪口呆……音乐对动物、植物都会产生那么大的影响，况富于感情的人乎？

偶然独处于一个寂寥的夜晚，细细品味白居易的《好听琴》，再欣赏一曲贝多芬的《命运交响曲》，此时，我已分不清是诗还是古典音乐让我陶醉。学会听琴，久而久之，用音乐来缓解压力、消除疲劳、振奋精神，让自己以良好的精神状态投入劳作，以放松的心情修身养性，想必人生一定会活得别样精彩。■

东方利剑（六）

上下班趁机走进田子坊弄堂，边走边欣赏弄内的老建筑和新橱窗，还可以少走好多路。走进弄堂，常常触景生情，勾起对弄堂往事的些许回忆，甚觉温馨。在典型的上海特色弄堂里，有我太多的童年快乐和青春欢笑。

每天穿过艺术弄堂

■ 谷 梁

△ 每天穿过的老弄堂

弄堂是上海特有的地标称谓。随着城市现代化建设进程的发展，高楼大厦越来越多，里弄内的老建筑却越来越少了。

黄浦区泰康路210弄是我上下班必走的一条小巷，屈指算来已走了二十多年。1998年前这里还是一条马路集市，每天早晨马路两边摊贩遍地，人声鼎沸，穿过这条狭窄的马路时，弄堂里面旧厂房众多，感到有点混乱。

1998年秋天，区政府实施马路集市入室后，将泰康路的路面进行重新铺设。年底，著名画家陈逸飞、摄影家尔冬强、艺术家王劼音等人和一些艺术品商店先后迁入里弄，刮起了一股艺术之风，使这条名不见经传的老弄堂成了特色街。

这条里弄起名叫"田子坊"，弄内的老厂房构筑起了艺术工作室，经过艺术的装饰焕然一新，从此，这里摇身一变成为站立全球前卫、时尚前沿的地标。

我目睹了这条里弄的变化。每天早晨和傍晚，我都沿着泰康路走到建国西路，后来发现泰康路210弄可以抄近路，于是那条弄堂便成了我每天的必经之路。每天早晨8点30分匆匆走出家门，走在斜土路上，跨过一座人行天桥，再沿着瑞金南路向北，然后走到泰康路。这条上班线路可谓雷打不动。家住市中心的优势此时凸显，算算路程也蛮远了，耗时需30分钟，"穿弄堂"省时又省力，还能观赏一番艺术橱窗。看看身边好多同事上班路上来回换公交、换地铁，我觉得自己是幸福中人，既锻炼了身体，又得到了精神享受。

记得1999年，画家黄永玉为泰康路210弄起名"田子坊"，取自《战国策》记载的艺术家"田子坊"之名。寓意艺术人士集聚之地。田子坊也是上海历史街区中最具有里弄风貌特色的区域，形成于20世纪30年代，集中了上海从乡村到租界再到现代工业城市发展的各个时期、各种类型的建筑，使田子坊更具有重要的历史文化遗产价值。

那天下班，偶然穿进一条小弄堂，颇为惊艳，突然感到"丑小鸭变成了小天鹅"，原来的破旧弄堂成了深藏闺中的美女。艺术工作室、名人画廊、工艺坊、手工服饰店与民居错落而置，有其深厚的人文底蕴以及标志性的地域风情。那橱窗里干草编织的落地灯，简约而风情，让人自己也想做；还有旗袍店和艺术品小店，都有那么可爱的小招贴画，这地方简直是一个艺术宝藏。这里由综合社区民居和产业园区厂房组成了上海著名的旅游景区，有艺术家在画室里挥毫画画，有店主在门口的桌子上剪纸……

几个金发碧眼的老外在褪色的砖墙下品咖啡，远处传来洗菜淘米的市井人声，还有居民坐在小巷里下棋……生活与艺术，浑然天成。城市在历史和生活、艺术与商业的融合中奇妙地获得了新生。

每天清晨和黄昏走进田子坊，此时的弄堂可谓闹中取静。这里再不闻焦急的喇叭声，也不见急躁抢道的举动，偶然迎面相遇的人，不再是汹涌人流中的视而无睹，而是有了目光交织，其中还蕴含着一丝问候。为何生活在乡村的人会一见如故，而生活在都市的人却彼此陌生，此时似乎有点明白其中的道理。

上下班趁机走进弄堂，边走边欣赏弄内的建筑和橱窗，还可以少走好多路。走进弄堂，常常触景生情，勾起对弄堂往事的许多回忆，甚觉温馨。在弄堂里，有我太多的童年快乐和青春欢笑。

田子坊一年四季充满浓郁的艺术氛围，颇对我的口味和心情。走过小巷偶尔再瞥一眼"出其布意"小店，小碎花的墙纸配上一屋子用碎布拼成的布娃娃和各种小物件，实在挡不住她的温柔。我挑选了穿朝阳格衣服的布艺女孩，小屋子里的女孩安静地坐着，全神贯注地一针一线给你缝上布娃娃的姓名，真的叫我感到出其不意的欢喜。让人觉得时光仿佛回到了童年，总是穿条背带裙像花儿一样地盛开，承载着我童年的斑斓梦想。抱着新买的布娃娃，有种返老还童的喜悦。

充满童趣的手工布偶，包袋，朝阳格手帕，让我想起孩提时代，自己带着小板凳到弄堂里办小小班、跳橡皮筋、玩手帕游戏的情景。用一方漂亮的手帕，打出各种蝴蝶结，作为装饰品戴在头上。那时，每天放学后，弄堂便是我的欢乐天地，女同学用粉笔在地上画

东方利剑(六)

好线，玩起了造房子。人多了就玩跳绳、跳橡皮筋或者踢毽子、玩老鹰抓小鸡或摸瞎子、丢手帕。男同学玩的项目就更多了，有斗鸡、打弹子、刮豆腐刮子、钉橄榄核、弹橡皮筋、斗树叶杆、飞纸飞机、放风筝、滑跑冰车、打羽毛球、踢小足球；还有读中学时，坐在门口编织毛衣、看小说、听港台流行音乐……

△ 儿时的欢乐总是抹不去的记忆

想起上海的老弄堂，我眼睛微微一闭，就会浮现出许多熟悉的景象：那独有的石库门造型、整齐划一如兵营式一门一户地排列，还有天井后不太宽敞明亮的前客堂、对着那油腻漆黑和狭小的"灶披间"；不过，"灶披间"的楼上，却是颇为逼仄且又最易引人遐想的亭子间。大弄堂内我们始终在热闹地游戏，欢快而不知疲倦地喧哗着；小弄堂里始终有一些阿姨在洗衣服、刷马桶、生煤球炉等，她们毫无怨言地成为这块土地上最忙碌的人群。

田子坊一定也有许多类似的故事。或许也只有田子坊的闹中取静和艺术氛围，才配得上老弄堂的那份悠然自得和那股烟火气。

童年和少年是人生的乐园，也是人生奋斗后想回归的终点。为再圆童年和青春时代的美梦，那天，我特意穿上江南蓝底白花旗袍，化妆一番后，来到田子坊弄堂里，取出折扇，摆出各种姿势，请单位里的摄影师拍了许多照片，洗出来一看，就像20世纪30年代的旧挂历，典雅美丽，梦回当年。

每天清晨，走进田子坊弄堂，心情分外愉悦，漫步其间，享受这难得的宁静和艺术的氛围，吸上几口艺术空气，提振精神，抖擞地走进办公室，开始一天快乐的工作。忙了一天下班后，一路走过，心情自然大好，看看时间尚早，便放慢脚步，欣赏一下橱窗里的艺术品，顺便买些自己喜欢的，回家把玩一番，不亦乐乎。■

精彩小说

流水的日子

■ 南 妮

　　姜丁丁的父亲死了两年之后，姜丁丁的母亲才从悲愤抑郁的情绪中走出来，能够正常地吃、睡、说话、做清洁，步入了跟平常人一样的生活轨道。时间在姜丁丁母亲脸上冰冻着，一点点挣扎流逝，却失去了本身的意义。，姜丁丁曾一度以为自己要伴着情感植物人状态的母亲度过终生。姜丁丁的哥哥在陪了母亲一段时间后又回美国去了。

东方利剑 (六)

医生安慰说老人家是间歇性忧郁症，受了重大刺激。会好起来的。没有什么奇怪的，这个城市每年有25万人得忧郁症。忧郁症是目前城市人最大的精神杀手。有些人来看病，你们外人怎么也瞧不出他有病，衣冠楚楚人尖尖似的一个。可开了口，那眼泪、鼻涕"唰"地就下来了。烦心哪。更不要说你母亲是遭受了这样的生死离别。听好了，爱比药管用啊。

细细的皱纹在姜丁丁那张光洁的脸上隐然而现。保养皮肤的那套功课，早被她丢在了一边。搀着木僵僵的母亲在公园里散步的时候，姜丁丁想起了一本小说里说的，母女的角色在人生的某个时候，必定是要颠倒过来的。

姜丁丁的父亲死得很惨，完全没有预兆。

星期天，一个外地的流窜犯在大街上抢了一个妇女的包。姜丁丁的父亲听到尖厉的叫喊声便朝女人手指的方向追过去。尽管上了年纪，但姜丁丁父亲跑得很快。这是后来马路上看到这一幕的人说的。"这老头跑得像短跑比赛一样。"眼看快要追上抢包的小子了，那小子突然一个转身，捅了姜丁丁父亲一刀。这是一把短柄匕首，猛然一下，正刺中了心脏的要害部位，姜丁丁父亲当即倒地，血流如注。送到医院抢救，又耽误了一些时辰，姜丁丁父亲当天半夜再也没有醒转过来。

在姜丁丁父亲去世差不多一年半的日子里，姜丁丁母亲反复唠叨这几句话：丁丁父亲这天早上上街是去买油的，假如她不要他去买而是她自己去或者谁也不去……丁丁父亲追那个抢劫犯时，为什么别人没有一块儿追？街上有那么多人哪！那可是在闹市！丁丁父亲不过是上了岁数的老年人啊！为什么丁丁父亲浑身是血躺在马路上时，看到的那些人没有马上把他送医院而要拖上10分钟警察来了才把他送去。

姜丁丁试过劝慰母亲几句。但很快就放弃努力了。她绵薄贫弱的小嘴没有力量去填满母亲满腔的创痛。父亲不就是那么个人吗？以前在公共汽车上逮小偷，让人往腰上踹了一脚，在家养了半个月才好。在印刷厂劝架，眼镜被人家砸碎，玻璃片差点弄伤了眼睛。那你爸爸就应该去死是不是？就配捞着这么个死法是不是？母亲像一头被激怒的狮子，浑身的毛发凛然竖起，眼睛瞪得血红，喉咙因悲伤过度终日嘶哑。

中秋节的半夜，姜丁丁被母亲的哭声惊醒，眼睛盯着天花板再也没有了睡意。不知做了什么梦，或者想起了什么事，或者压根儿就睡不着，总之是和父亲有关。母亲的哭声很压抑，但姜丁丁一下就醒了。轻轻地拉开窗帘，一轮圆月正悬于窗前，淡淡的月光泻在了窗台上，能依稀看得清写字台玻璃板下压着的全家福照片。月色美得有些凄然，也有些妖异。月色这东西的审美性完全是随人的心情而变。这一生，还会在什么时候，什么情形之下，让姜丁丁衷心地来赞美月圆之美？想想都是非常惘然啊。母亲的哭泣声，听起来缥缈细碎，像一个找不着仇家的冤灵。姜丁丁极想走到母亲房间，为她做点什么。但她在母亲面前一向拙于表达自己的感情。她把握不了她伸出去的胳膊会让母亲接受还是推拒。她听从着本能的支配，身体一动不动地蜷缩着，既没有再下床，也没有想出可以抚慰母亲的办法。

过去的30年，父亲包揽了一切。至今也很少看到像父亲这样的男人，是知识分子，却像体力工人一样精力充沛孔武能干。父亲天天给全家人做早餐做晚餐，自己动手修建家庭桑拿房，改母亲的丝棉袄旗袍，替丁丁的自行车上油，做这些一点也不妨碍父亲晚上在

精彩小说

书房写出漂亮的专业论文。父亲的羽翼过于丰满，这个家的结构便有些奇怪，母亲和姜丁丁像父亲的两个女儿。退了休的母亲，至今仍有人称她小曹，像她年轻时代刚刚工作时那样称呼她。母亲退休前学校总务科的那点账每个月也都是父亲替她轧平。在家里的两位女性之中，姜丁丁自觉地选择了较为次要的位置。现在，母亲像一个被娇宠惯了的孩子，突然处于被撒手不管的状态，她的悲痛里还有着失重以后绝对的茫然。

这一失眠的中秋之夜，唤起了姜丁丁对母亲的血缘之情。这感情先是被姜家特殊的伦理结构麻木了，再被两人的性格差异错开了，接下来又因应付家庭巨变而没顾及。当然姜丁丁对母亲的感情首先是从同情而生出的。凭着对父亲的亡灵起誓，姜丁丁在心里说，无论怎么样，一定要让母亲今后的日子过得幸福。

姜丁丁的哥哥嫂嫂说破了嘴皮子，总算使姜丁丁的母亲同意去美国散散心。半年以后，从美国回来，姜丁丁的母亲像变了一个人。

在浦东国际机场接母亲时，姜丁丁就呆住了。紫红格子的绒布长衬衫，浅蓝色的牛仔裤，灰色的毛衣在腰间随意而潇洒地扎了一个结，像电影里那些美国大孩子一样。这还是她母亲吗？在机场豪迈的蓝星星般点缀的似真似幻的环境里，姜丁丁惊讶于时间的造化。母亲背着一个包，两只手利索地推着行李车，挥着手朝接客处招呼：这边这边呀，丁丁！

完全不一样了。是两个人了嘛。从美国回来后，家里不再笼罩着愁云惨雾。连灰尘似乎也变得轻盈欢快。三天里，家里所有的家具都被换了位置。母亲大力搬动着家什，也吆喝指挥姜丁丁干，力气像用不完似的，里里外外整出很大的动静。对于以前的事像得了失忆症一样，变胖了的身体像一个微笑发声源，随便往哪儿一按就会咯咯大笑。明媚起来就像青春期的少女。母亲的脱胎换骨，让姜丁丁一方面如释重负，另一方面又有一种隐隐的不安。

部里所有的同事都在自己版面上化名或不化名写豆腐块文章时，姜丁丁也不屑于利用这份职务之便。她瞧不起这种小市民作派。工作就是工作，一个拿薪水的地方呗。公事，私事，她喜欢分得清清楚楚。只有均衡感能带来人体真正的舒适，时间分配的均衡，各种职能的均衡，权利义务的均衡以及物质精神之间的均衡。这是姜丁丁的理论。均衡当然是要舍弃一些什么的，因为均衡是以限制或者制约来体现美妙的韵律感的。姜丁丁也明白夹缠自有夹缠的好处，像她的老少同事们，笔耕不辍，自成诸侯，终究混得些微声名。再不济的，隔三岔五去财务科支点稿费，就地取财，连邮局跑一趟的苦差都免了。菜场卖肉的一天干下来，割了一块部位最好并以便宜价钱买下的肉回家，或者杂品店的人提了一把最结实的拖把扫帚之类回家，这都在情理之中，没什么奇怪的。所谓靠山吃山，靠水吃水。问题是写作终究是件需要天赋才气的风雅之事。姜丁丁眼见着平庸之辈一个个由豆腐块集腋成裘出书立说，就对自己的职业失去敬畏。但凡她有写作才能，她一定要让《人民日报》来组她的稿，而绝对不搞如此这般的小农经营。连搞文字的所在都没有纯粹性，那么世上压根儿就没有什么纯粹性。姜丁丁不可能拿纯粹性这种理论去跟她的同事们讨论。在办公室，她已经理所当然地成为另类。她所恪守的职业原则，被人以"清高""莫名其妙的优越"

东方利剑 (六)

感作着不愉快的解释。"她家有海外关系"更是令人啼笑皆非。

姜丁丁沉醉于音乐。音乐是纯粹的。她迷恋列农、麦卡特尼、保罗西蒙、恐怖海峡、埃林顿公爵、卡拉斯、莒巴尔迪。在那种空灵迷幻之中,她总是庆幸还好有音乐这种东西,给粗陋的生存以某种神圣感。在激情飞扬的时候,姜丁丁甚至不无骄傲地思忖,也许自己是一个异数。自己是称得上超脱了,所谓无欲则刚嘛。当年从大学分进报社时,她有两种选择,一是去政法部当记者,二是做副刊编辑。姜丁丁放弃了前面更热门的、在社会关系上可以有所纵横开拓的选择。与她同时进报社的大学生,在新闻第一线干的,有的得了范长江奖,成了全国名记者。最厉害的,已经被提拔为处长。姜丁丁依然晃晃悠悠,像棋盘外的一枚棋子不争局、不进取,故自潇洒,放弃了一切追求荣誉或者追求实惠的动作。懒人才有审美价值呢。姜丁丁振振有词。她更愿意像农民一样,白天在她的一亩三分地上好好劳动换份口粮,晚上松筋舒骨地抽烟打瞌。心中自有一份世外桃源。

当母亲老曹把一份皱巴巴的如今已经很少见到的用红条信笺写成的稿子郑重其事地交给姜丁丁时,姜丁丁的脸瞬间也像纸一样皱了起来。果然是一份离发表水平有相当距离的东西。空泛,概念,没有起码的文采。她匆匆一扫便将红条信笺随手搁在茶几上。老曹以前可是很少这样在工作上打扰她。

第二天下班回家,姜丁丁见母亲把自己的床单、被套、枕套都洗了。洗干净了的被褥一律烫平整了齐刷刷摆在床上,像一列等待检阅、等待表扬的士兵。桌上的菜摆得满满的,比平日丰盛了许多。一锅金灿灿的鸡汤喷香扑鼻,热烈地敞开着,那正是她的最爱。饭吃到一半,母亲就不失时机地再次递上红条信笺。姜丁丁笑了起来,我说呢,我的贵族老妈怎么一下子变得这样殷勤起来,敢情我赴的是鸿门宴呀。

姜家住的新村大门口,有一个驼背的老鞋匠,天天守着修鞋摊埋头干活。他的手像毛糙粗拉的老树皮,但手艺儿却很好。包啦鞋啦伞啦若有问题,他只摆弄敲打几下就好了。老头不爱说话,手里没活干时,也不与人搭腔,只寂寥地看着马路上的风景。他自己就是院子里永恒的活动风景。日日见惯了熟视无睹,突然不见了,也不会感到有异常。老曹因为一双皮鞋的跟坏了去找鞋匠修,不见了这个标语牌般竖立在新村门口的老人,便问门卫。门卫恍惚着回忆,好像有几天不见了,大概生病了或者回苏北乡下了吧?我们也不清楚,谁管得了那么多。老曹很执着,第二天摸到了隔壁巷子里老鞋匠住的简陋小屋,老头果然哼哼着卧床不起,额头火烫。小屋里弥漫着一股刺鼻的难闻的味道,一只老猫"喵喵"叫着,瘦得只剩下两只凄惶的大眼,森森地盯着来人。老曹给他做了一点简易处理后,当即奔到了新村居委会寻求帮助。老头总算拣回了一条性命。老曹却感到后怕。她在美国时听说有个九旬老太死了3个月,才被邻居发现,人已经像木乃伊那样硬且臭。那臭气的味道是穿过墙壁缝隙才让邻居起疑。想想资本主义国家人情的冷漠吧。我们不一样,我们的居委系统那可是在全世界都有名的,像老鞋匠这样来自苏北乡下的非城市居民,他的手艺不是为新村里的人带来了方便?他的存在事实上已经成了城市的一部分,理应享受到来自城市的关心和温暖,而不是被不闻不问,差点弃尸街头。都像门卫那样冷漠的话,美国老太太的悲剧怎么不会重演呢?老曹在旧日同事的聚会上激昂慷慨,没想到有个有心人悄悄把它做成了文章。那同事以前和老曹在一个中学里，教语文，退了休无书可教便一心追求写作。你不应该让她，让我们这伙人失望吧？你们报纸本来就应该听听人民的声音，而不应整天风花雪月的假高雅。母亲将话抛掷得铿锵顿挫，一番解释像布政演说，再说有她先前的家庭贿赂垫底，姜丁丁不好再说什么。

这篇叫作"冷漠，是一个杀手"的文章一周后在《城市日报》上发表，花了姜丁丁一个晚上的修改时间。比她自己动手写累多了。老曹十分亢奋，到附近的几家东方书报亭买了10份报纸四处散发。在母亲与文章作者通电话的45分钟以及在母亲与别的旧同事唠叨此事的若干分钟里，姜丁丁被母亲的兴奋弄得忐忑不安。她没有完成使命的释然轻松，她怕那刚刚只是一个开始。母亲身体里重新爆发的令她陌生的生命力，在渐渐侵袭她的生活原则。她有这个预感。但是她是发过誓的，对着父亲的亡灵。

在家里，姜丁丁很少能够与母亲待在一起。老曹似乎比上班的人还忙。桌上的饭菜不是隔夜的就是买的熟食。家里的电话很多，账单数目直线上升。电话多半是找老曹的。幸亏姜丁丁交际简单，往来的人不多，否则谁要是有急事打电话找她非得急死。因为电话老占线。老曹的社交圈似乎很大，大得令姜丁丁吃惊。打拳的拳友，米贩子，歌咏队队员，老乡，小学中学的同学，老同事新同事，历史时空中的以及现实时空中的，都是她来往的对象。而且老曹有本事把他们搅和到一起。有时候下班回家，开了门，一屋子坐着黑压压的上了岁数的人，让姜丁丁很不习惯。姜丁丁也不能对母亲重新振作的精神状态有什么批评，只是暗暗希望她不要去搅上XX功什么的。还好，在这方面，老曹的脑子非常清醒。

周末的那天，姜丁丁回家晚了一些，母亲竟然等在了路口。洗了手刚在饭桌上坐定，母亲把亲手炖的鸡汤端了上来。鲜美无比的汤里飘着绿的葱花、黑的木耳、红的火腿片。白瓷盆里的完美构图令姜丁丁微微一颤。那种用心有着超出汤本身的内容。煮这样一个完美的汤的耐心，对于老曹来说是相当难得的。有些东西令她刻意聚拢了自己飘散开去的对付日常家务的耐心。

果然，老曹央求姜丁丁给钟点工黄阿姨的儿子找一份工作。老曹言之凿凿：人家一个劳动人民，哪来的门路。你女儿也是劳动人民啊！姜丁丁叹了一口气，老曹自顾自说了下去。钟点工黄阿姨的儿子念的是厨师职校，毕业出来在家待了半年，报纸上凡有广告的，都去，当然都没有去成。去成了，还会眼泪汪汪地来求我？看来那些劳什子招聘广告全是扯淡。你看，我能瞧着不管吗？我知道你清高，不爱管事，我也不是第一个就找上你的，我找过我的一个学生，唉……

我试试。姜丁丁慌忙截住了话头。看着母亲亮得刺眼的目光，她有意避开了去。我跟你说，我从没干过这种事情，也不是很有把握的。人嘛，都是锻炼出来的，干了就知道成还是不成。老曹重重地码齐了碗碟，拍拍女儿的肩，对姜丁丁表态还算是基本满意。

姜丁丁找了淮海路凡尔赛大酒店公关部的副主任，那是中文系一个相熟的姐们儿。姜丁丁把黄阿姨的儿子说成是自己的表弟。出乎意料，回音很快就来了。姐们儿说西餐厅正好有个厨师要辞职，眼下正办手续，一个星期后，叫你表弟来找我。先试工3个月。姜丁丁在电话里听得欢天喜地，脱口而出要请姐们儿吃饭，地方随她挑。姐们儿慢悠悠地说，

东方利剑（六）

丁丁啊，饭不用请，倒真是有一件事要麻烦你。什么事，你说！姜丁丁迟疑了片刻，模仿着江湖上豪爽的口气答应着，一边心里怦怦直跳，报应是如此之快啊，快得都不容你喘息一下。也许慢慢就会习惯的，走进了那样一种陀螺似的节奏与氛围以后，就像她一边心里毫无把握地七上八下，一边却能拼出个大包大揽、从容不迫的架势。你对付着一件事，却在心里要快速飞转出三件事。姜丁丁觉得自己以往那被音乐拍松了的精气，揉慢了的筋骨，现如今正被她母亲的意志牢牢拧紧。是的，紧张紧张，就是紧张。你一定要拿你的什么去换你眼下正要求的那东西，你还不知道你是否有别人正需要的。你为你可能拿不出什么而焦虑万分。电话那头，姐们儿叹着气，丁丁，谁都知道现在餐饮业竞争得很厉害，我们干公关的不好做呀。上头给的压力很大，宣传资金又屁大一点，根本不够用，只允诺可以在酒店摆席。吃，如今谁没有吃过？谁稀罕吃？各人只能利用各人的熟人朋友关系了。你看能不能在你们版面上发两篇文章，替我们吹吹？当然是含蓄一点的，不能一看就是广告，让你为难。让你为难的事我是不会做的。大家都在混的，都清楚。

姜丁丁脑子里的潮水呈退势一般迅速复归了各部位的正当位置。3秒钟后，她调动出了一个可行性方案。行，没问题，但是要找名人写。名人的文章在副刊永远受欢迎，领导和读者都喜欢。名人也都爱吃，没有一个不是美食家。吃遍天下，胃纳全球，生花妙笔，涉笔成趣，没有人怀疑他们是为你们打广告。姐们儿笑着说，太好了，名人还有名人效应呢！现在的老百姓就吃这个。你不见电视上名人打的广告，生意好了去了。名人也不难打发，支上那么两大桌，最多把他们的亲爹亲娘儿子女儿丈母娘一并请来就是。

事情得到了圆满的解决。

一个星期后，姜丁丁又在饭桌上与金盏花般盛开的鸡汤相逢。姜丁丁有些紧张，不敢贸然动筷。她的食欲有些受阻。白天上班，让脑子有些问题的一个老年作者在接待室缠了几个小时，又累又烦又火。眼下才下班可是完全有可能继续上班。我的妈呀。姜丁丁不好朝母亲发作，先去卫生间冲了一个澡。清清爽爽洗了出来，心情好了一些，恼怒也渐渐平息了。喝了满满一碗鸡汤后，她擦了擦嘴，这回表情相当从容：说吧，曹老师，有什么事需要我去做？

老曹摇了摇头说，现在看病真难啊！怎么那么难哪？前几天他们一帮小学同学聚会，他们的班长没来，听说她得了肺癌，而且已经是晚期了，不能手术。她儿子女儿到了多家大医院，都被拒之门外，最后只得在家附近简陋的地段医院住下。大家说现在如果医院里没人，又是医保非自费的，想要住院看好医生，简直比登天还难三分！小学里的那个班长早退了休，是个小人物，儿子女儿都是工人，也自然是小人物。小人物就该等死？小人物就不配有好医生？老曹说着说着，声音突然洪亮起来，普通话字正腔圆的，有一种舞台上悲愤诗人的意味，眼角都渗出了眼泪。班长可是苦了一辈子，临终却得不到好的医治，太可怜了！同学们请我无论如何想想办法，他们都知道我女儿是记者，记者是最有办法的人，记者能通天。

我不是记者，妈！我只是一个副刊小编辑，改改文章，做做标题。在报纸工作的，不

精彩小说

是都叫记者？谁不明白？上次去看菊花展览，你不是掏出了张记者证？那只是工作证！编辑和记者的功能是不一样的。再说，记者也有各自的采访范围，哪能通得了天。神才通得了天。姜丁丁知道以母亲受教育的程度，她是明白这些基础常识的。她只是借了这一股胡搅蛮缠来壮大自己的声势。

你的同事不是记者？你那么多作者中，就没有一个在医院工作的？想想！再想想！

姜丁丁诧异母亲反应神速，脑子转得飞快。有，当然有。我的同事都是记者，所有的记者都是我同事。我们一千多个同事，跑卫生的记者要解决这一千人中有人要看病住院，还包括一千人的直系家属。想想看吧，这么一个庞大的数字！我怎么好意思替一个七拐八弯的人求情？抢救爸爸时，我已经求了她，人家很帮忙，当时请出了医院最好的心脏专家！

我的同学，我的老班长，你的妈妈和她在一条板凳上一起坐了6年，那是七拐八弯的人情吗？再想想，你的作者！

姜丁丁搜索枯肠，把通讯录翻了两遍，是有一个医务人员作者，但是五官科医院专治耳朵的，不管用。

姜丁丁答应母亲一定想办法，老曹才叹息着去卫生间洗脸洗脚。

第二天中午，姜丁丁瞅准了时机，逮着卫生记者在食堂吃饭，装作偶然碰见的样子，拿着饭盘子在她对面坐了下来。面对面，进入具体的问题，姜丁丁立时有了受挫的心理。她忽然感到自己很没用。她其实一向是以散散漫漫来掩盖内心的某种敏感与羞怯的。自己的脸皮竟是这样薄啊，眼看着求人的事未张口脸却不争气地先红了。这样面对面比在电话里谈要难多了。电话里说什么都可以视而不见，现在面对面，每一个表情都无所逃避。同事的关系比起朋友又有所不同，同事之间更加微妙，需要把握分寸。她一边吃饭一边跟卫生记者随便聊了几句，苦苦想着怎么开口切入正题，心倒是已经咚咚跳得个不停。卫生记者问：你妈妈现在是不是好一些了？姜丁丁谢了一句，说：妈妈倒是好多了，完全正常，但父亲的一个妹妹，她的姑姑得了肺癌，还晚期，医院拒收，现在地段医院待着，一家人都着急，心情不好。姜丁丁正奇怪自己谎话张口即来，她父亲又哪来什么妹妹。卫生记者却搁下了筷子，说：丁丁，你怎么不找我？姜丁丁摇着头：不好开口呀！报社一千多号人每天有人找你，你哪忙得过来！我这姑妈还算不上直系亲属。卫生记者说：是难啊，这一上午，就办了3个人住院，找好医生。如今都要找好医生。我们办公室的小李，她爱人要看华东医院的心血管专家，我刚刚回绝，小李当然不高兴。那医院的人情我已经用尽了，再找人家就是不识相了。但是，丁丁，你的事我会替你办，我把你姑妈的事当作你爸爸的事，你爸爸……太让我感动了。

好人还是有的。姜丁丁差一点就在食堂里当众流下眼泪。

老曹在她的社交圈里越发出名了。人出了名之后，就身不由己了。一个好人的声名在她的周围传播出去的速度会超出她的想象。当人家把自己的困境向老曹述说的时候，老曹经常比对方还要急迫。熟人都知道，凡托老曹的事，无论大事小事，一般都能得到圆满解决。除非一定必须，老曹压根儿不要人家花钱。世情通常如此，很富有的人，似乎只有好事没

东方利剑 [六]

有坏事。穷人呢,总是麻烦事不断,不是工作有问题,就是身体出毛病。跟老曹来往的人,哪会有社会主流?多是标准的弱势群体。有时候来求老曹办事,来的人连老曹自己都不认识,是熟人的熟人辗转介绍的。回绝吧,老曹觉得都求到素不相识的人面上了,可见也是病急乱投医,弱势到家了。答应下来吧,怎么跟丁丁开口呀?为了减轻女儿的负担,老曹一度开始另辟蹊径,尝试寻找一些她过去教过的学生。她以前教过的班级中,有一个学生已经做到了区教育局副局长。知道这个消息后,老曹很高兴。老曹有事找他之前,还特地去理发店洗了头、吹了风。老曹提了一条好烟找到那个副局长,老曹湖南老乡的一个孙子,考高中离区重点中学的录取分数线差了1分。那所区重点中学正在副局长的管辖范围之内。老曹递上烟把学生夸个不停,希望自己的学生能帮老师这个忙。朋友的这个孙子绝对是个好孩子,因为差1分进不了好学校那多可惜!副局长恭恭敬敬地替老师泡了茶,又谢绝了老师的烟,然后微笑着说:老师有所不知,这样差1分进不了区重点的孩子,区里有几十个。都这么办了,那对别的孩子是否公平?您也是为人师表的,应该能够体谅我们的苦衷吧?老曹满脸羞惭地提了那条烟回了家。真是的,她反省自己,说不定这么做虽然帮了别人也的确败坏了社会风气呢,现在还真有像副局长那样讲究原则的人啊,欣慰欣慰。后来很偶然的机会,老曹冷不丁听人说,比她朋友的孙子少了20分的人,都顺利进入了那所区重点。原来如此啊。这背后的门道,老曹不愿多打听,只气呼呼在家骂那装模作样的狗屁副局长,又一个劲儿自责还不如托丁丁去办,自己一个老太婆出面,到底是过时之人,辜负了人家的一片期望。姜丁丁说,还来得及补救。老曹眼睛一亮。真的?姜丁丁说,开学已经半个月了,我就是活神仙也没辙。我是说你可以托我哥想想办法,让那孩子到美国上高中,现在不是流行中学生就办出国留学吗?姜丁丁这么随口一说,原是跟母亲开开玩笑的,没想到,老曹还真听进去了,一晚上没睡好觉,第二天一早就跑到朋友家里,拍着胸脯说他孙子到美国去读书的话,这事儿包在自己儿子身上。老曹甚至没有来得及跟儿子沟通一下,就这么擅自做主了。还好,人家没舍得放孩子出去。

有了这样的一个教训,老曹就不那么自信了。姜丁丁重新又享受到了炖鸡汤的待遇。姜丁丁常常看到鸡汤就条件反射。有一次,老曹又端上了鸡汤,姜丁丁说有什么事先说。老曹说,没事,今天没事。真的没事,不骗你。

姜丁丁狠着心肠对母亲说"不"的时候,看到母亲那双患过白内障的眼睛中不肯熄灭的灼亮之光,总是要涌上一种酸楚、怜悯、自责、感慨交相混杂的复杂情感。罢罢罢,一概答应,照单全收。母亲是受过刺激的。她这样过于剧烈的社交需求,过于剧烈的价值饥渴,难保不是为了摆脱内心的贫瘠与虚空。难道她愿意母亲像公园里无数个蜷缩一团、衣着灰败、神情黯淡的老人一样毫无尊贵感可言?或者守着父亲的照片发呆?算啦,只要不需要她卖身投靠,就是把牙齿咬碎也要尽力去做。

在那艘名叫"克里斯蒂娜"的豪华游轮上,卡拉斯被奥纳西斯征服。她爱上了他,这个全世界有名的男人。她是爱他的财富、奢侈、挥霍,还是爱他男人的威风、魅力与控制欲?是钱还是人?这一切都很可疑,也暂时没有答案。1967年,奥纳西斯开始厌倦卡拉斯,这个爱收集名女人的船王迷恋上了杰奎琳·肯尼迪。卡拉斯开始失声,无法登台演唱。奥纳西斯与杰奎琳婚后终于明白他犯了一个错误,他躺在医院奄奄一息,是卡拉斯去探望他、照顾他。卡拉斯继续失声,她已经无法从事她喜爱的歌剧事业了。奥纳西斯死后,卡拉斯多次去斯科皮奥斯岛,她跪在奥纳西斯的墓前祈祷,不久之后,她死于心脏病。这是一令段姜丁丁玩味不止的历史,一个谜案。这个高傲的女人在一个负心男人的坟前祈祷什么?爱情真的可以让一个天赋极高的歌唱家像杜鹃啼血那样沙哑失声,那可是她精神生命存在的标志。卡拉斯的歌唱生涯在40岁以后就开始走下坡路。姜丁丁在一张张听完她所有的歌剧唱片之后,实在惋惜不止。一个歌剧演员可以唱到70岁哪。卡拉斯的继承者萨瑟兰到64岁才告别舞台。姜丁丁陪着不孕者夫妇候在朋友介绍的妇科专家的诊疗室外,内心充满了某种难言的苦楚。她带着卡拉斯的唱片。在拥挤嘈杂的医院走廊,戴耳机听卡拉斯多少显得有点做作。姜丁丁努力使自己的脑子呈空白状态,克制着阵阵袭来的焦虑烦躁,安慰比她更焦虑烦躁的患者。就是熟人介绍来的,也得正规排队。专家有专家的派头。费尽心机托上门去,要的是看病的态度,是仔仔细细,而不是轻易打发。或者能够打点折。寻求帮助的人,每个人的事都是重要的,那么只有姜丁丁是不重要的。没有结婚的姜丁丁发现如今不孕者也就是生殖系统出毛病的人竟也那么多。这一点,她如果不去实地排上两个钟头的队,是无论如何都不会知道的。要说对于姜丁丁本人有什么好处的话,体验一番不孕者的烦恼与痛苦也算得上一桩。这个时候,姜丁丁就深深感到,自己研究卡拉斯在奥纳西斯的坟前祈祷与诉说的是什么之类,就显得过于奢侈与离谱了。

在一年里,姜丁丁替母亲揽下的事计有:解决了俩小孩上市级双语幼儿园,房子漏水没人来修,买了一架质量不过关的钢琴退货给琴行,找医生,再找医生,又找医生。一少年上市重点高中,一高中生进大学,请有名的数学、英语老师做家教,投诉骗子装修队,帮着拉借贷,找工作,再找工作,又找工作。帮两对不孕夫妇联系人工授孕。

有些事情,无须动用关系,只要掏出自己的记者证就行。一张小小的记者证,可以吓退许多小人、些微大人。事情先前还千难万难,被打哈哈说抱歉、被一堆骗人的理由推托排拒,记者证一亮,哗的一下就变得急转直下柳暗花明。在这方面,姜丁丁已经锻炼得相当老成。关系是不能随便用掉的,好钢要用在刀刃上。叫姜丁丁苦恼的是,如果先前一份工作对她来说还有愉悦感的话,现在,它已经慢慢被异化了。从前,她改稿子不大留意人家的单位和职业,只看字的好坏。现在,就不一样了。从前,她不热心部里组织的活动,现在也不一样了。一次酒宴,一个会议,一趟旅行,一场聚会……那都是一种潜在的机会。说不定,你需要的关系呼拉一下就冒了出来。姜丁丁仍然像农民种地,她现在种的是责任田、试验田,一块块,先是只埋头耕耘不问收获。她知道需要收获时庄稼们会乖乖倒伏。冰箱厂的副老总就是她亲手植下的庄稼。

姜丁丁父亲三周年忌日时,他以前研究所的同事小陈特地来到他们家。小陈在父亲的相片前恭恭敬敬地上了香,鞠了三个躬。小陈还带了两盒人参含片送给母亲。老曹非常感动。给小陈端上绿茶时,老曹顺便问起研究所的情况,结果小陈摇摇头,说他半年以前就跳槽

东方利剑（六）

到一家股份制银行，搞借贷。老曹叹息着研究所每况愈下终究留不住年轻人时，小陈也大大叹气：银行看着风光，去了以后才知道也是一碗难吃的饭。他是搞借贷的，如果拉不到预定的存款指标，他连工资都拿不到，还不如在研究所窝着。半年来，他可是把所有的人际关系全用上去了。小陈话锋一转，说知道丁丁在报社工作，记者嘛，人头熟，见的都是人物，不知她可否帮上一点忙，真是不好意思。行行行，老曹一迭声地答应下来了。

就这样，姜丁丁想到了那位冰箱厂副老总。副老总在给姜丁丁投稿时，还是个科级干部，厂里秀才一样的人物，业余爱爬爬格子。姜丁丁目光如炬，着意培养了他。虽然写作水平极其一般，但姜丁丁对每一篇来稿都处理得很用心，删删改改，三篇中总有两篇能见报。

养兵千日，用兵一时，姜丁丁自己从未谋求过什么利益，尽管副老总提到过可以按出厂价卖给她冰箱之类，但姜丁丁从不屑做这档子事。这么小心翼翼认真对待一个人，就是为了眼前能派上用场啊。难说科长级人马不是因为在一份全市有影响的日报上频频亮相而升了一级，事实上多多少少沾了她姜丁丁的光吧。姜丁丁是有些胸有成竹的。反正借贷是双方互惠互利的事，我又没有从中捞取什么好处。你副老总将钱存哪家银行不是存？哪家银行不是一样付利息？

姜丁丁自己掏钱请副老总和小陈吃饭。请客的地点是一家时尚的西餐厅。吃饭时，姜丁丁仍然没有掉以轻心，点了最贵的进口明虾和牛排，光一瓶红葡萄酒就花了近300元。这是姜丁丁的一贯风格：在气势上只求成功不许失败。吃饭的气氛非常之好，两位陌生人彼此投契，相互欣赏。冰箱厂副老总胸脯拍得震天响：就是姜丁丁小姐不请吃饭，但凡她开口，我也会给她这个面子。姜丁丁小姐的朋友也就是鄙人的朋友。3天后，一笔300万元的款子打进了小陈工作的那家银行。小陈欢天喜地打电话致谢。但是3个月以后，老曹给了姜丁丁一个颇为沮丧的消息：冰箱厂副老总存进的这笔款子已经撤回。姜丁丁傻了眼。因为内疚和对副老总的气愤，老曹也在一边不断施加压力，姜丁丁马上又联络上了许多年不来往的一个中学男同学。

这个男同学是某房产大公司的财务总监，手里有大笔资金可以调度。电话打过去，男同学听得出是姜丁丁，竟然分外热情，对姜丁丁以试探口气提的事情当场就答应了，还反过来要请姜丁丁吃饭。男同学果真迅速将一笔一千万元的资金作为两年定期，存进了姜丁丁指定的那家股份制银行。姜丁丁也跟男同学一起吃了几顿饭，男同学请，她也回请。中学同学回母校聚会时，男同学一直坐在她身边不离左右。姜丁丁去卫生间时，一个女同学开她的玩笑：怎么，暗恋变明恋啦？姜丁丁说：别瞎扯！女同学嘻嘻一笑：他们宿舍的人都知道！年三十那天，姜丁丁收到了男同学的一张节日贺卡，上面写着：过年过年，有些人要逃债，而有些人是来还债的。

听说那男同学正在跟老婆闹离婚，闹到差一点出人命。有好一阵子，姜丁丁听到电话铃就害怕得要逃走。

姜丁丁家钟点工黄阿姨的儿子，在凡尔赛饭店工作了一年之后，有一天跟另一个厨师打架，一只碗砸破玻璃，从窗口飞出落在淮海路上。淮海路警署受理了行人的投诉，专门派员上饭店，要饭店拿出处理意见。黄阿姨的儿子一年来大事小事不断，到了眼下这种境地，

精彩小说

领导也就没有保他的必要,一纸休书结束了合同。姜丁丁的姐儿们根本说不上话。黄阿姨哭红了一双眼睛又来央求老曹。老曹对丁丁说:就当是为国家做事吧,这种小青年放在社会上,也是一个不安定因素啊!

姜丁丁叹了一口气,迅速调动脑中的相关信息。还真有那么一个合适的人可以帮上忙。那个人是一家著名百货公司的总经理助理。姜丁丁他们部门跟该百货公司联手搞过一项活动,姜丁丁与负责该项活动的总经理助理老江合作了几次,彼此都给对方留下了好印象。姜丁丁将钟点工黄阿姨的儿子说成是自己的表弟,问老江有没有办法在百货公司替她表弟安排一个位置,做什么都可以。老江笑呵呵地说:你来你来,小姜,我们见了面好好谈谈。

第二天,姜丁丁拿了黄阿姨儿子的履历表到了那家大百货公司。老江请她在四楼的咖啡厅坐。老江右手一个榧子,年轻的女服务员殷勤地飞奔而来。老江替姜丁丁点了一杯咖啡,自己要了一杯依云矿泉水,摸出一包三五烟,点了一支,笑眯眯地看着姜丁丁。姜丁丁最讨厌有人抽烟,尤其是面对着面。办公室开会时,若有男同事抽烟,她会绝不客气地请人家掐灭,或者要他出去抽。现在,三五烟冲着姜丁丁一圈圈肆意挥发着,她却只能忍着,眉头也不皱一下,连咳嗽也拼命咽下去。

在一个多小时里,老江一支接着一支,起码抽掉了半包烟。老江说的话与抽的烟一样多,话题基本围绕他个人的成长与发迹。在黑龙江插队时做农场指导员要摆平几百号人。如何如何第一批搞了病退回到上海。不失时机有先见之明地拿了一个国家承认的大学本科函授文凭。接下去小百货干出了一点名堂。如何如何到欧洲走了一圈见了世面,在那里进修了半年。后来又怎样成功地形成了一套适合我们国家国情的经营理念,又如何如何替这家大百货公司出色地策划了一系列活动。姜丁丁的一张嘴在老江大摆龙门阵的整个过程中完全呈闭合状。姜丁丁10年在媒体工作的优越感荡然无存。她努力摆着一个初出校门的女大学生姿势,脑袋根据老江话语的抑扬顿挫不住地点着,仿佛小鸡啄米一般。脸上还要适时配上崇拜景仰、真诚、欣赏之类的表情。笑容也是少不了的。就只差在本子上记了。在这场谈话的初始,姜丁丁的内心在编辑与女性的两重身份中痛苦地挣扎着,但很快就全盘放弃了。姜丁丁思忖自己穿着红色的吊带背心,涂着鲜红的闪亮唇膏,潜意识里,不是想把性别作为武器,那又是为了什么?

老江在咖啡厅潇洒地签单时,总算没有忘记问姜丁丁要她表弟的履历表。老江说:最近公司内部的员工要作一些调整,小姜,等我的电话吧!

这一等就再也没了下文。

姜丁丁整整咳嗽了一个星期。半包三五烟给害的。姜丁丁没有再找老江,但也没有生气。无声是一种结局,无声也可以是一种暗示。姜丁丁懂。她忽然明白为什么那么多女演员为了上戏可以跟导演睡觉。想要得到什么,当然要付出代价。吞一点尼古丁与得到一份宝贵的工作,实在不能相比呀。虽然姜丁丁一向讨厌利用性别优势做什么,但场面上利用一点性别优势总是免不了的。就是不穿吊带背心,不涂口红,她的性别气息也不可能不在事情的过程中体现出来,但场面只是场面。姜丁丁是有底线的。老曹哪里知道女儿的这些苦衷,仍是一有机会便在姜丁丁耳边聒噪黄阿姨儿子的事。在一个下着雨的星期天,老曹嘀嘀咕

东方利剑(六)

咕将黄阿姨儿子找工作的事说了5遍。晚上姜丁丁在看书时,老曹以端茶的借口走进女儿房间,说了第6遍。老曹还表示现在看到黄阿姨就不好意思。她来搞卫生时她尽量躲着避免跟她交谈。看起来黄阿姨不大妙,白头发都增加了不少。她只能替她加一点点工资,但这终究不是办法啊。谁都有子女不是?

姜丁丁一听就火了起来。天下没有工作的人都要我负责吗?我自己还想换工作呢,谁来理?你以为我是谁,就这么有能耐?黑社会老大,还是总编助理?姜丁丁甩了书一顿抢白,声音发力过猛,带着一丝愤怒咆哮的意味。许久以来,每当她对母亲的好事想发火,每当她被搞得筋疲力尽想诉诉艰难与委屈时,她总是忍耐下来。但她知道,总有一天她是要爆发的。某些情绪积累已久的话,会像爆米花炉中的东西一样,旋转旋转,彼此产生化学作用,然后瞬息之间爆裂开来。老曹吃了一惊,一双眼睛像惊惶的兔子一般怯怯地盯视着自己的女儿,嘴里嚅嚅道:对不起,就当我没说吧。妈也知道你有难处。老曹这样一说,姜丁丁就泄气了。母亲的表情使姜丁丁有一种心疼的感觉。总是这样,在母女之间,一个通情达理,一个反过来就退让自责。我也没有不答应啊,这要逮机会,急不得。为了缓和气氛,姜丁丁拍了拍老曹的肩,开玩笑说既然你这样能干,怎么到现在还没有弄到一个女婿呢?那能怨谁,一个排的人你都没有看上嘛。老曹也甩上了幽默。

等机会,机会还是来了。

姜丁丁在香港回上海的飞机上认识了一个台湾女人。那女人跟姜丁丁差不多年纪,是来上海开一家食品公司,专做台湾风味点心。上海火啦,现在做生意的都爱往上海跑。台湾女人见姜丁丁是上海人分外高兴。两个同龄女人正好在飞机上挨着坐,又正好刚刚在香港玩了回来,就一路上叽叽呱呱谈个不停,关于旅游,美食,打折名牌,香港跟上海的比较,谈得相当投机。下飞机前,两人互相留了通x信地址和电话。

回到上海一个星期后,台湾女人来电话请姜丁丁在新天地的琉璃世界饮茶。那家店很特别,白天也黑梭梭的,灯光与烛台都明明灭灭的,要的就是一种亲密的非常气氛吧。人家都是一男一女坐着,她们两个女人坐着,轻声慢语的,让姜丁丁总觉得有些不自在。台湾女人初来上海,好像相当地需要朋友,也可能真的与姜丁丁一见如故,她一边喝茶一边对姜丁丁说:姜小姐,你愿不愿意来我公司跟我一起干?我不会亏待你的。姜丁丁笑了起来:我来的话,你要尽做陪本买卖啦。说着说着姜丁丁忽然一个转念,也不去多多掂量,趁着黑咕隆咚的,鼓足勇气说:我来不了,我有一个表弟倒很合适。姜丁丁就将黄阿姨儿子的情况,尽量挑正面的材料告诉了台湾女人。心里是捏一把汗的,明知那小子是上不了台面的。台湾女人一口答应,很仗义地表示,主要想交丁丁这个朋友。丁丁在媒体工作,可以帮助她迅速了解上海。

钟点工黄阿姨听说儿子这回去的是台资公司,脸笑成了一朵花。儿子这不也成了人人羡慕的白领了吗?黄阿姨买了大宗礼物托老曹送给姜丁丁,不过都被丁丁退回去了。丁丁吩咐黄阿姨带儿子来她这儿一趟,她要先给他上一课。

什么时候,又为了什么,她姜丁丁需要对别人负起责任来?姜丁丁不过是一个小人物。对着黄阿姨的儿子进行一番陈词滥调的社会学演说时,连姜丁丁都对自己充满一种厌恶的

精彩小说

感觉。这是一种她一贯讨厌的形象,像居委干部似的,卖弄一点小得不能小的权利尽显出粗俗与粗鄙。在姜丁丁几乎用严厉的口气来教训那小子时,她知道事实上她是将一种深刻的无奈发泄在了那年轻人身上。老曹感慨地说,黄阿姨的儿子靠丁丁解决了饭碗问题,一个人的命运既然这样充满偶然性,往大里说,这个社会又是怎么有序运转的呢?怎么能保证比黄阿姨儿子更优秀的人能够不失业呢?姜丁丁说:拜托,曹老师,只要你不给我弄出那么多表弟就行了。

老曹的同事,就是那个写了《冷漠,是一个杀手》并让姜丁丁在副刊上发表了的退休语文老师,得了严重的肾病。老曹责无旁贷地要替她找好医生。老曹对姜丁丁说:你这个阿姨可是一直崇拜你的啊。是崇拜你吧?姜丁丁跟母亲打趣。

情况有了变化。原来的卫生记者转档跑别的条线去了,新的卫生记者是一个70年代出生刚毕业不久的大学生。姜丁丁虽说是60年代末期出生的人,但本能地与70年代出生的人有代沟。他们像狼,对于自己要的食物目标更狠,更坚定,直截了当,从不浪费。新的卫生记者就公开扬言他没有对社里一千多号人看病负责的义务,他不认识那些人。他只解决正处级以上领导看病的问题。副处都轮不上。姜丁丁曾经冷眼观察过那张年轻的脸,觉得那应该是兽的后代。

姜丁丁决定亲自上阵。

看肾出名的那家三级甲等医院一天只挂15个专家门诊。姜丁丁这天在凌晨5点就起来了。数着自己是第9个,便放了心。挨到6点半医院挂号处开了个小窗口,票子在姜丁丁前面两个人时已经发完。这意味着后面的人没戏。姜丁丁在气恼中听人骂医院不要脸。骂也无奈,姜丁丁在连天的哈欠中跟着一伙脸色青黄、眼皮浮肿的人离开了医院。

第二天晚上10点,姜丁丁抱了自己的一件羽绒长袍,带了巧克力、饼干、咖啡、书、CD随身听等若干物资,准备在医院的座椅上来个通宵不眠。这也是昨天在医院里人家向她介绍的经验。姜丁丁坐在挂号处前的第三个位置,一颗心定了不少。排在第4号的是一个中年妇女,知识分子模样,神态镇定,捧了一本书在静静地看。

要在这条木头椅子上坐整整8个小时咧。通宵不睡的经验在姜丁丁还没有过。睡觉一向是她的人生享受之一。更不用说在骨头磕得生疼的椅子上坐一晚上了。披着羽绒袍子喝着热水似乎仍扛不住阵阵袭来的冷意。这冷意随着夜深人稀候诊大厅的空旷而一点点加深。好像四面八方都有风,嗖嗖地往骨头缝里钻。坐着排队的10来个人,各自呈现各自难看的睡态,管不了那么多。有两个看上去明显不是本地人士,头发和衣服上都是灰尘,像是从火车上刚下来的样子。有一个男人在座位前的水泥地上铺上报纸裹了一条破毯子,就地躺下,竟睡得打起了呼噜。一看就是老排队,有实战经验。像难民营嘛。姜丁丁摇了摇头。她哪见过那个阵势。

姜丁丁带了她喜欢的贝多芬D大调小提琴协奏曲,贝多芬唯一的小提琴协奏曲,奥依斯特拉赫演奏的。这曲子她听了好几十遍,那些旋律耳熟能详。她戴上耳机听那曲子,冷意霎时退却了不少。她先是闭着眼睛听的,情绪还比较平静,跟她平时在家里听没有什么

东方利剑(六)

区别。等她睁开了眼睛,旋律的震动忽然就不同了。眼前人们横七竖八的睡姿在音乐中成了一幅静静的写生油画,一种伤感的抒情,那意味就是:看看,这就是我们渺小的,无力的,软弱的人生啊!音乐的冲击加强了伤感的份量。恢宏与卑微成为刺目的对比。姜丁丁摘下了耳机。她突然觉得音乐使人膨胀起来的自我完全是虚幻的,在现实中人会不堪一击。一个麻烦与桎梏就能使人把尊严丢弃。当她在音乐中迷醉时,她的自我曾经一次又一次膨胀起来,她甚至觉得只要她想,她就可以无所不能。这是一种类似吸毒的很HIGH的感觉。不过就是人家利用了毒品,她用了旋律。事实上她能够做什么?她也是一个低层的人,她跟那些在候诊大厅里通宵排队的人的区别是,她不会就地躺倒。她将保持最基本的尊严。

2点钟的时候,咖啡也不起作用了,瞌睡不请自来。姜丁丁拉紧羽绒长袍,闭了闭眼。这一闭竟一头睡死了过去。待她被走廊里说话的声音吵醒时,发现自己的一颗脑袋竟搁在邻座那中年女知识分子的肩膀上。姜丁丁自是万分地不好意思,再三再四地道歉。中年女知识分子毫不介意,风趣地说:都是难友,彼此依靠吧,我的身体也支我你的一把力呢。不过年纪大了,不像你那么能睡,就打了一个盹。你一口气睡了2个小时,待会陪病人看病也好有点精神。中年女知识分子说,她是替父亲来挂号的,每次都这样通宵排队。没有门路,只有施苦肉计。你呢,小姑娘?你家里是谁病了?年纪轻轻这样孝顺,不容易不容易。姜丁丁耸了耸肩,说,她都不认识替她排队看病的人。女知识分子惊奇地瞪大了眼睛。也真是一种难友情结吧,姜丁丁索性也不准备睡了,又替自己弄了一杯热咖啡,对着女知识分子侃侃而谈,从父亲的死一直说到眼下母亲同事的病。姜丁丁揶揄地说:我这才是超级苦肉计呢。

从人们纷纷站立,走来走去,不时往挂号小窗口瞅一眼的神态上,姜丁丁判断大概快要发就诊券了。那种紧张的气氛很容易传染。姜丁丁也坐不住了。紧张比起漫无边际的等待更让人受不了。都一个一个地挨着,脸瞧着比亲戚都熟了,还紧张什么呢?姜丁丁有些恼火。女知识分子说,没事,他们习惯紧张,越要到手的东西越紧张。

6点35分,姜丁丁总算拿到了写着数字"3"的蓝色就诊票。她将它小心地夹在记者证里,红着一双兔子似的眼睛,在医院门口跟女知识分子道别。

台湾女老板的食品公司专售一种豆沙馅的小点心,有顾客在里头吃出了一个铁钉子,将嘴唇弄出了血,差点搞出破伤风,一纸来信就把情况写给了报社,正是姜丁丁工作的《城市日报》。报社群工部来人核查,准备以来信形式登报,附记者调查。女老板吓坏了,报纸一登,等于她的公司倒闭。女老板心急火燎地给姜丁丁打电话,把希望完全寄托在了姜丁丁身上。女老板还特意关照了一句:公司关了,你表弟不也是要失业?丁丁啊,你无论如何要帮这个忙。

拿"表弟"说事,显出了商人本性,姜丁丁是极为反感的。

第二天一早,姜丁丁迅速找到了负责"读者园地"的群工部记者,拱手让他放一马,撤下那篇读者批评。那记者倒是好说话,说我是没问题,谁都有难,都有人情不是?问题是我们主任还配了言论,他人又倔,估计很难说服,明天就要见报,临时换稿也急了点。

精彩小说

果然，群工部主任没有通融的意思，反将年轻记者批评了一顿。还扬言要去向总编汇报这种不正之风，姜丁丁不是拿了对方的什么好处吧？姜丁丁有口难辩，气得半死。

这一个白天姜丁丁不知是怎么熬过去的。一边是台湾女老板焦急地等待回音，一边是在社里走马灯似地找人，托关系。姜丁丁是最恨在社里横生枝节四处欠情的，现在事情办不了不说，还落得有伤尊严的威胁，来自两方面的威胁。正恼怒懊丧之际，不想老江在晚上突然给她来电话：小姜啊，你表弟的事有些眉目了。姜丁丁稍稍松了一口气，心里说上帝关上了一道门，又开了一扇窗不是？天无绝人之路啊。老江说要跟她见一面，这次换个外面的咖啡厅吧。姜丁丁迟疑了一下，应该是跟我的表弟见面吧？你有什么吩咐直接跟他谈就好了。她不客气地说了一句。还是我们再谈谈，再谈谈。老江好像喝了一点酒的样子，不依不饶的。谈什么，老江？我表弟，你给他安排做什么？我总是要谢你啊，哪天我请你吃饭好了。当然是我请你吃饭，怎么样，小姜？明天晚上在新锦江旋转餐厅。明天不行。姜丁丁打起了哈哈。小姜啊，你不知道，我第一次见你，就对你印象好极了，不大见到像你这样有气质的女孩。你来找我，我高兴死了。那天没好意思说，我其实……其实很喜欢你。想起上次在咖啡厅，忍受着老江的烟熏雾烤与联翩卖弄，倒并没有发现他看人的眼光有多么色。姜丁丁忍着性子沉默不语。原来隐藏得很深啊。小姜，我有一套两室一厅的新房子，在古北小区，我老婆不知道的，你，你做我的女朋友怎么样？一年，这房子就给你了。姜丁丁惊骇地瞪大了眼睛。完全是电视剧里的剧情，版本。如果不是为了黄阿姨的儿子，自己会巴巴地送上门去，求上门去，否则她一个名牌大学的高材生怎么会受安徽外来妹一般的侮辱。姜丁丁竭力控制住自己的愤怒，冷冷地对老江说，我和男朋友正在装修房子，不打算把你的话告诉他。

这天深夜听着卡拉斯的"图兰朵"，姜丁丁流下了眼泪。这是很长时间里没有过的，自从父亲去世后。回想着以前坐办公室的日子，好像是在玻璃上轻盈的滑翔，没有份量，无须承担，永远是她对别人家说"不""不行""不能用"。如今她拳打脚踢绞尽脑汁还要白白受气受辱。

钟点工黄阿姨抱了两只乡下的黄毛母鸡来求老曹。她儿子自然再度失业在家。黄阿姨哭哭啼啼说知道这样缠着不好，但她没有办法，她在上海只认识姜家这样的体面人家。老曹说只能管到底了，丁丁。

退休的语文老师，老曹的同事，得的是肾癌。以前看得马虎，给耽搁了。专家一瞧就发现了根本性的问题。但晚了，不能做手术了。血透了一段时间后，在医院去世。老曹接到了追悼会的通知书。姜丁丁不放心母亲，陪她一起去了龙华殡仪馆。

死者生前是一个胖胖的人。仅仅几个月的消耗，就只剩下了一副骨架子。脸部虽然点了鲜红的胭脂，化了妆，但掩不住皮贴骨络及牙床的那种可怕。老曹旧日的同事全到场了，一个个都是悲哀而深受打击的样子。姜丁丁忽然理解母亲和她那帮人为什么笑起来那么夸张，一点小小的理由，都要聚在一起疯一疯，好像生命随时都会结束，所以要及时行乐。实在是因为他们在一个一个地送走自己的同龄人。好像是冬天残枝上的树叶，小心翼翼脸

东方利剑(六)

面凄惶,不知下一张飘落下来的是哪一片。不知自己还能驻立多久。

参加追悼会回来,老曹一反常态在家里躺了两天。神情恹恹的,提不起劲,胃口也很差。打来的电话都回答得极为简短,音调比起往日降了两个8度。热心人的形象悄然退隐,连黄阿姨见了那架势都不好意思再拿儿子的事跟她张口。那种包裹着张扬着老曹的斗志的气体忽然间蒸发殆尽。母亲又恢复到父亲刚去世后的那种萎靡凄凉。就是随着姜丁丁的调养鼓励,情况稍有好转,最多也是一个像在公园里呆坐着明示着人生已经无趣的失去尊贵与价值感的小老太婆。姜丁丁很是诧异母亲身体里有那两种反差巨大的生命形态。哪一种将息哪一种出台似乎也不是自己所能够主宰的。如果姜丁丁以前埋怨过母亲曾带给她诸多的麻烦与委屈,那么现在,她宁可母亲再以那种过了头的略略夸张的生气豪情来折腾折腾她。

一个月以后,姜丁丁的哥哥来上海把老曹接去了美国。

圣诞节前的一天,姜丁丁在淮海路逛,在伊势丹买了一些零零碎碎的东西。一路上手机电话不断,都是一些朋友相邀一起过圣诞的事。不知为什么,她都没有答应,说有安排就统统推脱掉了,潜意识里可能是不想让人家因为掂念她是孤家寡人而发怜悯。挂了电话,姜丁丁还是有一些伤感,就像单身人士在节日来临之际,总是对之怀有复杂的感情。然后手机响起,是一个女声,陌生,又似曾相识。叫她第二声"难友!"时,她忽然记起来了,就是在医院替母亲那位已经去世了的同事通宵排队挂专家号认识的那位女知识分子。"难友啊,今天怎么想到我啦?"姜丁丁用了欢快的语气,心里在飞快猜测着她有什么事要来麻烦到她。"想送一个圣诞礼物给你啦。告诉你,我有一个仪表堂堂的堂弟,1米79,大你1岁,在生物研究所做研究员……""有什么问题吗?都这么大岁数还没解决呀?""这不,专门雪藏着,等你嘛!"

圣诞节,是两个人过的。先是三个人,在原来的越剧院现在的宝莱纳餐厅坐定,喝了一盆热的蘑菇汤之后,那介绍人,难友,堂姐就离开了。她这样子,是显得胜券在握吧。餐厅坐的,多是老外,活泼愉快而诙谐调皮,音响里播的都是圣诞歌曲。过节的温暖气氛冲缓了两个陌生男女相亲的尴尬。然后是新的男朋友说,他有一张苔巴尔迪唱的圣诞CD,几时,他给她送来。她笑笑:好呀。他们一起喝了红葡萄酒,吃了饭,沿岳阳路散步,走过了普希金铜像,汾阳路,上海音乐学院,襄阳路,最后来到了淮海路。一辆出租在身后急急驶过时,男朋友轻轻地拉了姜丁丁一把。他果然高了姜丁丁20公分的样子,喝汤的时候没有声音,知道苔尔迪。他穿着粗花呢的外套,肩膀显得很宽。生活在这个时候,以意想不到的方式,显出姜丁丁真正需要的审美色彩来。这或许是一种回报吧。在一霎那间,姜丁丁突然对母亲产生了一种感激之心。假如她不为母亲去排那个痛苦的通宵之队,那么,她跟这个将送一张苔巴尔迪的圣诞CD给她的男人在淮海路上散步的概率等于零。

春节的时候,母亲从美国打来了长途,告诉丁丁她有了一个侄儿啦,白白胖胖的,别提多精神了。老曹的声音听上去相当愉快。姜丁丁终于将一颗悬着的心放平稳了。在婴儿的奶嘴粪便微笑哭泣之中陀螺似地忙,母亲会变得健康与正常。你还好吧?老曹问。好得从来不曾这样好过。姜丁丁肯定地说。

精彩小说

五一节来临了，男朋友请姜丁丁到他们家做客。男朋友的父亲已经去世，3个姐姐都结婚了，他和母亲住一起。

姜丁丁在男朋友家的客厅里坐着喝茶，劈头就看见电视机旁边竖立着一堆习武的器械。一把黑木柄的宝剑银光闪闪。一根红缨枪以前只在电影里看到过，如今却再逼真不过地矗立眼前，红红的穗子微微晃动，令人想起传说中的年代。还有三节棍，跳绳，哑铃以及叫不出名堂的体育用具。见姜丁丁瞧着那堆东西颇为惊骇的样子，男朋友说，这都是他妈妈练武用的。她的身体别提多棒了，他们家越是老的越有精神。男朋友的妈妈应该是70岁左右，但染了一头黑发看起来只有50多岁的样子。跟姜丁丁母亲娇小的身材不同，练武的这位老太太人高马大，声若洪钟，像一个威风凛凛的退休的老将军。果然，男朋友说他妈妈是山东南下的干部，18岁就参加革命了，离了休还在社会上担任一些闲职，隔三岔五地要去开会。人家都不叫她老赵而称她赵老。姜丁丁眉心一跳，暗自叫苦，老太太看上去相当强健，物质决定精神，如果这赵老也是个热心肠与多事者，只怕比老曹更能折腾人，指不定会是个超级老曹呢。

还好，一直到全家人吃完饭，除了声音特别有中气外，赵老始终是一个和蔼的母亲和心满意足的未来婆婆样子，只关心姜丁丁是否吃得好，没有发表什么愤世嫉俗的话，没有对姜丁丁的工作问长问短，一心一意只显示她的慈祥。对姜丁丁称赞她年轻只是微微一笑。

夏天的时候，《城市日报》又要进来一批大学毕业生。赵老一个老战友的孙子通过了初试。姜丁丁在男朋友的家里吃饭时，听赵老这么说时嘴里嗯嗯嗯的，并没有立刻明白这件事跟她有什么关系。报社每年这时候都要进人的。赵老给姜丁丁端上了一碗排骨汤，说战友的那个小孙子她是看着长大的，非常有出息的一个孩子，作文老是得奖，从小就有记者梦。如果丁丁能在报社上下通融通融，这孩子进报社应该就更保险一点吧。听战友说，复试才是关键。要进报社的人太多了，还要口试呢。这几天老战友四处想法托人，我答应试试。我说我家丁丁就在这家报社，是老记者了。姜丁丁的头嗡的一声立时就大了起来。这道题出得比老曹难多了。一口汤咽在了喉咙里，吃不出是什么味。在报社上下通融通融？开什么玩笑！见男朋友和他的母亲都用殷切的目光注视着自己，断然拒绝的话，姜丁丁似乎也说不出口，会显得一点人情也没有，而且她从事新闻工作10多年的资历也自己抹杀了，一点世面都没有见过似的。结果她只好含糊地答应了一句去打听打听，待复试结束之后。

因为自己这句吞吞吐吐的话，姜丁丁备受煎熬。怎么说，这也是对人家的一种承诺吧。打听？怎么个打听法？人事的问题向来是最敏感的问题。姜丁丁以前是利用了自己传媒的身份替老曹办这办那，但她在报社内部是没有身份的。因为清楚这一点，她从不在内部越俎代庖，乱了辈分。她记得有一天她在办公室改稿子，门卫处突然打电话告知有人找她。到了接待室姜丁丁一看，三个男人中有一个是母亲老曹教过的一个学生。他们是某文化公司的，要来见某周报的总编联系一项业务，给门卫挡在了外面。没有事先联系，总编也不直接认识他们。门卫说除非在这新闻大楼里找到保人。老曹的学生急中生智便想到了姜丁丁。周报的总编就是当初和姜丁丁一起分进来的那届大学生，当初在一起办学习班时，两人还被分在一个小组。姜丁丁自是热情洋溢地把三个人带进了周报所在的楼层。到了门口，看门的管理员拿着登记簿竟不让进，姜丁丁再三强调自己的身份也没用，非要姜丁丁跟周报总编通上了话才放他们进去。真是今非昔比呀。姜丁丁倒抽一口冷气。自己的那位同僚不过是个处级吧，现在竟已经不能随便见了。姜丁丁在为自己先前的夸口惭愧着，为自己与同伴如今的天壤之别惭愧着，总编倒是笑吟吟地出来了，说，呵，是姜丁丁啊，没有问题，让他们进来，我要去开会了，找某某谈。好久不见，昔日同僚微微发福，脑门头发稀少，但一根根油亮地往后梳着，自是有一股以前没有的气势。三个男人千恩万谢跟着总编走进了周报的玻璃门。人家是多么体面成熟啊，既给了你面子，又拉开了与你的距离，绝没有多余琐碎。姜丁丁是有点受到刺激的，10年前他们在一起办学习班时，那老总发个言也说不利索，现在却那么牛。办公室的同事听着她的感慨都笑了：10年还不够吗？10年可以是两个人啦。

　　大学生进社复试两个星期后，各种各样的消息耳朵里倒也听了不少。出题的方式啦，这届人材济济啦，有几个党员、几个高考的状元啦，谁谁是有背景的，谁谁又是有某某写条的，等等。姜丁丁听得泄了气。她无从打听赵老托的老战友小孙子的情况。但她又是一个认真的人。怎么办啊？姜丁丁连睡觉也睡不好。

　　苔巴尔迪的嗓子要比卡拉斯好。从纯声音素质来看，苔巴尔迪代表了意大利传统的那种最漂亮最优美的歌喉，卡拉斯的低音区和中音区含糊浑浊，高音又过于生硬和响亮。但是卡拉斯能够给表演的角色注入激情。她的声线能随角色情感的变化而变化。一个出色的演员或说一个出色的人总会在同一时空同一舞台棋逢对手。上帝仿佛是特意为磨练他们的技艺而制造出一个敌人一面镜子。一直以来，歌剧观众也分为卡拉斯派和苔巴尔迪派。最后专家是这样定性的：卡拉斯达到了声乐与戏剧的全面平衡，她是歌剧艺术的化身，而苔巴尔迪只是一位技巧上无可挑剔的歌唱家。也许卡拉斯永远没有完美的声音，但苔巴尔迪也难以达到卡拉斯在舞台上的辉煌。

　　比较这两位艺术家的造诣是十分有意思的。卡拉斯也好苔巴尔迪也好，都代表了一种凡尘之上的极致。熟识的歌声仍然在夜半使姜丁丁的灵魂被穿透与打击。在她们纯净激越压倒一切的美丽歌喉之下，姜丁丁觉得自己的烦恼如虫蚁般渺小与卑琐，不值一提。那称得上是对生命的一种亵渎。郁结终于缓和轻释。姜丁丁放弃了徒劳的挣扎。该怎样就怎样吧，无为而治吧。本来就应该这么办，事实也只能这么办。你以为你是谁？这么着，倒也落得一身轻松，上班再不像前段时间一样压力重重枉自折磨。

　　人不鬼鬼祟祟，行为也大方起来。那天姜丁丁乘电梯，正好总编也走了进来。电梯里所有的人都呈惊喜状冲总编热情招呼，只有姜丁丁盯着手里的大样没有动静。结果总编没跟谁聊上，反过来倒是招呼姜丁丁说：小姜啊，大样看得这样认真啊！

　　男朋友兴冲冲地给姜丁丁送来了一个漂亮的水果篮，五彩缤纷之中镶着耀眼的金银丝带。还有人参精人参片什么的。男朋友说是母亲老战友送丁丁的，报社的通知书下来了，他的小孙子进去了。一家人高兴坏了。丁丁可是他们的大恩人啊。男朋友的脸红通通的，兴奋里有着扎实的骄傲。姜丁丁有些好笑，辩解说，我什么也没做啊！男朋友说好了好了，你能耐大着呢，这叫真人不露相，我可是领教了。怎么，嫌礼物不够是吧？姜丁丁忍不住笑了起来，也不再多说什么。心想也许是老战友托的哪路人马起了作用。也许是大学生凭自个儿本事决定了局面。这里头的详情就像眼下的水果篮，花团锦簇，要拆开来才知道究竟是怎么回事。是真的好果子，还是充数蒙人的烂水果。

国庆节的时候，姜丁丁又应邀到男朋友家做客。这回男朋友的三个姐姐也来了，还带着各自的丈夫和孩子。合家团聚，气氛亲密。吃完了晚饭，男朋友的三个姐姐喝着茶聊起了家常。二姐的儿子虽然进了一所市重点中学，但分的班不是最理想的。不是尖子班，配的就不是第一流的老师。就怕好胜心强的儿子对自己没有信心。他鸡头也不要做，牛尾当然更不做，他是牛头的人材，但就是不能委屈了，情绪上来就不好好学习了，期中考竟在20名之后。可以送点礼给校长，请他换个好班啰。送礼也要认识人家呀，否则可怎么上这个台阶？一家有一家的一本难念经。大姐的儿子很争气，考上的是名牌大学最热门的国际金融专业，但大姐夫下岗了半年，托人找工作吧，所有的人接待着都是客客气气的，要了简历说会直接跟本人联系，但从此就再也没有了下文。简直像是都说好了似的，一模一样地演戏。有什么办法，赵老也使不上劲，离了休的老干部就像拔了毛的凤凰。三姐更是愁眉不展。你们说说，你们说说，房子是他单位分的，可我想要。人家说，律师是认识的话，离婚时财产能够分得多一些。

三姐妹叽叽喳喳长吁短叹的，做弟弟的坐一边捧着紫砂壶有些得意地说，你们跟丁丁说呀。人家在传媒工作，兜得转呢！我还想叫她想办法把我从研究所弄到合资企业里去呢！姜丁丁喝茶的杯子晃了一下，里头的茶水差点泼洒出来。赵老拿着一块油布在擦红缨枪的枪头，走过来说，你们都不用嚷嚷，你们那点事也好意思嚷嚷，还是你表舅的事要紧，你表舅的事最叫人揪心，指不定哪天要闹出人命来，唉，我连市信访办都坐了半天，还是没辙。人退下来就没用，别说我都离休10年了，就是1年，还不是人走茶凉，丁丁，哪天，我带你到表舅家实地采访一下。赵老的口气里有一种不容置疑的味儿，这是以前身居要职留下的后遗症吧，请人办事倒是像上级给下级布置任务似的，那跟老曹民间愤慨式的调调有所不同。

这个城市在大兴土木日渐繁华。优雅浪漫，花团锦簇，总之可以用上一堆形容词。令姜丁丁奇怪或说不满的是这个城市的年轻人纵欲颓唐热衷享受，而老人们却有着太强烈的责任意识。不是吗？年轻人在睡懒觉的时候，老年人都在舞刀弄枪。在姜丁丁的审美意识里，老人，尤其老太太应该是雍容华贵的，气定神闲的。她们早就退出了舞台，开始了自己优雅而伤感的个人回忆。她们戴着老式戒指，发式丝纹不乱，在家族节日的仪式里，指挥若定。她们不再参与粗粝的现实，不批评不指导不愤慨，因为岁月给了这样的女人足够的智慧，足够的权利。现在，是她们退回自身的最后的唯一的机会。如果老人们集体焦虑，集体地

东方利剑 (六)

不肯退出历史舞台，顽强地要显示自己的存在与意志的话，这个社会就没有了那种匀衡之美。人生的仪式感也无从谈起。人非得一辈子都冲冲杀杀的？人生自然是应该有仪式感的。姜丁丁也不能拿这套理论去跟男朋友作探讨，这不是变相在批评男朋友的母亲吗？当然，老人们都不肯消停，各自有各自的原因。

表舅家住在南市老城厢一排旧石库门房子的底层，二层阁。后门的厨房里有一架木头楼梯，隔壁人家需从这楼梯上自家的阁楼。矛盾就从这丁点的磨擦开始。隔壁那户人家的女人年轻时在农场犯过生活错误，病退回上海后人就有些不正常，每到春天就要犯花痴的毛病，男人心情一坏就喝酒，喝了酒就要寻衅滋事。有一天，隔壁人家的女人说她上楼梯时，楼下的那老头想要非礼她。男人本来就心情不好，喝了一点酒便骂声不绝，不问青红皂白就打了老人一记耳光。男朋友的表舅是一个本分要强的宁波老头，都70多了，有2儿2女，平时俨然是有权威的一家之主，现在却要蒙受这样的欺辱。两家人扭作了一团冲到警署。民警验了伤调了解最后不了了之。这两三年里，两家纷争不断，表舅子女虽多，但都是底层人士，缺乏震慑力。力气是有的，但有力气也不能错上加错。隔壁的男人就有些嚣张，喝了酒气一乱，就扬言要杀表舅的小孙子。那不是要了老人的命嘛。警察调解多了也无办法可想。这种邻里纠纷的最好出路，是搬家。

表舅从厨房楼道下的夹层里摸出一把切菜刀，抖着嘴唇说随时准备拼上一条老命。姜丁丁看着这把刀锈迹斑斑的，劈不了人反倒可能伤了老人自己。事态的确有些严重。老人对管辖他们地区的那片儿警已经失去了希望与信任，觉得他只是和稀泥混过场，没有站在受害者与老人的立场。姜丁丁说搬不了家的话，看来最好的办法是换个民警，至少能给表舅一点安全感和道德安慰。表舅一家不住地点头。

接下来的时间里，姜丁丁辗转托人，联系上了分管片儿警的副队长。事情按照姜丁丁的意思很容易就办妥了。一个温和的女片儿警替代原来的老油子警亲自到表舅家家访宽慰，对隔壁人家的男女也进行了教育。踌躇着副队长的人情怎么还，熟人说，这好办，他的老岳父是一个文学爱好者，喜欢给报刊写稿，可是听说屡遭退稿，情绪上很受打击。呵，呵，呵，姜丁丁听了笑起来，像捡了一个大便宜。这好办，这好办，我就是干这个的，让他找我。不，让我来找他。

在姜丁丁的精心指点与修饰下，副队长老岳父的写作水平突飞猛进，写的稿子频频见报。老岳父自以为得了一个真心赏识他才华的伯乐，一个忘年交，竟然经常打电话给姜丁丁，最后发展到要见姜丁丁，一日不见如隔三秋。多日没有姜丁丁的信息就要失眠生病。办公室的同事都拿这事来跟姜丁丁打趣。老岳父拄着斯迪克头戴法兰西贝雷帽，颤颤巍巍走进报社，见了人就表示自己要找姜丁丁小姐，这一幕已经成为《城市日报》近期著名的风景。

那段普契尼歌剧《贾斯基基》中的咏叹调《啊，我亲爱的爸爸》，卡拉斯和苔巴尔迪都唱过。姜丁丁进行过反复的比较。她不得不承认权威的意见是对的。在单曲里，卡拉斯的优越性无法体现。苔巴尔迪的演唱速度从容不迫，气息功底惊人，音质纯正，运声灵活多变,在声音的魅力上无人可超越。卡拉斯更激烈起伏一些。但正是卡拉斯而不是苔巴尔迪的"爸爸"每次使姜丁丁有一种想要流泪的感觉。怎么说呢,或许情感才是一种致命物吧。卡拉斯声音的夭折始于减肥。她的早死也就没有什么奇怪的了。一个女人哪能又激情又长寿。她的能量已经先于年龄提早消耗掉了。你的欲望,你的青年时代,事实上已经决定了你将来h会成为一个什么样的人,最终有着怎样的命运。

上海的秋天总是迟迟也冷不起来,长袖衬衫短袖毛衣可以一直穿到11月份。到了11月中旬,秋天才蹒跚而至。第一阵凉爽的带着凛冽寒意的秋风来临之际,姜丁丁的精神终于好了起来。她被漫长的闷热污浊弄得心烦。

有一天下班早了,她穿着新买的风衣在淮海路后面的雁荡路上逛。一年四季,属现在的季节空气最为清新。街上行人不多,风中飘逸着糖炒栗子、芝麻花生的香味儿。在城市里,人们总是根据上市的食物来认识季节的变迁。食物比之风景似乎更让人敏感而讨喜。也许是因为风景的美丽也好,变幻也好,对于城市人都没有实在的意义。在一家叫作"黄记芝麻糊"的小店门前,她逗留了一下,被那种浓浓的香吸引住了。然后,姜丁丁走进小店,要了一碗黄记芝麻糊。吃完了去账台付账时,有人叫"姜姐"。姜丁丁抬头一看,是以前在她们家干过活的钟点工黄阿姨的儿子。想不到这家小店就是他开的。被台湾女人炒了鱿鱼,找工作一直不顺,黄阿姨的儿子就索性与人合租了个门面卖芝麻糊。自己为自己打工,生意很不错呢,也不用老看人脸色啦。小伙子说着有安徽口音的普通话,一支烟衔在嘴里,拼命按着姜丁丁要付钱的手,说,想请姜姐还请不到哪!

这小子有点像个爷们啦。姜丁丁笑了起来。

星期天的时候,姜丁丁又在街上逛,她买了一本《时尚旅游》杂志,被里头一组西藏的摄影作品及其描绘文字迷住了。

姜丁丁跟男朋友分了手。

一个星期后,她打了辞职报告,还没等报告批下来就背着超大的行囊只身去了西藏。■